U0110085

情慾花園【修訂版】

——西洋中古時代與文藝復興情慾文選

呂健忠 譯注

沒有哪件事我不是事先知道──
除了女人的嫵媚！以往
在外頭我從書上讀到
感恩戴德虧欠上帝最多的
是男人，他本身就是個小世界，
可如今我想感恩戴德虧欠更多的
是女人──因為她是個小天堂。

（卡爾德隆《人生是夢》第二幕）

目次

引論：現代情慾觀的濫觴

　　《情慾花園》蒐錄的是中古時代與文藝復興的情慾文學，這篇引論卻是從羅馬時代談起，因為我們在羅馬作家的筆下看到現代情慾的初發形態，尤其是羅馬詩人所始作俑的，把已經世俗化而且漸行漸遠的情與慾劃上等號——情與慾不再被視為具有神聖意涵而且彼此緊密關連的一個整體——的心態。行文涉及的羅馬文學都錄於《情慾幽林》，情慾觀的申論則是延續該書引論〈情慾美學入目來〉一節。

＊　　　　＊　　　　＊

　　亞歷山大在短短的十年間征服整個地中海盆地。他在公元前323年逝世時，希臘語成為這個地區的通用語，希臘文化如影隨行，到公元前27年屋大維成為羅馬皇帝接著征服埃及，新興的羅馬勢力逐漸抬頭才開始出現消長。這三個世紀史稱希臘化時期。希臘化時期末年，政治動盪導致盜匪猖獗，羅馬興起固然帶來和平，隨主權易幟而來的卻是完全陌生的世界。古代小說即是此一特定的政治、社會與文化條件的產物，作家提供一個虛構的、理想的世界，作為現實世界之外的另一種選擇，恰可滿足一般人避世獨善的心態（Holzberg 28-41）。這一類現代小說的先驅作品即是希臘傳奇（Hellenistic romance）[1]，在羅馬帝國初年臻於全盛，蔚成獨立的文類。其情節有模式可尋：在充滿田園風情的農村社會，善良的女主角和英勇的愛人由於天災人禍而橫遭阻隔，但是老天不負有情人，愛情故事圓滿收場。這是理想的愛情，相對於中古末期的宮廷愛情，希臘傳奇呈現的是田園愛情。

---

[1] 傳奇（romance）源於中古法文用來稱呼不是使用學界通行的拉丁文，而是使用各地方言寫成的長篇敘事，不論其為詩體或散文體，由於這些方言都屬於Romance tongue（羅曼斯語），故名。小說則是晚至十七世紀才出現，源自義大利文的novella，特指薄伽丘《十日談》所寫的「新」類型短篇故事。

就像塞萬提斯的《唐吉訶德》讓我們看到的情形一樣，騎士的理想到了文藝復興變成嘲諷的對象，田園的理想也在羅馬時代遭遇到殘酷的現實。羅馬帝國有效統治整個地中海盆地之後，和平與繁榮迅速改變人情世態，連帶影響文人的觀感與讀者的品味。尤有進者，隨這一波大變局而生的新情慾觀可不只是轉個彎而已，而是天翻地覆，翻覆之徹底實為《情慾幽林》引論提及的那一場情慾大地震以來所僅見。神話已去，理想不存，性靈云云、精神云云，俱往矣！剩下的就是肉體與感官。於是，我們有了從奧維德，經皮措尼烏斯，到阿普列烏斯一系列的作品，現實洋溢，充滿喜感卻處處苦澀，隱約可見黑色幽默的先驅。

　　等到帝國的運勢盛極轉衰，局面又是不同。我們終於有機會讀到龍戈斯的《達夫尼斯與柯婁漪》，那是田園傳奇復興運動——如果可以這麼稱呼的話——的代表作。羅馬文化經常在走到一窮二白的時候，即時從希臘得到精神補給。龍戈斯雖然是羅馬時代的作家，他的《達夫尼斯與柯婁漪》卻是以希臘文寫成，此所以《情慾幽林》打破年代的順序，把它列在希臘文學。用這部傳奇總結希臘文學，其實頂恰當，因為就情慾史觀而論，猶如《舊約・雅歌》透過思春頌尋回因偷吃禁果而失落了的樂園，龍戈斯透過兩性情慾在田園世界尋回因潘朵拉打開禮盒而失落了的樂園，漂漂亮亮送走了神話時代[2]。

　　所謂情慾世界的神話時代，我指的是「天人合一」仍然為生命情態的根本信念的時代。相對於以婚祭辭寫兒女情的早期作品如《舊約・雅歌》，龍戈斯可以說是以兒女辭寫婚祭情，意趣雖有不同，情慾之神聖卻是有志一同。文化史家習慣以牧羊神潘恩之死做為希臘古典時代的結束：《達夫尼斯與柯婁漪》讓我們明瞭為什麼是潘恩，而不是其他的神；可是在龍戈斯之後，潘恩再也派不上用場了，因為羅馬一城完全取代佔地廣袤的農村。且不談新興的基督教，對都市人來說，神並不存在於現實世界；雖然有的人會有所寄意，如維吉爾，卻也有人連拿來裝飾都嫌麻煩，如卡圖盧斯。

　　卡圖盧斯名列本選集的羅馬作家之首，情慾觀已相當現代化。看他筆下商業化的意象、赤裸裸的措詞、情緒的起伏震盪，乃至於縱情姦

---

[2]　潘朵拉打開禮盒無異於夏娃吃禁果，因為她那個盒子活脫就是子宮的象徵；除了赫西俄德，其他希臘詩人也表達過因情慾為惡而把女人入罪的觀念（Grant 109-10）。《情慾幽林》引論所述「知識樹的果子」即是親嚐情慾經驗的後果。

情、失戀失魂無一不備，哪一樣不夠現代化？可是，他跟所有的羅馬詩人一樣，對希臘詩著力甚深。不妨看看編號第五十一首：

在我看來那個人和神平輩，
或許比眾神更神氣，
一次又一次他坐在妳對面
看著聽妳

5　　淺笑，可憐的我因此五官
失效，因為，列絲比雅，
只看妳一眼我就渾身無力
說不出話，

我的舌頭發麻，無名火
10　竄遍我的肢體，耳朵
被他們的朗笑震聾，眼光
陷入黑暗。

卡圖盧斯，清閒不適合你；
清閒惹得你動盪不安。
自古以來多少城池與君主
毀於清閒。

　　一般認為這是他寫給克樓蒂雅（詩中化名為列絲比雅）的第一首詩，譯自莎芙的殘篇第三十一，雖然在第6行添加「列絲比雅」，卻是以拉丁文模仿希臘原作的格律，正如Charles Martin的英譯所模仿的。可是，他把最後一節（13-16行，其中otium，「清閒」，也可以譯作「懶散」）改頭換面，情趣因此大不相同，只要比較《情慾幽林》的選譯就知道了。
　　抒情詩人以模仿希臘起家，維吉爾可是從起家到成名家都因荷馬。《埃涅伊德》的破題句「我歌頌戰事與戰爭一英豪」，只一行詩就把作者本人和他所模仿的荷馬作了清楚的交代。維吉爾要為羅馬民族尋根，把羅馬城的建立和希臘神話扯上關係，說是特洛伊勇將埃涅阿斯奉天命

逃離被劫之城,前往義大利重建家園。他模仿《奧德賽》詩中奧德修斯的歸鄉之旅,寫出埃涅阿斯追尋新家園之旅,又模仿《伊里亞德》詩中的民族戰爭,寫出埃涅阿斯的移民聖戰。不忌諱承傳如此,可是荷馬史詩的一大特色是客觀,用王國維《人間詞話》的措詞來說就是「無我之境」,維吉爾卻是一落筆就「有我」。仍然是傳達社會的集體心聲,可是新時代的詩人不再隱身幕後。

維吉爾使用第一人稱的敘事觀點,妙用之一在於活化詩中的情慾事件,也就是《情慾幽林》所收錄埃涅阿斯和狄兜的故事。荷馬詩贊第五首〈愛神讚美詩〉告訴我們,埃涅阿斯是愛神阿芙羅狄特(羅馬神話稱作維納斯)下凡與牧羊人安紀塞斯所生的兒子。維吉爾從埃涅阿斯逃出烽火劫城之處另起爐灶,寫他顛沛流離又披荊斬棘,為五百年後的子孫締建羅馬城打根基。他的遭遇,追根究柢說來,根本就是以記恨知名的天后朱諾和以多情知名的愛神維納斯彼此傾軋,這兩位女神的愛恨糾葛也是整部史詩中種種衝突的導火線與原動力。及至末了,朱諾終於妥協,愛因而能夠照亮一條康莊大道,埃涅阿斯的苦難也因而可望有否極泰來的一天。然而,為了表彰以國族利益為依歸的「大愛」,維吉爾極度壓縮兒女私情的空間,第一人稱的觀點正方便詩人寄情以供讀者入情。朱諾和維納斯這兩位女神始於衝突而終於妥協,埃涅阿斯和狄兜這兩個有情人本身的經歷卻是反其道而行,是始於愛而歸結於陰陽兩隔的千古遺恨,人神之別竟有至於此者!

根據羅馬的民族史詩拈出的譜系,愛神維納斯是羅馬帝國的民族母神。民族母神雖是向壁虛構[3],母神的信仰可是言而有據。母神是生命之源,生命源於愛,最原始的愛神就是擬人化的性愛,即《情慾幽林》選譯赫西俄德《神統記》所稱的「愛樂」。羅馬詩人律克里修(公元前約93-50)的哲理詩《萬物原論》破題祈願是呼告維納斯,因為這女神獨力統轄自然萬物,因為少了愛就沒有自然界。他一落筆就稱「埃涅阿斯及其族人的母親,人神共同的珍愛,化育女神維納斯(alma Venus)」,進

3　民族如此,家族亦然。羅馬的Julia族(gens Julia)自稱是埃涅阿斯的後裔,因此奉維納斯為先祖。無獨有偶,台灣的閩南人與客家人經口述或族譜代代相傳,長久以來自認是五胡亂華之後陸續自中原南遷的漢人後裔,可是報載馬偕醫院輸血醫學研究室主持人林媽利以人類組織抗原(HLA)分析,卻證實民族誌所記載這兩個族群屬於大陸東南沿海越族(因部落眾多而有百越之稱)。果真如此的話,顯然部分越族在融合同化於漢文化之後,藉虛構的族譜攀附關係。台灣的原住民改用漢性已傳至第三代,長此以往也終究會發生同樣的情況。

而賦給她下述的形象：與爭鬥或交戰（Mars即戰神馬爾斯）相對立的恩培多克利斯式大愛原則（the Empedoclean principle of Love），代表宇宙的創生力量，也就是伊壁鳩魯式至福（Epicurean summum bonum）的擬人化，即「歡樂」（Voluptas）[4]。律克里修不只視她為實體創生的力量泉源，而且是賜給他靈感以從事詩藝造境的大能大德。哲學觀點尋回了樂園失落以前的大母神信仰。

女神信仰在人類歷史從來不曾絕跡，可是自從天后至尊（the Goddess）分化成各有所司的無數分身（goddesses）之後，隨著愛神的情慾化與世俗化，愛的世界越來越狹隘，個人的價值則越來越突顯。維吉爾的國族大愛吞噬了兒女情愛，奧維德卻為私情私慾找到一個可久可長的想像眼界。《變形記》寫出了情慾的種種變貌，單單本書選譯的部分就包括了人神之戀、同性戀、異性戀、自戀、亂倫、男追女、女追男、少年戀情、夫妻純情以及形態不一的性暴力，包括亂倫和意識形態性暴力。暴力色彩使得《變形記》沾上色情的污名，然而「色情」之說或許類似拉斐爾前派（Pre-Raphaelite）帶來的感官衝擊，奧維德的筆法其實沒有違背正統藝術的成規，也就是不會刻意渲染暴力與色慾的合流繼之以橫流。他運用亞歷山大時期蔚成風潮的「微型史詩」（epyllion）體裁，編織無數男男女女的愛慾情緣，現代意趣俯拾可得。

奧維德創作豐富，主要以哀歌對句寫成，僅有的例外是《變形記》，他在詩中步踵維吉爾寫《埃涅伊德》所用的史詩格律（dactylic hexameter）。雖是步踵前人遺塵，他卻走出一條全新的路，引領讀者探入情慾的大觀園。仿如是刻意和詩壇祭酒唱反調，他拾起維吉爾神話的線索，連紡帶編而織成的卻是營構現實經驗的神話彙篇；維吉爾在神話的天地虛構羅馬歷史，他卻在羅馬的當代現實演義神話，藉神話寄意人情事故。他刻意引領讀者聯想維吉爾，為的是「質疑維吉爾強加於羅馬歷史的目標與方向，進而質疑佔據史詩核心位置的整個英雄理念」（Mack 121）。《變形記》沒有統攝全局的男女主角：民族英雄的時代

---

[4] Lucretius 1: 1-2 & pp. 2-3n. 爭鬥或交戰是戰神馬爾斯的神職（其拉丁名Mars作意象語使用就是指爭鬥或交戰），馬爾斯即希臘神話的阿瑞斯，他和愛神偷情的故事見《情慾幽林》選譯荷馬〈捉姦記趣〉。恩培多克利斯（Empedocles）提出宇宙由土、氣、水、火四大元素組成，並由愛與恨兩股力量統轄。伊壁鳩魯（Epicurus）提出「快樂即至善」的哲學理念，亦即樸實的快樂能促進心靈的安祥。丘比德與賽姬的故事（見《情慾幽林》選譯阿普列烏斯〈尋愛記：丘比德與賽姬〉》）就是以擬人化的「歡樂」誕生作結束。

結束了，卡圖盧斯開創的「個人英雄」的經驗則被提升到史詩的境界，情慾取代民族認同成為新的主題，新的「國之大事」。

不是國之大事不入詩，這是從事史詩創作者的共同信念。屋大維稱帝之後，大事之一就是在羅馬推動一場道德淨化運動。奧維德的作品多的是書寫情慾，並不限於《變形記》，僅此一事便知羅馬新生活運動的現實背景，便知他筆下詩篇的「寫實」傾向。他不只是寫當代之實，甚至寫出了後現代之實。後現代社會的特色包括多元觀點與越界現象[5]。我們來看奧維德開宗明義點出的主題：

> 我來歌唱形體的變化！天界眾神啊，
> 既然是你們造就這一切改變，
> 請灌注靈氣，使我的變化書經緯穿梭
> 從開天闢地一路編織到當今！（《變形記》1:1-4）

雖然也是用「我」破題，這個「我」卻是似有實無，因為通篇作品是一個接一個敘述者輪番出場說故事：奧維德的「我」在詩中化身為無數訴說變形故事的「我」。藉變動無常的觀點呈現生命形態的千變萬化，正是無遮無攔的越界現象。

奧維德筆下的變形就是表達生命無常的越界現象。其中最令女性主義者觸目驚心的是性侵犯的母題。正如Elizabeth A. Stanko在《惡意的侵入》所陳明的，性侵犯通常是沒有預警而且隱含權力宰制的惡意行為，這種行為其實是只有暴力而無情愛可言的性恐怖。女人是性的受害者，這是伴隨父權社會而來的情慾私有化[6]所產生後遺症。父權社會的性別政治，一言以蔽之，就是「性，成了權力的一種形式，並且由男性將其具體化」（Stanko 118）。結果則是，在人類，一如在靈長類動物，「女性在性關係的競技場中永遠必須與暴力（和受支配）抗爭」（Abramson 115）。就如同在現代職場，上司為了遂行性侵犯而對下屬施加威嚇並許以利誘，我們在〈月桂情〉看到達芙妮為了逃避男神阿波羅的糾纏，不

---

[5] 性別越界也是越界現象的一種，如《情慾幽林》選譯的奧維德〈性趣〉和〈紅毯兩端的距離〉的變性故事。

[6] 所謂情慾私有化，正如《情慾幽林》的引論所辯明的，是指情慾的主動權與掌控權均歸而且只能歸男性擁有。V. Griffin（65）注意到丘比德和賽姬彼此的關係「完全操縱在男方手中，當賽姬爭取主動時，這段感情就陷入危機」。

惜放棄身體的自主權，變成月桂，卻在阿波羅許以榮耀之後，「擺動樹冠，仿如點頭默許」。問題是，如果真的「默許」，何苦在絕望中放棄與生俱來的生命形態？只有一個答案：引文是父權觀點強作解人的按語。

這一句按語讓人想起義大利畫家波提且利（Boticelli, 約1445-1510）的《春》：待嫁仙女接受性暴力的洗禮之後，搖身一變而為花神芙蘿拉（Flora），同樣反映羅馬人強暴撒賓女的原型神話[7]。奧維德說這故事，不像波提且利神話故事那樣懷著明確的道德寓意，似乎更能見證羅馬開國神話的強暴母題已成集體潛意識的一部分。事實上，有證據顯示奧維德本人對於我們今天所稱的強暴事件的觀感。他在《愛的藝術》述及該事件，說自從撒賓女被強暴的那一天，「由於神聖的禮儀，／我們的劇院一向被美女視為險地」（The Art of Love 1:133-4），筆端不無欣喜之情。奧維德講述希臘神話無法避免羅馬父權思維的滲透。「強暴行為是父權社會裡男性控制權的典例」（French 227），不但是個人生命中永無休止的恐懼（Stanko 53-76），就像我們可以在哈代的《黛絲姑娘》感受到的，甚至可能成為族群歷史的共同經驗，如當代美國黑人女劇作家安德恩·甘迺迪（Adreinne Kennedy）筆下，恐懼強暴——這是她在作品中反覆呈現的主題——

「可以導致死亡或比死亡還可怕的境界，如殘酷變形」（劉雪珍69）。古代神話和現代作品的變形方式縱然不同，其為殘酷的本質卻如出一轍，都是，再引劉雪珍（56）的觀察，「男性藉著強暴摧毀女人原有的自我」。奧維德筆下，只有女性才需要為了逃避性暴力的威脅而變形，正見女性的生命在情慾世界的無常。她們變形之後仍有感覺，卻不再有視覺或知覺，這樣的書寫效果可比擬於慘遭蹂躪的女人以遮眼或閉眼表達無法面對現實處境的心理反應。眼不見未必淨，正如沉默不表示同意。

還有更令人駭異的事。奧維德描寫強暴的現場，筆法相當含蓄[8]，表達最露骨的當數〈愛河〉中阿瑞莃莎和阿爾費斯的「交流會合」：縱

7　Zirpolo 203-22. 羅馬建城之初，因為城內缺少女人，為了傳後，以節慶的名義邀鄰村共襄盛舉，卻演出一場集體強暴，被強暴的女人即是撒賓女。《情慾幽林》選譯的奧維德〈冥神搶婚〉就是反映先民的搶婚習俗。

8　含蓄的筆法包括不從事動作的寫實，此所以《變形記》雖然不乏性暴力與非常態的情慾表現，卻被視為藝術。然而，「含蓄」也意味著淡化或美化實情，甚至可能有「文過飾非」的傾向。此一作法，如果是出於蓄意，那只涉及個人的判斷與抉擇，如果是出於無心，那就可能涉及意識形態或集體潛意識的深層結構。

有女神狄安娜鼎力相助，先變出雲霧（神話世界的隱身術）供她藏身，又把她變成水泉，阿瑞茲莎潛入暗無天日的地穴仍然逃不過阿爾費斯的魔掌。男神一但發情，別說女神也會遭殃，連位階比發情男神高的女神出面也無能阻止[9]。男女果然是有別。同樣的情形也見於〈冥神搶婚〉，其中朱比特（希臘神話稱宙斯）對於搶婚的看法，說什麼有愛就不叫搶婚，是典型的男性沙文婚姻政治觀[10]。女性一旦淪為男性的逞慾目標，不只是失去情慾自主權，而且是身體得為男性所「用」，這意味著強暴事件的兩性關係是男性視女性為「可用之物」，「物化」現象莫此為甚——別忘了情慾知識曾經是神聖的知識。尤有進者，奧維德的含蓄具有鋪陳浪漫氣氛的作用，這裡頭就有陷阱：

> 西方特有的一個浪漫理想是「性即是愛」。在其理想的形態中，兩人由於緊密的關係而彼此分享情慾。然而，性即是愛這個綱領也可能轉化成處理二元衝突的方便法門；舉例而言，一旦定義為愛，性就可以合法化。於是，「獸」性的一面因愛而被認為是正當的。（Haste 170）

同樣從事變形，女性是為求逃生被迫放棄原有的自我，不論其為生理的或心理的變形，男神卻是自願戴上人格面具以遂行欺瞞，其間所透露的身體政治正是兩性關係的隱憂。〈騙情〉中，周夫（即朱比特）貴為眾神之父，為了滿足自己的情慾，為了騙取女人的感情，不惜化身為潔白的公牛。歐羅芭不察，果然被騙失身。引坎伯在神話世界的觀察所得：

> 地中海盆地的每一個仙女進入他〔宙斯〕眼裡，他都發瘋。結果是，希臘人變得跟克里特人同樣文明時，他們的至尊神的獵艷記卻讓神學理念尷尬不已。〔……〕宙斯在那個時期所面臨的特殊問題，說穿了就是希臘人所至之處，每一個谷地、每一個島嶼和每一個海灣，都有當地的母神現身，那是他以父系體制至尊神的身分必須以父權的方式加以征服的世界。（Campbell 148-9）

9　狄安娜在神話階級體系中的地位高於耶爾費斯。

10　此一觀點與荷馬詩贊第二首如出一轍，不過〈黛美特讚美詩〉是宙斯許婚在先，而後才有哈得斯搶婚（Homeric Hymns: To Demeter 78-87）。

奧維德把神話故事擺入現實的情境而寫出男神動慾導致女人被騙失身，《變形記》的這個母題在情慾商業化的當代世界卻出現大逆反。一九六二年美國的一張廣告，因襲歐羅芭在牛角掛上花圈的視覺意象，卻採取性別置換的手法：身穿「仕女造形胸罩」的白衣美女夢見自己伸出戴了白手套的手「抓住公牛的角」，此一牛角當然是隱喻陽具。一九六二的夢境如今不盡然是夢想，這一幅「大眾的性革命幻想正逐步邁向真實」的象徵（Yalom 233），傳達了後現代社會的情慾現狀：男神藉由造形的改變騙取過女性的情，如今女人也可以改變造形以掌握男人的慾。情慾畢竟不是男性所專有。情慾無罪，商業社會把女人的形象情慾化在本質上也無異於神話世界的女神形象被美化；「其實使人困擾的並不是女人形象的情慾化，而是情慾化之後**可以佔有她**」（French 192）。就是「可以佔有她」的念頭使女人深受情慾私有化之苦。

　　周夫的婚外情印證了「性的感覺好得超乎尋常，因此令人願意不斷重複去做，即使我們必須拋下尊嚴（例如說謊、欺騙、隱藏、偷偷摸摸）以獲得持續不斷的性交機會」（Abramson 89）。可是「真好」必須立足於平權的基礎，而不能「只要我高興」。不幸的是，自從希伯來人訂下對失貞（含被強暴）女人處以石頭刑或火刑（Stone 56），情慾世界就是個不平等的世界。不只是不平等，還有禮教虎視眈眈[11]。《孟子・滕文公下》：「不待父母之命，媒妁之言，鑽穴隙相窺，踰牆相從，則父母國人皆賤之。」所以，桑葚轉紅的故事（見〈桑葚轉紅時〉）一再重演。這個上古版的羅蜜歐與茱麗葉，在莎士比亞《仲夏夜之夢》的戲中戲變成爆笑劇，在中國西南的納西族複製出一段悽美的殉情史（見楊福泉《神奇的殉情》），距離可能帶來美感，美感卻可能使我們忽視潛伏其中的食人怪獸。

　　無常的生命由於詩人的想像而展現永恆的質素，奧維德的這一番悟道與證道在兩千年後的義大利劇作家皮藍德婁（Pirandello, 1867-1936）《六個尋找作者的劇中人》劇中，以更具體的形式呈現出來：現實世界的人生經驗稍縱即逝，藝術創作卻能夠以虛作實進而化須臾為永恆。奧維德讓我們從變化無常的生命情態窺見萬變不離其宗的生命實相，正是亞里斯多德《詩學》說的「詩比歷史更真實」。奧維德觀照所及的生命情態，多的是兼具心理趣味與人情洞識，如〈嫉妒情〉描寫嫉妒的心

---

[11] 禮教也是父權社會的產品；情慾禮教根本就是針對女性而設。

理，正是米爾頓《失樂園》第四卷述及撒旦看見亞當與夏娃恩愛之情時的心理反應之所本，其寓意則隱隱呼應李汝珍寫壞人足登烏雲的意象[12]。又如〈自戀水仙〉描寫自戀的心理，為歐洲文化提供了神話造字最知名、最生動的一個例子。有時候，故事本身不見得具備深刻的心理意涵，奧維德獨能發揮想像點石成金，如寫兄妹不倫之戀的〈淚泉〉，開頭與結尾饒富他吸引歐洲藝術家的創作靈感達兩千年的一貫風格。

奧維德最醒目的風格是，把故事說得興致昂昂，全然一派為說故事而說故事的神采[13]。這種風格不難在文藝復興時期的古典學者筆下看到，像英國詩人當中，十六世紀的斯賓塞和十七世紀的米爾頓等浸淫於古典世界的先行輩，他們處理古典故事的態度一如奧維德。可是繼起的英國詩人越來越傾向於把神話故事客體化、理性化、哲學化，從中汲取教訓，甚至採取種種詼諧的手法博君一粲。十九世紀中葉，拉斐爾前派運動標榜要重現拉斐爾之前的義大利宗教藝術那種真誠奉獻又忠於自然的精神，奧維德的故事迭經易容變貌（Miller xiii-xiv）。此一趨勢在二十世紀前半葉變本加厲，另又加上當代化與現實化這兩個變因，奧維德取材的神話世界仍然陰魂不散。然而，進入後現代之後，藝術家似乎越來越失去了從《變形記》推陳出新的興趣或能力，也許是因為他們尚未找出足以表現當代精神或呼應時潮風尚的處理手法。一如我們在尤瑞匹底斯的悲劇以後的古典希臘看到的人神分離現象，我們面臨的是人生現實與古典神話彼此解離的局面，甚至又同時看到不斷推陳出新的科技神話，今非昔比不可同日而語。

即便如此，我們仍然輕易可以從《變形記》發現足以使後現代社會感到興趣的議題。和〈性趣〉一樣涉及無解的性別爭議以及性別越界的可能性，〈紅毯兩端的距離〉面臨的問題遠為複雜，最後雖以變性神話解決同性戀的困擾，可是我們知道問題未了。性別並不只是生理的問題，真正棘手的是文化層面的問題，其中包括認定性別角色的武斷心態。雖然「同性戀在動物界非常普遍」（Fisher 175），當事人伊菲思和易安苦再卻無法像〈初戀的滋味〉裡頭的達夫尼斯與柯婁漪那樣取法於

---

[12] 《鏡花緣》第十四回寫大人國之人皆有雲霧護足，「其色全由心生，總在行為善惡，不在富貴貧賤。……雲由足生，色隨心變，絲毫不能勉強。」

[13] 他偶爾會穿插具有箴銘風格的警句（epigram）。在精采的故事中展現機鋒，這是他和莎士比亞共通之處。不同的是，奧維德不用警句來囊括或暗示主題。

動物界的情慾經驗，因為人的知覺，一如觸覺、嗅覺、味覺、聽覺與情慾的感覺，是有選擇性的，也受到文化的制約。更何況文化的演變與經驗的拓展已促成人文與自然走上殊途陌路，人的情慾經驗已經擺脫以動物為師的時代。故事的結局由於超自然勢力的介入而皆大歡喜，可是超自然勢力可以解決自然層面的問題，卻解決不了文化層面的問題。

　　早在希臘悲劇《奧瑞斯泰亞》三聯劇，我們就已見識到出身與環境如何制約人的行為[14]。在神話世界，人面對未知的經驗領域，有問題時求助於神是天經地義，克萊婷（Clytemnestra）、歐瑞斯（Orestes）和伊菲思都是如此。人們一度相信，神解決問題是透過具備天生稟異的個別代理人，即英雄。但是英雄時代一去不返[15]，神的能力圖窮匕見：真理神阿波羅主使歐瑞斯殺母報父仇，卻因為無法主導文化的發展而無法確保殺人者的心安，只求助於雅典娜。雅典娜雖為智慧神，卻無法擺脫出身條件的制約——她是父神單性生殖的結果。她接下阿波羅託付的案子，回頭找人解決問題，不是找某某英雄，而是訴諸人類的集體智慧，一個新時代因而誕生：她創設的（司法）制度拓展了人類的視野，使人能夠坦然面對未來的世界。然而，要不是擁護父系的智慧女神和擁護母系的復仇女神最後取得妥協，徒有新制也是枉然。就是基於這樣的體認，我們意識到同性戀次文化所展現的意義：變性手術可以改變自然的條件，更徹底的解決卻有賴於同性結婚的合法化，乃至於社會大眾對於性別觀念的改弦更張，凡此種種都是以人的集體智慧解決性別問題的實例。性別問題與議題自古即已存在，智慧的形成與解決問題的契機卻有待於可能長達數以千年計的經驗累積。我們已在《埃涅伊德》看到愛神有賴於妥協才能貫徹愛的力量，《奧瑞斯提亞》讓我們看到智慧神有賴於妥協才能發揮智慧的力量。

　　同樣呈現精神病理學（psychopathology）現象的故事包括〈神雕情緣〉和〈追〉，前者傳達了男人依自己的主觀意願「塑造」異性伴侶的性幻想，後者以希臘羅馬的文化符碼呈現男人馴服未婚妻的性幻想。這兩個「男人捏造女人」的故事和〈孽緣〉、〈愛神也痴情〉都是奧斐斯這個原型詩人（archetypal poet）在哀悼亡妻時唱出來的。在開始唱這些

---

[14] 神話世界的出身與環境或可對應於歷史時代的生理與文化。

[15] 「奧瑞斯提亞」（Oresteia）這個標題挑明了歐瑞斯是英雄，可是這個英雄連自己的問題也無法解決；他雖然和奧德修斯一樣堅忍卓絕，但奧德修斯那種通達生死兩界的閱歷再也不可得。

故事之前，奧斐斯憑琴藝歌聲唱出他「像死亡一樣堅強」的愛情（《舊約·雅歌》8:6c），因而感動冥頑的陰間神，使亡妻有機會還魂返陽。可是他打破禁忌，第二次失去愛妻，從此不只是目中無女人，還開了戀童的習俗。他的行為激起女人的公憤，受到圍攻，最後被分屍而死。

　　一如《變形記》的敘述觀點變化不已，後人的詮釋也是一樣；每一個時代每一個社會中的每一個人都是選擇特定的觀點，然後根據自己的經驗進行解讀。在女性主義成為顯學之前，比較神話的研究成果一度是文學批評的利器。從這樣的觀點來看，〈神雕情緣〉和〈孽緣〉其實是《情慾幽林》的引論提到的神權政治時代大女神信仰的活化石。腓尼基人把大女神信仰帶到塞普路斯，塞普路斯島上帕佛斯這個地方的腓尼基王就是女神的祭司，他在聖婚儀式中和女神的雕像結婚，當地的神女制度即是基尼拉斯創設的，皮格馬利翁則是閃族諸王的共名，尤其是塞普路斯諸王的共名。至於阿多尼，那只不過是腓尼基所有的王子共同擁有的稱號[16]。此一以大女神信仰為基礎的文化體制，甚至有公元前二十三世紀的文獻可以佐證：從蘇美人手中奪取美索不達米亞城邦國家之霸權的阿卡德王薩貢（Sargon of Akkad）自述身世，說「我是個園丁時，女神伊絮塔愛上我。於是我統治這個王國」（Campbell 73）。甚至希拉與宙斯衝突不斷，也許就是反映她先於宙斯的大女神尊位，而她的乳汁噴出形成銀河又落地長出百合花，則是反映前希臘時代女性自受孕的生殖信仰。時間在神話的世界是毫無意義的，奧維德卻藉著神話故事在時間的流轉過程中展現生命的意義。在他之後，不論是皮措尼亞斯的《羊人書》[17]或阿普列烏斯的《金驢記》，空間取代時間成為生命的具體意象，作家呈現的是身體在空間的流轉——不是旅行，更談不上追尋，而是流浪的意象。不過，跟我們有關的是情慾主題。

　　這兩部小說都是在諧擬本文開頭提到的希臘傳奇，亦即以喜劇的格調嘲諷田園愛情[18]。「羊人書」這個標題暗示主角是來自羊人——以色慾

---

[16] Frazer 356-61。腓尼基人稱他們崇拜的大女神為Astarte，即蘇美人的伊絮塔、希臘人的阿芙羅狄特、羅馬人的維納斯，《舊約》則稱作「亞斯他錄」。〈耶利米書〉44:16-7提到以色列婦人在丈夫的默許下，和他們的祖先、君王和官員「在猶大各城鎮和耶路撒冷大街小巷向我們的女神天后獻祭、獻酒」，也是指Astarte。神女：義務在愛神廟擔任聖職（那時候的性知識是聖知識）的女人，詳見《情慾幽林》引論。

[17] 皮措尼亞斯的《羊人書》經費里尼改編成同名電影，此間譯作《愛情神話》。

[18] 這裡說的「喜劇」無關乎文類，而是就風格論。喜劇風格的主要特色為寫實，因寫實而比較粗俗，又因粗俗而比較誇張。

知名的羊人怪——的國度[19]。書中主角耽於奧斐斯始作俑的那種同志情慾，受到生殖神的懲罰，而這生殖神不是別人，就是愛神阿芙羅狄特和酒神戴奧尼索斯的兒子。人而不人，他的遭遇不可能在愛情傳奇看到，他受的懲罰在文學史上是頭一遭，在情慾世界卻司空見慣：陽痿。性焦慮終於浮出地平線，單看這一點就知道情慾世界已徹底去神話化了。就是在這樣的一個世界，我們讀到〈以弗所一寡婦〉，與主角的境遇恰成對比。《羊人書》穿插這個故事，表達的是以弗所這個傷風敗俗之地有那樣水性楊花的女人。把神話擺進歷史座標又添一例：正如《情慾幽林》提過的，以弗所和塞普路斯一樣，是大女神信仰的大本營。

　　《金驢記》的主角可不只是人而不人，而是人變成驢子——又是色慾的象徵。這隻驢子所看到、聽到，乃至於經驗到的，都比《羊人書》更不堪：《羊人書》裡的知識份子雖然斯文掃地，總還有文可掃，在驢子的世界連掃都無從掃起。可是，這樣的背景反而更能襯託情慾世界最感人的故事，即丘比德與賽姬的故事。故事的男主角和女主角都是好奇的受害人，最後也都因心誠感神而尋回一度失去的自我。跟童話觀點一樣顯而易見的是，「賽姬」（Psyche）是希臘文的「靈魂，氣息」，「丘比德」（Cupid）源自拉丁文的「慾望」（cupido），因此他們的結合是跨文化聯姻[20]，而且寓意豐富。心理分析的觀點可以看出這樣的寓意：「慾望」見光死，必須加以壓抑，因此只能在可類比為潛意識世界的黑暗中會見「靈魂」，卻因為身分洩露而驚醒，而逃逸，「靈魂」則為了爭取「慾望」回到身邊而甘願成為「慾望」之母維納斯的奴隸（Shipley 287）。不過也有人說這故事是禁忌神話，反映婚後有一段期間不許新娘偷窺丈夫長相的習俗（Spence 143），這樣的習俗顯然又是父權社會制定的。換個角度，「從母系世界的觀點來看，每一樁婚姻都是一場冥神劫親」（Neumann 1952: 62），小愛神和和冥神半斤八兩，以各自的方式證明「男人有愛就可以強迫女人接受他的愛」這樣的父權情慾觀。

　　小愛神另有一般讀者容易忽略的一面。故事裡的人都認為賽姬的丈夫是蛇；「蛇喚醒性意識（sexuality）的根本動能」（Pollack 169），

---

[19] 羊人：satyr，希臘神話中頭上長角、身後長尾巴的樹林神物，代表自然界旺盛的生機，因此性能力超強，是酒神的跟班。後來的羅馬作家把希臘神話的satyr和羅馬神話的faun搞混了，因此說成半人半羊的造型。

[20] 這是一場合乎現實原則的政治聯姻：強勢族群的男人娶弱族群的女人，這意味著強勢文化對於弱勢文化的收編，早在《變形記》寫周夫與伊娥的故事就有前例。

是慾力的原型象徵，在個人就代表身體裡的原始力量（Neumann 1949:5-130）。既然丘比德如前所述代表潛意識的慾望，因此賽姬尋愛成功也就意味著靈慾兩相結合，他們的結晶則是「歡樂」：肉體歷經磨難，靈魂終能獲得安寧，但是靈魂還得要有所慾、知所慾，結合慾力之後才可能獲得承傳生命的大喜悅。這裡說的其實無異於宗教證道的過程，因為刻骨銘心的情慾經驗唯有宗教情操可與相提並論，此所以藏傳佛教藝術以肉體的大歡愉表達悟道的喜悅，也所以從拉丁文的passio到英文的passion（熱情）在定義上都兼有suffering（受難）之意，正同Diane Ackerman（130）說的，「浪漫之愛的重要原則，同時也是神秘主義者所企求的宗教狂喜，就是想要與所愛結合的強烈慾望」。丘比德向來是維納斯的馬前卒，為人作嫁卻不知情慾為何物。可如今，賽姬的美貌開了他的竅，他起而違抗母命，他爭取的是情慾自主權。母子衝突由於祖父朱比特為了以婚姻束縛孫子丘比德的「野性」而出面主婚，而圓滿收場。我們又一次看到父權價值取向的婚姻觀，也又一次看到因愛神的妥協而使得尋愛的美夢能夠成真。就如同伊絮塔以愛神兼戰神，愛有創生之德，同時也有力量帶來大毀滅；愛神，打從她還是大女神的時候，就是善惡知識樹的化身（Neumann 1963:89-210）。在這樣的文義格局中，我們看到當代女性爭取情慾自主的神話意義：打破《舊約・創世記》中上帝宣判女人永世於蛇為敵的魔咒。

然而，愛神母子衝突的導火線無關乎愛，卻是因美而起。維納斯是愛神兼美神，賽姬的美貌天下無雙。這本來不相衝突，問題出在賽姬接受愛美族的崇拜，以美神自居——而不僅僅是自比為美神[21]。在這個上古版的白雪公主與後母的衝突，雖然沒有小矮人救難，適時伸援手的「貴人」卻不限於動物界；雖然沒有魔鏡，卻有個殺傷力遠比魔鏡更大的介面，那就是人的審美觀。就像當今的影視新聞或美容與美體廣告，審美觀透過口耳相傳可以形成「輿論」，不像魔鏡只對特定的人有作用。這一來，女神失面子已是非同小可，神廟荒廢更嚴重，那可是存亡絕續的關頭，因為沒有人崇拜則原本永生的神必死無疑。女神信仰江河日下為時已久，寫活女神的焦慮倒是新鮮。在另一方面，希臘的一場只有當事者知道的審美（派瑞斯審美）引發一場東方與西方的大戰（特洛伊戰爭），如今沸沸揚揚的一場審美卻只鬧出家庭風波。神話的世界萎縮到只能在家庭中求意義。

---

[21] 借用希臘觀念，她犯了對神大不敬的傲慢（hubris）之罪。

有個小插曲寫到愛美的心理人神無差等。賽姬受維納斯折磨[22]，致命差事之一是前往陰間代為向冥后求贈化妝品。在回程的路上，她心想任務即將完成，夫妻團圓在即，為悅己者容應不為過，又可以討好「俊美的丈夫歡心」，於是擅自打開化妝盒，結果飛出瞌睡蟲[23]。又一次，我們看到被女人好奇揭開的秘密，又是裝在盒子裡面，又是跟情慾有關。不同的是，這一次是為了求美。先前，在她前往幽冥世界的路上，她剛通過最後一項考驗：學會說不。可是，如果是跟美有關，茲事體大，她還是不會說不。有愛必有美，有美斯有愛，怪不得愛神身兼美神，因為「美即是真，真即美」（濟慈〈希臘古瓶頌〉）。

　　「美即是真，真即美」是信仰，信仰需要真理，可是真理激不出情慾，這正是華格納的歌劇《唐懷瑟》（Tannhäuser）張力所在。馬婁筆下，帖木兒（Tamburlaine the Great）初睹佳人，就是後來成為他妻子的芝諾蒂（Zenocrate），忍不住斟酌起來：「我心苦惱但問美為何物？」在情慾世界，愛是唯一的美，有愛則是因為可慾。荷馬在《伊里亞德》藉特洛伊長老之口讚美海倫：「她的容貌像極了永生的神」。馬婁的浮士德看到她的幻影，衝口而出：「甜美的海倫，吻一下使我永生。／〔…〕我住下來，天堂就在這唇間」。美仍然是情慾世界的門檻，只是「不朽紅顏，／引人超生」（歌德《浮士德》）的神話已逐漸淡出情慾意識，新時代的維納斯只是靜態地供男性的眼光投注驚嘆。再往下一步，美失去了形而上的成分，美不過就是使人怦然心動，不過就是「此情可親」，像契訶夫《凡尼亞舅舅》第二幕Astrov醫生說的：「仍然使我心醉神迷的是美。一旦碰上了，我不會無動於衷。我想如果，比方說，Yelena要的話，只要一天的時間我就會得意忘形⋯⋯。可是那不是愛，也不是一往情深。」到這地步，情和慾分道揚鑣了。奧德修斯回到家裡，與為他守了整整二十年活寡的妻子團圓，情儂時也不過只說「上床吧，親愛的妻子，我們抱著睡覺，互相安慰」，可是在情與慾分家的時代，觸電的瞬間說不定就要把那二十年通吃了。在《舊約‧雅歌》的世界，男歡女愛無非是一夜真情，到了「一夜情」進入語言意識的現在，所謂「一夜情」不過是「瞬間慾」的美稱罷了。

---

[22] 折磨：如果強調維納斯的女神身分，「懲罰」是比較恰當的字眼，不過此處要強調的是婆媳關係。

[23] 參見《情慾幽林》選譯〈尋愛記〉注62。

在情慾史上，情慾分家並不是什麼新觀念。奧維德能夠在情與慾之間劃上等號就是因為情慾已解離而一分為二。《羊人書》裡面性慾之神取代性愛之神，以及《金驢記》裡面女人獸姦驢子，都是情慾分家的事例[24]。因應情慾解離的措施之一是提倡禁慾，而禁慾的觀念早在《舊約·創世記》的失樂園神話就已播下種子，《新約》則開始顯現解離的跡象（Yalom 2003: 33-6），到了奧古斯丁的《懺悔錄》終於開出文學奇葩，同時奠定基督教禁慾觀的神學基礎。他以親身的經驗為二元文化體系新添一個對立軸：「善」頭腦vs.「惡」身體。女人的身體就是具體的性誘惑，使男人的理性搖搖欲墜，唯有把罪（sin）的觀念引入情慾世界才可能防微杜漸（cf. Haste 163-8）。

奧古斯丁《懺悔錄》是基督教懺悔文學的第一部經典作品，涉及情慾的篇幅雖短，卻是紙短「情」長。「情」字加引號，需要說明。我想起僧意和王苟子在瓦官寺的一段：

> 意謂王曰：「聖人有情不？」
>
> 王曰：「無。」
>
> 重問曰：「聖人如柱邪？」
>
> 王曰：「如籌算，雖無情，運之者有情。」
>
> 僧意云：「誰運聖人邪？」
>
> 苟子不得答而去。（《世說新語·文學》57）

去人慾為的是顯天理，天理自有情在，這是儒家聖人文化的信念。基督教的懺悔機制卻是承認人慾難絕，就像我們可以在薄伽丘的〈把魔鬼送進地獄〉看到的。原罪觀衍生的懺悔傳統本是基督教文化的一大資產，可是薄伽丘的〈天使附身〉寫虛榮女遇上浪蕩僧，道出了特殊情境之下的流弊。王溢嘉《情色的圖譜》第十一章〈僧尼孽海〉蒐集不少同類的故事，包括取自《十日談》的四篇。他比較中西的差異，說中國的高僧淨尼與淫僧色尼「黑白分明，缺少靈慾衝突與掙扎的灰色地帶」

---

[24] 神話故事不乏獸交。王溢嘉觀察到中國筆記小說中的「生殖玄想」：男人和母獸交配通常生下人，女人和公獸交配通常生下獸；相對於母系社會高估女性的生殖能力（如《情慾幽林》引論提到的女性「單性生殖」），「明清筆記小說高估男性生殖能力的生殖神話則是父系（或父權）社會生殖玄想的外顯」（王溢嘉354），這和希臘神話把雅典娜與阿芙羅狄特說成男性單性生殖的結果是一貫的。

（334）。之所以缺少，不是中國社會沒有灰色地帶，而是聖人文化蝕掉了那個地帶，使人的視野呈現有選擇性的偏蝕景象[25]。

在羅馬開花而即將在歐洲競艷的情慾景觀，除了禁慾，還包括愛的異化、疏離與救贖這一連串環環相扣的作用。賽姬和不見天日的丈夫夜夜繾綣，忘乎所以。那兩個來自現實世界的姊姊硬要把她拉回社會，帶給她莫大的苦惱，也使她驚覺自己怎麼變了一個人[26]，也就是佩脫拉克在十四行詩之二九二破題寫的「我對自己感到陌生」。她驚覺自己的異化，強把現實的考量應用在與世隔絕的愛的世界，違背「絕對的信任」這個愛情第一定律，結果失去所愛。為了尋愛，她走上孤獨的旅程，歷經出生入死，終於獲得救贖。這一株情慾花在基督教王國繁衍出無數品種，隨時空座標而有不同。第一個醒目的變種是法蘭西的瑪麗栽培出來的，座標是封建時代歐陸瀕臨英吉利海峽的布列塔尼地區，該地在政治上雖然接受諾曼宮廷的統轄，卻擁有深厚的凱爾特傳統。

穩固牢靠的封建社會證實為宮廷文學的溫床，這是中古時代下半葉歐洲文學的態勢，特以封建制度的發源地法國為然。封建時代的社會中堅是騎士，騎士社會有一套禮儀專門用來界定愛情哲學並規範兩性關係，即宮廷愛情（courtly love）。一般認為宮廷愛情發源於十一、二世紀義大利北部和法國南部，特別是阿爾卑斯山西南麓臨地中海的普羅旺斯地區，當地的抒情詩人可能受到奧維德和通俗東方觀念的影響；復由於聖母崇拜和新柏拉圖主義（Neo-Platonism）的推波助瀾，徹底支配中古傳奇所描寫的兩性關係的這一套愛情哲學擺脫了感官的層面，全面倒向理性的規範。法蘭西的瑪麗所寫的敘事短詩另還透露十二世紀歐洲文學的一大特色：英雄豪傑看似生龍活虎在虛構的世界叱吒風雲，風雲之變色以及如何變色卻是取決於玉手纖纖一女人，然而不只撐起半片天的女性角色卻不是真實的人物，而是象徵「困擾男性世界的種種問題的哲理與心理面向」（Ferrante 1975: 1）。比起寓言傳奇這個文壇主流，女性的觀照視野雖然格局較小，卻以細膩婉約見長，對於女性心理的洞察尤其深刻。

---

[25] 聖人文化與懺悔文化的根本差異在於，前者主張「有為者可以為聖」，以止於至善為人生的最高境界，因此不許犯錯，後者的原罪觀使人相信人的不完美，犯錯難免，但經由懺悔贖罪能夠重蒙神恩。

[26] 寓言式解讀認為賽姬的姊姊代表社會原則。

〈秘密情人：朗瓦〉顛倒〈尋愛記：丘比德與賽姬〉的兩性關係，寫仙女對失意的男子主動示愛這個民間傳說常見的母題。不過瑪麗的故事引入第三者，人性情慾因而增添對比的趣味。王后[27]這個「闖入者」之於朗瓦，有如波提乏之妻之於約瑟（《舊約・創世記》39: 7-20），是地位高的女性對男性屬下求歡未果，惱羞成怒，憤而指控受害人。朗瓦的情人來自仙島阿瓦隆，她集美貌、財富、權勢與智慧於一身。美貌是情界的基本要素，她和朗瓦第一次見面的華帳（tref）就是象徵她的財富，她的權勢具現於強求朗瓦嚴守秘密戀情這個禁忌，她的智慧則表現在她甚至洞悉朗瓦觸犯禁忌的原由（Burgess 1987: 104-5）；美貌與財富尤其是丘比德背上的兩翅。瑪麗的這個故事讓我們看到摯愛真情對比有慾無情——有慾無情正是曹雪芹寫的紅樓濁夢。

有情世界最大的天敵就是濁物。朗瓦唯有奔往仙島，真情才可能擺脫權力的網絡。封建制度鞏固之後，權力結構全面滲透到生活的各個層面與所有的人際管道，兩性關係無從豁免，領主為騎士主婚或丈夫主控妻子的情慾，就像家長為兒女主婚，只不過是父權社會兩性政治的變奏曲。兩情相悅難敵權力結構的樊籬，〈夜鶯〉寫的就是丈夫的醋勁暴力造成的悲劇，然後把戀物的心理化成悽美的神話。夜鷹是逃脫婚姻桎梏的象徵，非經歷蝶化不足以產生昇華的作用。雖然戀物心理往往透露人際關係的疏離，因此只好託物寄情，可是鑲金織錦匣秘藏思念卻也意味著真情只能存在於不見天日的小空間——人間畢竟不能比擬於超自然的仙界。故事中的妻子和朗瓦一樣，在孤獨的世界樂無窮，那個世界承受不起外來的雜質；「一旦外在世界侵入她的幻想，美夢就破碎了」（Ferrante 1975:95）。我們在〈夜鶯〉看到性別政治強力介入婚姻的結果：愛情只能求之於婚外情——傳奇世界的婚外情。

大體而言，歐洲文學從十二世紀到但丁為止，女人仿如是一片銀幕，任由男人投射他顧影自憐的形象與顧盼自雄的慾望。她偶而被描寫成騎士制度或婚姻與社會成規的受害人，但是男人的心理一向是焦點所在[28]。然而，在瑪麗的敘事短詩，我們看到愛也是女性心理的一個切面，又看到女人被視為完整的人加以呈現。在〈婚姻危機：紀狄綠與紀雅

---

[27] 故事中沒有具名，但可信就是亞瑟王后歸妮微（Guinevere）。

[28] 然而，在寓言（allegory）中，女人卻象徵對反物（the opposites）互相結合的生命原則，既是禍母又是聖母（Ferrante 1975: 65-127）。

丹〉，瑪麗透過艾利度的處境，不但呈現宮廷愛情的理念，也透露了該理念的窘態。艾利度的所作所為，乍看之下面面俱到，細心察究其實處處破綻。紀雅丹敢愛，雖不免受苦，甚至瀕臨死亡，卻能起死回生，與愛人走出封閉的情侶世界，攜手融入社會並落實博愛的精神，這是紀狄綠無法企及的（Ferrante 1989:534）。可是，紀狄綠面對「戀情像陰間一樣冥頑」（《舊約‧雅歌》8:6d）的婚外情——仍然是傳奇世界的婚外情——快刀斬亂麻，不但維繫自己的尊嚴，也體現基督之愛。在某些人看來，世俗之愛有其侷限，博愛人類與奉獻上帝則提供更大的滿足。

瑪麗以愛情和責任的衝突為焦點，由於神奇的成分攙雜其中而有童話的風味。不過，她運用超自然成分相當節制，而且一貫結合現實的象徵。敘事短詩中的超自然成分可比擬聖徒傳的神蹟（Burgess and Busby 23-4），「就像聖徒在行動中展現出精神境界，促使他們從事巧奪天工的美學技巧或為上主受難，宮廷情人受愛情激勵而致力於英勇又合乎禮節的行為」（Muir 48）。不過聖徒傳的主題是主要人物的人生危機。但丁《神曲》在基督教的文義格局中重拾此一主題，另又融入了愛情的旨趣，把生之大慾化作永恆的基督教寓言。他看人世間情慾陷阱處處有，連書籍也不例外。

但丁所融入的正是《奧卡桑與尼可烈》所要傳達的愛情宗教的福音。愛情福音出自《奧卡桑與尼可烈》，說來不足為奇，因為這一部作品的背景就在普羅旺斯，那是宮廷愛情的發源地。關於該作品本身的價值與整體的風格，小序將述及。此處要指出的是它在情慾文學史的定位：愛就是簡簡單單的一方有情而另一方有意，與婚外情扯不上干係，這是《奧卡桑與尼可烈》顛覆宮廷文學成規的一個主要環節。另一方面，在瑪麗是作為神話創造的發聲管道的化外之地，在《奧卡桑與尼可烈》萎縮成中途休息站，在斯賓塞卻成為樂園[29]。不過，進一步分析戀愛中人的感受與動機，還得等到薄伽丘和喬叟。

就在封建體制臻於發展的高峰，致命的吸引力量以反滲透的方式展開反撲，性慾逐漸凌駕情慾。人性脆弱取代情場險路而成為情慾文學的新地標。社會變遷必然影響到價值觀，《十日談》的前言寫瘟疫導致價

---

[29] 「化外之地」猶如當代措詞說的邊緣地帶，兼指地理上與文化上雙重意義，前者如樹林，後者如非主流的凱爾特傳說。又，「樂園」不是本書所選譯《仙后》中的「極樂園」，而是第三卷第六章描寫的阿多尼園，其差別在於極樂園是「人藝」（Art），阿多尼園是「天工」（Nature）。

值沉淪即是薄伽丘的定調之筆。即使是在呈現宮廷愛情理念的〈殺鷹示愛〉，寫實的筆觸依然可見。更多的是〈天使附身〉之類的故事：姦情在文學天地終於獨當一面。薄伽丘不是首開風氣之先，卻有造境啟蒙之功：他使通俗的粗鄙故事脫胎換骨，變成藝術品，啟迪喬叟和瑪格麗特功不可沒。影響的層面更廣泛的是，他一舉剷除情慾花園的知識樹，讓讀者輕鬆徜徉情慾美景而不會有心理負擔。到了喬叟，我們又看到爾後文學發展的一個新方向：婚姻傳奇取代宮廷文學的愛情傳奇。他還沒走到那一個地步，不過他指出了方向所在。

或許已有讀者注意到丘比德好像失蹤了。他在上古情場幾乎無役不與，卻總是局外人。直到在《金驢記》緣識賽姬，然後他就像《紅樓夢》第一回寫的「由色生情，傳情入色」，射了自己一箭，之後就消聲匿跡。倒不是他「因色悟空」，而是時代變局加上奧古斯丁的緊箍咒，他沒有用武之地。在十二世紀，丘比德箭射情人心仍是新意象（Muir 73）。他雖然復出慾海情陸，一時還有志難伸。中古傳奇把passion（熱戀、激情）歸因於喝了魅春藥，而這種刻骨銘心使人不能自己的愛只有在基督信仰的文義格局之內才有意義。性關係並不涉及感情，而是附屬於契約原則的婚姻義務。「因此，為愛而結婚在理論上是不可能的：如果妻子把自己奉獻給愛，那麼接受情侶是她的本分；如果她把自己奉獻給上帝，那麼他熱戀丈夫就是犯罪」（Cohen 26）。正如passion的拉丁文字根用於表達「受苦受難」，耶穌受難就是passion。此處所述的微言大義，正是佩脫拉克的愛情悲劇的根源。

同樣凝視愛人的眼睛，但丁看到通往天國之路，佩脫拉克卻看到自己的身影。情慾世界處處有納基索斯的鏡池[30]，瑪格麗特〈天花板的限阱〉寫到誤把慾當作情的男主角顧影自憐，卻不知潘安出自情人眼、有情即是美的道理──相對於女為悅己者容的賽姬，我們現在看到的是男為己所慾者容。更有意思的是，兩性關係在《七日談》以思想戰爭的形態呈現，那也是一場階級戰爭，雖然聞不到煙硝味，因為作者本人、跟她輪流講故事的同伴，以及故事裡頭的人、事，無不受到宮廷禮儀的規範。

宮廷愛情也受宮廷禮儀的規範，然而宮廷愛情在斯賓塞的《仙后》卻成為邪惡的淵藪。斯賓塞創作的初衷是要呈示文藝復興行為準則的美

---

[30] 見《情慾幽林》選譯奧維德〈自戀水仙〉。

德書，運用的是代表中古文學最高成就的體裁，一體結合史詩、傳奇與寓言，結果是把宮廷愛情給正式拱進文學博物館。他寫這一部史詩雄心萬丈，以虛構的仙界意圖收納古典世界（希臘羅馬）、英國本土（以亞瑟傳奇為主的凱爾特傳說）和基督教三大傳統，先在前二卷確立一系列的的二元觀點——光明vs.黑暗＝生命vs.死亡＝健康（或自然）vs.病態（或種種危險）——緊接著的兩卷轉為極樂園vs.阿多尼園＝人藝vs.自然＝色慾vs.情慾＝宮廷愛情（婚外情）vs.婚姻愛情（Chastity，「貞愛」）＝模仿vs.真實。他還告訴我們，「真理」（Una）是「光明」（Light）的女兒（3.4.61）。正如筆者在《情慾幽林》的引論提過的，二元觀點和光明神相的概念都是父權社會用來取代母神信仰的論點，而斯賓塞在他建構的這個二元體系卻要呈現如陰陽太極圖般分立但不對立的價值觀。由於這一部詩篇只完成一半，我們難以評斷成效如何。但是，就選譯的部分而論，他透過與阿多尼花園對比的極樂園，讓我們看到色慾與情慾的分際，明顯是在藝術與色情的曖昧地帶樹立明確的地界。那一界之隔，一言以蔽之，只在於「健康」與否。在極樂園，只有透過擬人格的歡樂才跟性扯得上關係，可是在那園子裡看不到丘比德。換句話說，極樂園沒有愛，沒有性愛，只有空洞的歡樂，「淫歡」，是病態的。在第三卷，我們進一步看到善維納斯和惡維納斯，前者其實就是未受污名的愛情女神，後者則是懸情吊慾的假愛情女神。

斯賓塞的極樂園彷彿是《奧德賽》第十卷所述的紀珥凱（Circe）與世隔絕的海角一樂園，以文藝復興的面貌向世人展現新姿。但是，對中文讀者來說，《鏡花緣》第九十八回寫巴刀關或許更貼切：

> 陽衍進了巴刀陣，但覺香風習習，花氣溶溶，林間鳴鳥宛轉，池內游魚盤旋，各處盡是畫棟雕梁，珠簾綺戶，那派艷麗光景，竟是別有洞天。於是下馬緩步前進，微聞環佩之聲，只見有二女子遠遠而來，生得嬌妍絕世，美麗無雙。那路旁的鳥兒見了這兩個美人，早已高高飛了；池內游魚，也都驚竄深入。又有一個美人不知為甚忽然用手捧心，那種張目蹙額媚態，令人看著更覺生憐。轉到前面，順步看去，接接連連盡是絕美婦女：也有手執柳絮的，也有手執椒花的，也有手執錦字的，也有手執團扇的，也有手執紅拂的，也有手執鮮花的，個個彬彬大雅，綽約絕倫。

再往前走不到幾步，竟然是花街、柳巷與桑林。色字頭上果然是一把刀[31]。

　　一般讀者難免覺得斯賓塞陳義過高，可是他用心辯明情慾與色慾，不容淫歡在愛的世界魚目混珠，不是有心人是不會想到要做，也做不來的。跟他相反的是年齡相仿的莎士比亞，無所用其心的典範。莎士比亞沒那麼高深的道理，有的只是體驗生命。對他的情詩而言，情就是生命，愛就是人生。對我們來說，讀他的情（慾）詩就是重溫生活的藝術，就是體會「情鑑」。我們不妨學習尼可烈的「情心」，然後應用在體會莎士比亞的十四行詩。

　　莎士比亞有他保守的一面，就表現在他的體裁。鄧恩雖然保留詩節的形態，突破之心顯然可見。不過，他的特色主要在於以明確的地點與具體的物件這兩樣寫實利器搖撼神話傳統和傳奇世界，以口語的措詞和節奏模擬現實世界的騷動。他要經營一個能「使得小小世界藏大廣輪」（〈早安〉11）的愛，一個兼具排他性與包容性的愛情世界。論內在結構，〈早安〉三節，時間依次為過去、現在與未來，素材則從肉體經心智而轉移到精神界。此一結構表達的雖是傳統的由感官進境於超越的論證，主題也是傳統的愛情證道之前與之後的對比，可是細看詩的內容，雖然保留押行尾韻的詩節形制，押韻模式卻獨出機杼。一落筆他就拔除保險梢，非常勁爆。破題問句之後，三個意象又各自帶出一個問句，應該是提供三個可能的答案，卻引人聯想聖奧古斯丁《懺悔錄》回顧改宗前後生命情態的對比。〈封聖記〉19行「隨你們怎麼叫，我們這樣是由於愛」依稀可見俠骨柔情的風範，不過新時代的多情郎畢竟不同於傳奇世界所見到的騎士，不再是斬妖除魔拓展物理空間的邊疆，而是捍衛私有領域抗拒世俗污染的情侶，為的是深化心靈空間。不論是像〈跳蚤〉那樣，在幽默俏皮聲中展露博學與機鋒，還是像〈封聖記〉那樣預言新天新地的愛情新世界，夙昔典型令人嚮往。

　　佩脫拉克以墳墓的意象結束他的情場歷險記。隨著情慾觀的逐步解放，情慾世界越來越無險可歷，倒是奇遇不斷翻新。我們出慾海上情岸，深入幽林又跨入花園，最後走進鄧恩的情人廟。西方傳統的情人廟供奉的是丘比德與賽姬。丘比德原本就是神，可是賽姬，雖然從悟（愛情之）道、證道，到最後豐收情慾果的過程，涉歧路又越險境可以說是

---

[31] 「色」拆字即為「巴刀」。

酒神戴奧尼索斯以降第一人，卻因為其生也晚，希臘人來不及建祠入祀。如今榮登神榜，還得要有祭司才算數。果然，就在兩百年後：

是的，我要當祭司，在我心
沒有人跡的地方建廟宇，
思想展新枝，苦中帶歡欣，
取代松林在風中飄絮語：
樹木翁鬱無邊攀上山峰
一層層翠巒碧羽疊綠嶂；
西風輕拂，溪流、山鳥、蜜蜂、
苔茵仙子都會沉入夢鄉；
在這一片四野寂寂之地
我將為安樂寶殿架起
思路通腦海的花徑迴廊，
飾以花蕾、風鈴‧無名星星，
飾以一切幻想妄化的景象——
這園丁從不栽相同花種——
又把溫馨喜悅為你安排
只容幽思探入門，明燈一盞，
夜裡窗戶敞開，
好讓愛神光臨！

這是英國浪漫主義詩人濟慈〈賽姬頌〉的結尾。既然情聖眷屬有了安身立命的地方，願天下有情人皆知生之大慾，有慾者養情怡情不偏廢。

一、中古文學

聖奧古斯丁（354-430）《懺悔錄》（拉丁文）

　　歐洲文獻對於人的描寫始自荷馬史詩，描寫的重點是人表現於外的具體行為。隨後出現的抒情詩，如莎芙所寫的，則是以人反應於外的具體情感為描寫的重點。對人的心靈發生興趣，亦即探討「人」為一存在主體的本質，始自西洋哲學之父蘇格拉底。至於對人的成長歷程發生興趣，這得要等到聖奧古斯丁。心靈問題主要屬於哲學範疇，個人的生命史則是傳記的興趣焦點，這兩股線索在歐洲的宗教改革運動之後合而為一，特別是在英格蘭產生了後來影響到小說發展的一個特殊的文類：心靈自傳（spiritual autobiography; Starr3-73）。那是十七世紀的事，可是在那之前一千兩百年，心靈自傳的先驅作品就誕生了，就是《懺悔錄》（400？），那是聖奧古斯丁卷帙浩繁的作品集中最通俗的一本。

　　換一個角度來看，雖然公元前五世紀的雅典悲劇詩人尤瑞匹底斯就已經藉由人物的心理呈現創作的旨趣，可是後繼乏人。作家普遍而且有意識地探討人的心理是十八世紀以後的事，他們筆下的人是以成年為主，那些男男女女雖有早年的經驗，那些經驗的存在卻彷彿只是用於「浮」起他們的成年人像，雖有作用卻難有深度可言。如果把個人成長的經驗當作歷史的一種，聖奧古斯丁的《懺悔錄》讓我們瞭解到，個人的歷史也可以具有「景深」的效果。

　　聖奧古斯丁誕生於北非今阿爾及利亞境內的Tagaste，在迦太基求學期間醉心於西塞羅與維吉爾，二十歲回故鄉教授修辭學。當時，摩尼教風行於羅馬帝國的西半部，聖奧古斯丁信仰甚篤；他的母親Monica卻是虔誠的基督徒，生平最大的心願莫過於看到兒子改宗。三八三年他前往義大利進修，先抵羅馬，後轉往米蘭與母親會合。在米蘭，他受到當地主教St. Ambrose的影響，終於在三八七年的復活節前夕受洗。《懺悔錄》就是聖奧古斯丁皈依基督教之後，在上帝面前的告解，剖陳自己受到西塞羅的啟悟而矢志追求「智慧的不朽」（第三卷），卻在「反求諸己」的自覺中經由內省而「發現」上帝（第七卷）。

聖奧古斯丁是早期基督教會最偉大的思想家，諡聖是為了表彰他對基督教神學體系的貢獻，使得梵蒂岡正統教會有能力應付異端與異教內外夾攻的局面。他在希臘的哲學思辨和羅馬的政治一統這兩個基礎上，為基督教義奠定可久可長的傳統，是總結上古三大文化體系的一大功臣，使得基督教會有潛力取代進而延續終至於拓展羅馬帝國一統歐洲的理想。因其如此，西洋文化史習慣把他定位為上古世界集大成的人物。可是從情慾文學的觀點來看，阿普列烏斯的〈丘比德與賽姬〉更適合總結上古時代，聖奧古斯丁的情慾觀則可以取為但丁的補充教材。

以下的選譯（標題是中譯附加的）出自聖奧古斯丁對於青少年求學歲月的回顧，透過含蓄隱喻和矛盾修辭描寫情竇初開的懵懂少年，誤以為慾即是愛，錯把「我慾」當成「戀愛」，硬把佔有對方的身體視同戀愛的表徵，結果有如打開潘朵拉禮盒，使人情世界充斥烏煙瘴氣。由於作者的措詞遣字，一般人難以忘懷的初戀經驗竟成為可羞之事。我們不難從聖奧古斯丁的青澀經驗看出羅馬時代情慾解離的後遺症，他的回顧也有助於我們瞭解基督教把夏娃食禁果和原罪劃上等號的緣由。《情慾幽林》的引論已辯明知識果就是情慾果，情慾其實無罪，罪在違背誡令，其本質與丘比德禁止賽姬窺探面貌真相殊無二致。

我陷身在情慾鍋（第3卷第1章）

我去到迦太基，發覺自己陷身在熱滾滾的情慾鍋。我還沒有談過戀愛，可是我迷戀上愛的念頭，若有所失的感覺使得我因為沒有汲汲營營滿足這方面的需要而瞧不起自己。我開始搜尋愛的對象，因為我非常迫切要有所愛。對於沒有陷阱的安全道我提不起勁，因為雖然我真正需求的是您，我的上帝，您是靈魂的食糧，我並不曉得這一種饑渴。我感覺不到對於不會腐敗的食糧的需求，不是因為我吃飽了，而是因為我越餓，那種食糧似乎就越不可口。就是因為這樣，我的靈魂生病了。我的靈魂開始潰瘍，沒命似的尋找能夠搔著癢處的什麼具體、世俗的方式。可是，具體的東西沒有靈魂，不可能真的成為我愛的對象。我心裡盼望的是愛，而且讓我的愛得到回報；如果我還能享受到愛我的那個人的身體，自然是更甜蜜。

因此，我用淫慾的濁泥污染了友誼的河川，用色慾的冥河黑水玷污了清澄的水域。雖然墮落到極點，我還是無比的虛榮，雄心萬丈要在

世人面前留個好印象。我談起戀愛了，那是我自己挑選的陷阱。我的上帝，我慈悲的上帝，您多麼善良，在歡樂杯攪雜苦滋味！我的愛得到回報，後來還把我束縛在無上喜樂的桎梏中。在歡樂當中，我因為苦惱纏身而動彈不得，因為火紅的鐵棒不一而足，嫉妒、疑心、恐懼、憤怒和爭吵揮落在我身上，絲毫不講情面。

黛侟的故事

（古愛爾蘭文，九世紀）

公元前五世紀希臘的歷史學家希羅多德提到多瑙河（他稱為Ister）發源於Pryêné（古地名，在今法、德、瑞士接壤處）附近凱爾特人的國度，把歐洲一分為二，又說「凱爾特人住在海克力斯柱以外的地區」，與定居於歐洲極西的Cynesians為鄰（Herodotus 2:33）。這是文獻史上第一筆關於凱爾特人的資料，敘述雖簡短，卻透露了公元前五世紀希臘觀點的歐洲圖像：沿多瑙河畫一圓弧，往西南延伸到直布羅陀海峽（希臘人稱為「海克力斯柱」），圓弧之內是地中海北岸的希臘殖民城市所構成希臘文化圈，圓弧之外是不知其詳的凱爾特人生活圈。四個世紀之後，凱撒《高盧戰記》比較高盧人（今法、比、德西與義北的凱爾特人）與日耳曼人的習俗，呈現了一幅變貌：萊茵河取代多瑙河成為新的文化界線，已經擺脫部落時代、開始使用希臘文字並且出現社會階級（貴族、祭司、騎士與平民）的高盧人被羅馬的武力給兼併了，日耳曼人的勢力方興未艾（Caesar 6:11-44）。

就在南歐的重心從希臘轉移到羅馬的這四百年間，新興民族擴張運動的老戲碼也在中歐如火如荼地展開，此時所見的文化態勢其實就是現代西洋文化圖像的原型。關於這一段歷史，請參閱拙作《新編西洋文學概論》113-19頁的簡介，此處需加補充說明的是「民族」一詞的概念以及文化傳播的一條鐵律。就像我們說漢人或美國人，凱爾特人乃是基於文化的融合而形成的一個族群。民族的遷徙固然是史實，但是新興民族的誕生主要是基於語言的通路與時間的累積互相加乘的結果。民族一旦開始擴張，遲早會產生中原與邊陲的緊張關係，中原地區由於群雄逐鹿而改變得幾乎面目全非之際，邊緣族群卻在面臨種種新挑戰的同時，往往保存最豐富的母文化遺產，包括語言特色。結果是，在凱爾特原鄉只剩甕棺墓地文化（Urnfield culture，公元前十二世紀從中歐東部與義大利北部開始往四方擴展）的考古遺物可資憑弔，最偏遠的愛爾蘭卻在

十九、二十世紀之交仍有動力爆發蓋爾（愛爾蘭的凱爾特）復古運動，在相當的程度上影響了現代文學的面貌。

蓋爾文學分屬三大類：一、神話聯套（Mythological Cycle），包括《征略書》（*Leabhar Gabhála*）和《地方誌》（*Dinnshenchas*），是凱爾特人在愛爾蘭的創世記；二、菲因聯套（Fionn Cycle），以大英雄菲因（Finn）為核心的系列故事，其中有許多後來被融入亞瑟王傳奇；三、厄爾斯特聯套（Ulster Cycle），反映上古愛爾蘭兩個王國（厄爾斯特和孔那塔）的衝突，口語承傳上千年之後才形諸文字。《黛佳的故事》（*The Story of Deirdre*）原本出現在九世紀的一份文本，後來併入厄爾斯特聯套，為的是解釋佛格斯的變節。故事的背景、敘事的手法、人物的性格與主題的呈現，處處洋溢古風——荷馬式古風。

表面看來，黛佳只是再世的海倫——特洛伊的海倫。其實，至少就本書的立足點而言，其間的差異更值得矚目。特洛伊戰爭是因海倫而起，可是描寫那一場戰爭的《伊里亞德》洋洋灑灑二十四卷，超過一萬五千行，卻只有兩個短鏡頭以她為焦點。第三卷，特洛伊和希臘聯軍已分別擺開陣式，正準備廝殺，卻臨時達成協議，由海倫的丈夫和情夫為「所有權」決鬥（3:137）。協議既定，海倫走上城樓，有如公開展示的獎品。此時，原本「像林中高樓的蟬」那樣聒噪的眾長老一看到海倫，突然壓低聲音，交頭接耳道：

> 怪不得特洛伊人和裝備齊全的希臘人
> 為這一個女人忍受長久的痛苦。
> 她的容貌像極了永生的女神。
> 即便如此，還是讓她搭船走吧，免得
> 她留下來害苦了我們和我們的孩子。（《伊里亞德》3:151,156-60）

在荷馬的世界，海倫只是丈夫與情夫你搶我奪的對象，只能充當男性眼光凝注的客體和希臘聯軍搜刮戰利品的替罪羊。她在第六卷有比較吃重的戲份，可是不說話則已，一開口竟然扮演起希臘男人的心象投影，而且是以她和派瑞斯鬧彆扭來襯托赫克托（Hector）和安助瑪姬（Andromache）的訣別景。二十四個世紀之後，英國詩人馬婁寫浮士德驚艷，畫眉徹底失聲，倒是凝視的眼光下傳出觀者感官的呼聲如雷貫耳：

甜美的海倫，吻一下使我永生。

她的唇吸出我的魂──看它飛！

來，海倫，來，我的魂再給我。

我住下來，天堂就在這唇間，

海倫之外全是一堆渣滓。（Marlowe, DrFaustus5.1.99-103）。

反觀黛佳，我們聽得到她自己的聲音。她敢於表達並伸張情慾自主權，這是父系社會男權觀點的一大禁忌。她的主動撥撩了凱爾特男性最敏感的一條神經，即榮譽，連帶使得相關的男人淪為拱月的眾星。就像那些毅然擺脫禮教或不畏禮教吃人──被吃的通常是女人──的姊妹，她有取有捨，後果一肩擔。和主流傳統所塑造女性的形象比起來，黛佳是站在情慾圖譜的另一端。這樣的女性在歷史上長久被定調為禍水紅顏，然而《黛佳的故事》所含納的參數，包括歷史條件、社會背景與敘事手法，乃至於素未謀面先鍾情這個特定的母題，提醒我們下述的事實：當上帝是女人的時候（When God Was a Woman，這是Merlin Stone的書名，「上帝」這個稱呼當然不是耶和華的專利），掌握情慾自主權的女性並不是禍母，而是多情又熱情的命運女人（woman of fate）。這一來，奧斐斯的母題廣開一境，不只是傳達情思的媒介，諾伊旭的能歌又善戰同時也是推動劇情與渲染氣氛的要素。

〔一、紅顏出世〕

烏利德人正在達爾的兒子費迪米家裡喝酒──費迪米是孔科佛的說書人[1]。他們喝酒取樂的時候，費迪米的妻子在一旁伺候，雖然她已經有孕在身。角杯和食物一巡又一巡，屋子裡到處都是醉酒的笑聲。

到了就寢的時候，費迪米的妻子起身上床，可是她穿過屋子時，胎兒突然發出尖叫聲，整個宮廷都聽見了。這一叫，所有的人都站了起來，交頭接耳，但是阿里爾的兒子軒凱[2]要大家安靜，說：「各位別慌！我們把孕婦帶過來，也好看看叫聲是怎麼來的。」

---

[1] 烏利德：Ulaid，古王國，即厄爾斯特（Ulster），在愛爾蘭北部，但其疆域並不完全等於當今政治行省所稱的北愛爾蘭。孔科佛：Conchobur，烏利德的國王。

[2] 軒凱：Senchae，孔科佛的大臣。阿里爾：Ailill，與孔那塔的國王同名，但不是同一人。

於是這女人給帶到他們面前，她的丈夫問她：

吵翻天什麼聲音這麼野
在妳肚子裡喧囂吼叫？
妳體內的呼喊，聲響可真大，
聽到的人會給震破耳膜。
我這顆心內傷可真嚴重，
嚇個半死動也動不了。

費迪米的妻子轉向卡蘇[3]，因為他是聰明人。她說：

聽卡蘇怎麼說，他清秀
長得俊，他的頭環[4]有大權，
因德魯伊特[5]智慧而受推崇。
我自己說不出白色[6]的話，
無法讓我丈夫聽出什麼名堂
可以回答他自己的問題，
因為，雖然他在我身體的搖籃呼喊，
沒有哪個女人知道
自己的肚子結什麼果。

卡蘇回答說：

妳的子宮搖籃有個女人在呼喊，
她有一頭黃鬈髮，
一雙眼睛灰綠色。
臉頰粉紅狀似洋地黃[7]，

---

[3] 卡蘇：Cathub，是個德魯伊特（見注5）。

[4] 頭環：名為airbacc Giunnae的德魯伊特專屬髮型，在耳後剃出箍狀環帶。

[5] 德魯伊特：druid，擁有專業知識的特權階級，在凱爾特社會兼具祭司、教師和法官的功能，也擔任君主的法律、政治和軍事顧問，必要時也能發揮使節的功能。這個階級並無性別限制。

[6] 白色：猶言「漂亮」，真知灼見之意。

[7] 洋地黃：又稱毛地黃，歐洲原產的一種植物，葉呈卵圓形。前此三行描述容貌，大概就是國人說的金髮碧眼瓜子臉。

牙齒沒有瑕疵白如雪，
嘴唇鮮艷是安息紅[8]。

為了她將有一場大屠殺，
烏利德的戰車[9]勇士不相讓。
在妳的子宮喧囂尖叫的
是高挑美貌長髮的女人，
追求的人會互相爭鬥，
許多大王會向她求婚；
孔科佛領土的西方
將有戰士的大豐收。
將會有安息紅唇圍成框
襯托那兩排皓齒；
眾貴后將會嫉妒她
美身材無與倫比。

接著，卡蘇把他的手擺在這女人的肚子上，孩子一陣咕噥，他說：「錯不了，是個女孩，黛佳是她的名字，將會有大麻煩因她而起。」

這女孩出生後，卡蘇說：

縱有名聲與美貌，
黛佳，妳將帶來大毀滅；
費迪米的美兒女，
烏利德將會因妳受苦難。

還會有更多的死亡
因妳起，女人像火焰。

8　安息紅：艷麗的深紅色澤。稱其為安息紅，因為這種色調傳統上使人聯想到東方古國安息（今伊朗境內一地區）。下文「安息紅唇」即是「朱唇」。

9　戰車：馬拉戰車，戰爭所用兩輪或四輪的敞篷馬車。在北京市琉璃河的葬墓中發現的約公元前三千年的戰車，其結構與西歐凱爾特人的馬拉戰車相似。凱爾特人在不列顛群島使用馬拉戰車則是公元前五世紀的事，此時他們已廣泛利用金屬製造車軸和車轅。在古典希臘的奧林匹克運動會和羅馬競技場上，馬拉戰車一直是主要項目，但是從亞歷山大（356-23 B. C.）時代開始，騎兵已經取代戰車。

妳有生之年──聽好來──
魏斯里烏三公子將受流刑。

妳有生之年將會有
樁暴行降臨在埃玢[10]；
奸詐人將會懊惱當初
違背強人佛格斯的保證。

為了妳，命運女人[11]，
佛格斯將被逐出魏斯里烏，
另有引發淚水橫流的一件事──
孔科佛的兒子費阿奈性命不保。

為了妳，命運女人，
拉董的兒子蔦爾凱性命不保，
還有同樣令人髮指的一條罪──
杜沙特的兒子尤根將死於非命[12]。

由於氣憤烏利德大王，
妳會做出悲壯的行為[13]；
妳的墳墓將無所不在[14]──
黛佳，妳的故事會廣流傳。

　　年輕的勇士異口同聲說：「把這孩子殺了！」
　　「不，」孔科佛說，「明天我就帶她走，用我認為妥當的方式撫養
他，她以後要陪伴我。」沒有一個烏利德人膽敢反對他。

[10] 埃玢：Emuin，孔科佛的都城。
[11] 命運女人：仿「命運女神」之稱，此一「命運」通常指涉負面的意涵，指掌握別人命運者，
　　猶言「紅顏禍水」。
[12] 尤根（Éogan）其實是殺害諾伊旭（Noisiu）的人。本篇故事並未述及尤根是怎麼死的。
[13] 可能暗示黛佳自殺。
[14] 愛爾蘭將會有許多地方宣稱是黛佳埋屍之處，猶言「名垂千古」。此處的措辭，仿荷馬史詩
　　的口吻就是「世人將到處歌唱妳的事蹟」。

黛佳在孔科佛的撫養下長大，是阿瑞烏[15]第一美女。她被安置在一處別宮，以防有烏利德人在她陪孔科佛睡覺以前見到她的面。任何人都不許進入那一座宮院，僅有的例外是她的養父和養母，以及一個名叫萊沃坎，無法對她設禁的舌巫[16]。

〔二、紅顏奇遇〕

一年冬季的某一天，黛佳的養父在室外，在雪地中，為她剝一頭斷了奶的小牛的皮。黛佳看見一隻烏鴉在雪地上喝血，對萊沃坎說：「我可以愛上一個身上有這三種顏色的人：頭髮像烏鴉，臉頰像鮮血，身體像白雪。」

「那麼，幸運和福氣都在妳身上，」萊沃坎說，「因為那樣的一個人離妳並不遠。事實上，近得很，就是魏斯里烏的兒子諾伊旭。」

黛佳回答，說：「那我會生病直到我見了他[17]。」

有一天，諾伊旭獨自站在埃玢要塞的壁壘上，唱著歌。魏斯里烏幾個兒子唱的歌一向動聽：每一頭乳牛聽了都會增加三分之二的泌乳量，每一個男人聽了都會聞歌滿足而心平氣和。魏斯里烏的幾個兒子也是戰鬥好手：他們聯合起來，能夠阻擋整個烏利德。不只這樣，他們跑起來快得像獵狗，能追趕上野獸，把牠們殺死。

諾伊旭一個人在外面時候，黛佳溜出來找他，假裝過路。他沒有認出她。

「猙牝犢[18]打從身旁過，」他說。

黛佳回答：「沒有公牛的地方，牝犢必定是猙物[19]。」

---

[15] 阿瑞烏：Ériu，愛爾蘭語稱呼愛爾蘭的通用詞。

[16] 「舌巫」是愛爾蘭古文化的一大特色，以女性居多，咸信他們無遮攔之口所說的話具有魔力，足以實質傷害人身。此所以孔科佛對萊沃坎（Lebarcham）心存忌憚，不敢以君主之尊禁止她接近黛佳。

[17] 除了「一見鍾情」這個世界文學常見的母題，早期愛爾蘭文學也常出現「未見面先寄情」的母題，這也許是敘述者在強調宿命觀或反映定命論。

[18] 猙：牛純色。牝犢：小母牛；言其小，因尚未生產。諾伊旭以牝犢喻黃花閨女，並無輕佻或侮辱之意，反倒流露欣賞之情，欣賞其美──家畜是愛爾蘭英雄社會主要的財富形態之一。《易經》云「坤，元亨，利牝馬之貞」，以母馬象徵坤卦，取其柔順之意，用意相同。不過，黛佳絕不是柔順之輩。

[19] 猙物：《周禮·地官·牧人》云「凡時祀之牲，必用猙物」，疏曰「此猙物者……要於一身

諾伊旭說：「妳有我國的公牛，就是烏利德的國王。」

「你們倆當中，我會選一頭像你這樣的小公牛，」她回答。

「不行！有卡蘇的預言，」諾伊旭說。

「那麼，你是在拒絕嘍？」她問。

「是的，沒錯，」他答道。

衝著這句話，黛佳往前一跳，抓住他的耳朵，說：「兩耳羞羞不要臉[20]，除非你帶我走！」

「走開，女人！」諾伊旭說。

「太遲了！」黛佳答道。

到了這地步，諾伊旭開始唱歌[21]。烏利德人聽到他的歌聲，起了暴動。魏斯里烏的其他兒子[22]出來制止他們的哥哥。

「你在幹嘛？」他們問道。「烏利德人會因為你而自相殘殺。」

於是，諾伊旭把剛才發生的事情說給兩個弟弟聽。

「事情不妙，」他們說。「既然這樣，你不會受到污衊的，只要我們還活著。我們一起帶她到別個地方去——在阿瑞烏不會有國王攆我們走。」這是他們的看法。

他們當晚就出發：三倍五十個[23]勇士，三倍五十個女人，三倍五十隻獵狗，再加上三倍五十個僕人，黛佳混在他們當中。

經過一段長時間，這三兄弟在阿瑞烏到處都有國王出面保護他們，雖然孔科佛經常要詐設陷阱要消滅他們，從埃斯魯阿到西南，回轉東北到本碟塔都有[24]。

最後，烏利德人還是把他們趕出了阿瑞烏。他們流亡到埃布[25]，住在野地；山裡面的野物跑出來的時候，他們就捕來當食物。有一天，埃布人圍攏過來要消滅他們，他們去求見埃布王，他把他們收為身邊的

之上，其物色須純，其體須完，不得雜也」。引文言其純美之質，不知凱爾特社會是否隱含類似的宗教意味。

[20] 猶如莎士比亞寫「丟下手套」，戰帖已下，無可挽回。

[21] 作者惜墨如今，沒有明言到底是驚惶或是狂喜。

[22] 安萊（Aindle）和阿爾丹（Arddán），下文會提到。

[23] 三倍五十個：一百五十個，措詞猶言「二八年華」。

[24] 埃斯魯阿：EssRúaid，今稱Asseroe，在多尼戈爾（Donegal）郡內。本碟塔：Bend Étair，即Hill of Howth，在都柏林灣。

[25] 埃布：Albu，或作Alba，蘇格蘭蓋爾語從九世紀以來一直以此稱蘇格蘭。

人。他們獲得居留權，在綠地[26]蓋起住家。由於黛佳，他們搭建的房子刻意設計不讓人見到她，因為他們擔心為了她會有一場殺戮。

然而，一天清早，國王的管事來到黛佳和諾伊旭住處四周，看到睡覺中的這對情侶。他立刻回宮去叫醒國王，說：「到現在，我們還找不到一個女人配得上您。可是，在魏斯烏里的兒子諾伊旭的身邊，有個女人配得上西方世界的國王。把諾伊旭給殺了，好讓這女人陪您睡覺。」

「不行，」國王說，「不過，暗地裡每天去找她，替我向她求婚。」

管事照辦了，可是他對黛佳說的每一件事，當天晚上她就告訴諾伊旭。因為國王的管事從她那兒一無所獲，魏斯里烏的兒子又一次面臨戰鬥與存亡，生死關頭危機四伏。但是他們奮戰不懈，每一次都化險為夷。於是，埃布的男人一起來殺他們。他們告訴黛佳，黛佳對諾伊旭說：「走為上策！今晚就走，否則明天你

們會被殺。」當晚，黛佳和魏斯里烏的兒子上了路，前往海上的一個島。

消息傳到烏利德，他們對孔科佛說：「說來遺憾，魏斯里烏的兒子也許會死在外地，就為了一個壞女人。最好是寬厚些，不要殺他們——讓他們回來，收留他們。」

「讓他們來吧，」孔科佛說，「或者派保證人[27]過去。」

音訊傳給了諾伊旭和他的弟弟，他們答覆說：「可喜的消息。我們會來；我們請求佛格斯當保證人，還有杜夫沙，還有孔科佛的兒子柯梅。」

於是這些人前往埃布，陪伴黛佳和魏斯里烏的兒子回國。然而，在孔科佛的命令之下，烏利德全境無不極力邀請佛格斯大吃大喝，因為魏斯里烏的兒子發過誓，他們在阿瑞烏境內進食的第一餐必定是孔科佛的[28]。這一來，佛格斯和杜夫沙掉隊落後，佛格斯的兒子費阿庫則和黛佳

---

[26] 綠地：草原。

[27] 保證人：矢志確保諾伊旭以及其他流亡人士之安全的人。下面就會提到實際出任保證人的名錄。

[28] 孔科佛利用愛爾蘭凱爾特社會一種名為geis的禁忌，耍了一招狠記。佛格斯的geis是不能拒絕別人作東請客，諾伊旭兄弟的卻是抵達孔科佛的王都之前不能進食，兩人因此輕易被拆散。《舊約》有類似的文獻記載。掃羅率領以色列人和非利士人作戰時，曾發誓並下令：「今天，誰在我向敵人報仇以前吃東西，誰就要受詛咒。」（〈撒母耳上〉14.24；參見莎士比亞《李爾王》5.3.93-5。）

以及魏斯里烏的兒子同行直到抵達埃玢瑪卡的綠地。這時候，尤根的兒子杜沙特，也就是芬莫伊的國王，已經和孔科佛和解——他們之間齟齬多時——而且受託殺害魏斯里烏的兒子。這三兄弟在見到孔科佛之前，將會受阻於烏利德國王的外籍戰士。

魏斯里烏的兒子在綠地中央等候；埃玢的女人沿壁疊席地而坐；尤根率領他的部隊越過草原。費阿庫過來會合諾伊旭。然而，尤根以矛尖向諾伊旭打招呼，傷了他的背。費阿庫看到這情景，伸手撐住諾伊旭，讓他躺下，掩護他，所以在這以後，諾伊旭是在佛格斯兒子的下方遭受由上而下的攻擊。隨後，魏斯里烏的兒子在綠地被追殺，從這一端追到那一端，沒一個人平安逃過矛尖或劍刃。黛佳被押到孔科佛的面前，雙手反綁。

消息傳到佛格斯和杜夫沙和柯梅，他們立刻前往埃玢展現壯舉。杜夫沙殺死孔科佛的兒子馬奈，一拳送走費阿奈，就是孔科佛的女兒費德姆的兒子；佛格斯殺死崔列審的兒子崔施蘭和他的弟弟。孔科佛大為震怒，戰鬥隨之而起：一天下來，三百個烏利德人戰死在沙場，杜夫沙一個人殺死境內三百個女人，佛格斯放火燒埃玢。後來，佛格斯和杜夫沙和柯梅以及他們的手下前往孔那塔，因為他們知道阿里爾和麥芙[29]會收留他們，雖然孔那塔不是烏利德的男人所喜愛的避難地。難民的人數多達三千，而且有十六年之久，這些人在烏利德每天晚上看到哭泣和顫抖。

〔三、紅顏殉情〕

諾伊旭死後，黛佳和孔科佛生活一年。在那段期間，她沒有笑聲也沒有笑臉，不曾吃飽也不曾睡飽。她老是低著頭看自己的膝蓋，每逢有樂師給帶到她面前，她就唱這首詩：

　　勇士盛情薄雲天，
　　進軍埃玢不辭長征苦；
　　綠地抗敵更神勇，
　　魏斯里烏一門三豪傑。

29　阿里爾（見注2）和麥芙（Medb）是孔那塔的國王和王后。孔那塔是另一個王國，經常和烏利德爭雄。

諾伊旭扛蜜拌美酒，
我該在火旁為他淨身，
阿爾丹揹鹿或上等豬，
大塊頭安萊[30]也負重擔。

戰績輝煌孔科佛，
蜂蜜美酒歸你享；
想我當時在海外，
食物不足也甜美。

謙沖君子諾伊旭
森林野地起爐灶，
魏家公子[31]備伙食
香甜勝過美佳餚。

笛手號手美旋律，
悅耳中聽歸你享；
今日你且聽我說，
別有好音更悅耳。

笛手號手美旋律
娛樂大王孔科佛；
盛名傳揚我聽歌，
魏家兄弟更悅耳。

音浪飄搖諾伊旭，
他的歌聲總甜美；
阿爾丹中音也好聽，
安萊的高音從營帳[32]來。

---

30 阿爾丹和安萊是魏斯里烏的另外兩個兒子，即諾伊旭的弟弟。

31 公子：單數，指諾伊旭。48行的「兒子」亦同。

32 狩獵時所搭的營帳。

諾伊旭墳已營造，
隨行無人不哀戚；
我為英豪來舉觴，
酙酒酹地祭亡魂[33]。

光鮮短髮我珍愛，
容貌英俊可稱美；
可悲如今空等待，
不見魏家長公子。

心願正直我珍愛，
謙沖勇士此豪傑；
清晨趕早往林緣，
隨行同伴我珍愛。

眼睛灰藍我珍愛，
討喜女人嚇敵人。
巡行森林大串連，
愛他高音穿透大黑林。

如今我不睡，
指甲也不擦：
不再有歡樂，
因為亭德[34]的兒子不會來。

我不睡覺，
清醒躺到半夜；
心思逃離人群，
我不吃也不睡。

---

33 直譯「我倒出毒死這位英雄豪傑的致命酒」，意象語，影射諾伊旭因黛佳而死。

34 亭德：Tindell，諾伊旭三兄弟之母。

埃玢濟濟多領袖，
今日歡樂無原由；
安寧慰藉不可得，
華屋珍寶不足取。

孔科佛試著要安慰她，她就唱這首詩：

孔科佛，請安靜！
我心悲戚你添愁；
只要我還在世，
我不在乎你的愛。

美男子，歸我有，
你犯重罪搶他走；
我愛他無倫比，
要再見他唯一死。

他不在，我惆悵，
不見魏家長公子；
身體白，人稱羨，
如今覆蓋黑石堆。

紅嘴唇，黑眉毛，
臉頰光澤勝過河畔青；
白雪白，色尊貴，
牙齒晶瑩賽珍珠。

他服飾光鮮，
埃布勇士人人知；
他披風亮麗，
紅金垂縫正搭配。

束腰衣光滑，
數百珠寶是無價，

閃閃耀眼是白金
來作裝飾。

手握金柄劍，
一對鐵矛標槍頭；
一面盾牌黃金環，
白銀浮雕。

引領我們渡大海，
佛格斯好漢也背信[35]；
出賣英名換酒食，
義舉轉眼化烏有。

烏利德人或許會
簇擁孔科佛在平原，
我當眾劃清界線，
為了陪伴魏家長子諾伊旭。

不要再傷我的心
很快我就會入早[36]墳，
孔科佛你若聰明
當知道悲愁強勢勝海洋。

「妳看到的，妳最討厭什麼？」孔科佛問。
「肯定是你，還有杜沙特的兒子尤根。」她答道。
「那麼，妳將和尤根生活一年。」孔科佛說。他帶她去尤根那裡。
第二天，他們前往埃玢瑪卡的一個市集，她在尤根的車上站在他後面。她發過誓絕不看到她的兩個伙伴聚在同一個地方。「好了，黛佳，」孔科佛說，「妳使得我自己和尤根變成一隻母羊眼中的兩隻公羊[37]。」
黛佳前方有一塊大岩石。她狠狠撞上去，頭骨裂開，人死了。

---

[35] 黛佳很可能不曉得佛格斯進退維谷的處境；見注29。
[36] 早：天年未屆。黛佳已決心以死明志。
[37] 猶言一個女人面前容不下兩個男人。

法蘭西的瑪麗（12世紀）《敘事短詩》（古法文）

　　法蘭西的瑪麗（Marie de France）是目前所知的第一位法文女作家。她生逢歐洲文學發展史的關鍵時期，她對於那一段歷史有功與焉。

　　形塑當今西洋文學的重要體裁和主題，大部份出現在十二世紀歐洲各地的方言——方言係相對於拉丁文這個歐洲通用語文而言。其中，古法文是孕育歐洲文學的搖籃，此一地位直到十三與十四世紀但丁、薄伽丘和佩脫拉克的時代，才由義大利文學取而代之。佔十二世紀法國文學之大宗的是描寫奇遇／歷險和愛情的小說體敘事，也就是通稱的傳奇。眾所周知的亞瑟王及其圓桌武士即是流行最廣、承傳最久的傳奇故事，那是從五、六世紀時布列頓人（Bretons，不列顛的凱爾特人）抵抗盎格魯撒克遜入侵英格蘭的英雄事蹟，在中古時代歐洲封建社會的土壤發展出來的聯套故事。

　　羅馬帝國末年，日耳曼這個新興民族在西歐大肆擴張，凱爾特人被迫遷往大西洋沿海地區，進入邊陲也意味著淪為弱勢。這批移民分成北、南兩大支，分別在愛爾蘭和英格蘭落腳。北支即是當今愛爾蘭的蓋爾人（Gaels），南支則由於盎格魯人和撒克遜人（屬日耳曼民族）入侵英格蘭而再度遷徙。一部份西移，在英格蘭西部的威爾斯和西南角的康沃爾定居，仍保有凱爾特人的稱呼——盎格魯撒克遜人入主英格蘭之後，以Britain（不列顛）為國號，這個名稱正是凱爾特人當初用來稱呼他們的新家園。另一部份越過英吉利海峽，進入法國西北的半島定居，稱為布列塔尼人（Britons）。布列塔尼人世居之地就是今天的布列塔尼（Brittany），他們是受到不列顛傳教士的影響才改信基督教的。（布列塔尼的統治者在十世紀封公爵，後來捲入英法王位之爭而爆發內戰，十六世紀正式併入法國；深厚的凱爾特傳統使得布列塔尼有別於法國其他地區。）就在布列塔尼以公國行世的十一世紀，北歐維京人（Vikings）的後裔在鄰近地區所建立的諾曼第公國成為海峽兩岸濱海之地的新興強權，諾曼第大公採取的乃是當時歐洲最中央集權的政策。英國歷史所稱的諾曼入侵（Norman Conquest）即是指1066年諾曼人征服英格蘭。

在這樣的背景上，瑪麗使用盎格魯諾曼語（Anglo-Norman；英格蘭通行的一種法語方言），以八音節詩行偶韻體（兩行一韻）寫了十二篇敘事短詩（法文lai，英文lay），最短的118行，《艾利度》長達1184行。按她自己的說法，她寫的都是她聽過的布列塔尼吟遊詩人賴以傳唱的故事所本。「短詩」之稱乃是相對於長篇的韻文傳奇而言。總的說來，敘事短詩有三大要素：主題不離民間故事的範疇，氛圍不脫凱爾特傳說，意識形態以傳奇的宮廷愛情為主軸。這種詩歌體裁在十三世紀傳入英格蘭，風靡一時，喬叟《坎特伯里故事》書中〈富農的故事〉（Franklin's Tale"）即是一例。

就文類而論，敘事短詩可定義為「供吟或唱的短篇故事詩」（Muir 65）。〈富農的故事〉敘述者說他要講的是個"Bretonlay"（布列塔尼敘事短詩），開場白是這樣的：「古時候的布列塔尼人喜歡奇遇，他們使用自己的語言寫押韻的故事詩，可以用樂器伴唱，也可以閱讀，無非是為了娛樂。」伴奏用是撥彈弦樂器（如harp或rote），「閱讀」則是隨傳奇取代詩樂一家的抒情詩和史詩（如《羅蘭之歌》）而出現的美學新領域。至於喬叟所謂的「奇遇」，這是瑪麗的敘事短詩的核心觀念之一，意同拉丁文字源advenire，「發生」或「到來」，猶如我們說「我可不希望那種事『降臨』在我身上」。沒有預警或突如其來的遭遇就是此處說的「奇遇」，即法文的aventure（英文作adventure）。這個字還可以有「歷險」的意思。韻文傳奇寫騎士遊俠主動去歷險，他們追尋所得有益於世道人心；敘事短詩則是描寫騎士不期然遭逢情場奇遇，幸福固有可能，卻與社會公益無涉，而且唯有求之於常態世界之外才有幸福可言。這正是瑪麗筆下的騎士有別於傳奇英雄之處：敘事短詩的主角因奇遇而震驚，人生從此改觀；傳奇英雄卻是昂首闊步追求歷險，他的經驗使得可能成為事實，或確認並強化已存在的。瑪麗無意寫個人融入社會，而是寫奇遇對當事人的影響。

就理念而論，敘事短詩屬於宮廷文學。「宮廷」（"courtly"）是瞭解瑪麗的創作的另一個核心觀念。從字面看，「宮廷」意指「與（封建）朝廷有關」，包括受到「（宮廷）禮儀」（"courtesy"）所規範的行為，如殷勤體貼、溫文儒雅、彬彬有禮。引申到文學的用法，「宮廷文學」是以宮廷人士為讀者的一種文學類別。宮廷文學的種種體裁當中，情詩和韻文傳奇遠比敘事短詩為一般人所熟悉。瑪麗的敘事短詩總離不開情界：「正是愛情要素使得敘事短詩這個宮廷文類和宮廷文學的

其他體裁有所聯繫」（Burgess and Busby 24）。十一世紀由普羅旺斯抒情詩人（Provençal troubadours）形塑出來的所謂「宮廷愛情」就是宮廷文學在特定的時空背景所標榜的愛情典範。在封建制度之下，婚姻乃是基於政治與經濟利益的結合，不穩定的利益關係尤其使得政治婚姻難以培養愛情的基礎。也因此，抒情詩人在歌頌愛情的時候，婚姻關係根本就不在考慮的範圍之內，甚至認為婚姻與愛情是相剋的。情侶之間的兩性關係，可以說是領主與其封臣的主從關係的翻版，可稱為「愛情的封建化」：合乎宮廷禮儀才有愛情可言，卻也是愛情使得他們合乎宮廷禮儀。宮廷愛情的理念可以說是當時的現實條件所造就的歷史必然（Lewis 2-22）。瑪麗的敘事短詩呈現形態不一的愛情，既反映她那個時代的某種理想，又能滿足娛樂的需求。

理想必然建立在現實的基礎上，感情世界並不例外。選譯的第一篇《秘密情人：朗瓦》，亞瑟王賜婚給他的封臣，就是特定的時空背景之下具體的現實條件之例。瑪麗提供的實例甚至具有超越時空的歷史意義。且不說利益結合的封建婚姻是資本主義社會司空見慣的政商聯姻的老祖宗。瑪麗特別強調朗瓦的情人的財富，有其道理在。朗瓦離鄉背井，投效本是同根（凱爾特）生的亞瑟王朝，卻因為移民的身分而成為宮廷邊緣人，遭受不公平的待遇，又因生性內向而遭受人際疏離之苦。然而，他的際遇由於情場奇遇而出現轉機。情場得意帶來意外之財，使他能夠出手闊綽，具備貴族的表徵，因而信心大增，從此為騎士同儕所接納，卻也因而有機會吸引王后的注目，成為王后（騎士的女上司）進行「性騷擾」的受害人。不過朗瓦受審時萬念俱灰，並不是因為失去經濟資助，而是因為失去所愛。凡此種種都使得這個故事別具現代趣味。

在哈姆雷特看來，丹麥是個小監牢，世界是個大監牢；在瑪麗看來，封建婚姻是小監牢，封建社會是大監牢。亞瑟王后和《夜鶯》篇中的妻子都是婚姻牢獄的受害人。在講究門當戶對的政治婚姻，在族群嚴明的人際網路中，愛情為人生提供了一條尋求個人幸福的活路。活路卻有分岔：在《秘密情人》，仙女思凡的母題引出柳暗花明；在《夜鶯》，人生現實卻導致山窮水盡。然而，即使走到山窮水盡，人還是能夠發揮想像力，以苦難場作經師，為濁池注入清水，正如「夜鶯」所展現的象徵意義。鶯屍血濺騎士妻的前胸是心碎的表徵，她的情人以金盒藏死鶯作為長相憶的信物，雖然是戀物心理的反映，卻也是情界苦海的救命仙丹。

《婚姻危機：紀狄綠與紀雅丹》進一步在苦海情界樹立一個標竿地景。這個故事特能反映十二世紀基督教王國的封建與宮廷世界。瑪麗以封建世界用於表達男性關係的語彙描寫異性戀情，而那一套語彙的核心觀念就是封建契約的精神（Burgess 101-33,148-87），此所以艾利度一再強調「人言為信」，包括對領主、對妻子與對情人絕對效忠這三個層面。然而秘密愛情要求絕對的信任，這是〈丘比德與賽姬〉以降一再出現的母題，偏偏艾利度處境殊異，因為他對一方守信必然失信於另一方。雖然天主教禁止離婚的現實條件把情海活路給封死了，超脫兒女情慾的宗教情操卻足以提升愛的境界，使性愛進境於博愛，使進退維谷的多情郎能有機會獲得救贖。有人會說這是犧牲女性成全丈夫的老套；換個角度來看，這種古意情懷適足以彰顯至愛能捨的高貴情操——關鍵不在於誰犧牲了誰，而在於有人能體悟哈姆雷特那一句「瓦全，或是玉碎」（to be, or not to be）的生死大問，並且化為具體的行動，從而樹立典範。

　　在後現代的洪流中重讀瑪麗的敘事短詩，別有一番新的感觸。瑪麗出入於英、法兩地的宮廷，即使擁有「才女」的身分，依然無法擺脫弱勢、邊緣的身分。她從凱爾特傳說開闢一條幽徑，避開干戈為武的戰場而直達曲徑通幽的情場。她選擇名義上是凱爾特卻不屬於亞瑟王傳說的素材，也許反映出一種女性化的書寫模式：布列塔尼人從英格蘭渡海移民到歐陸海濱，擺脫了撒克遜人的壓迫，卻生活在更強勢的諾曼人的羽翼之下，她的選擇無異於棄絕其社會與文學的父權結構（Freeman 860-83）。像這樣同化於舊傳統，繼而從中微分出新要素的書寫策略，包括台灣在內的後殖民社會並不陌生，特別是以本土素材從事神話創造（mythopoetic）的女性作家，雖然她們未必讀過瑪麗的作品。瑪麗一再強調凱爾特的根源，從而透露被殖民經驗的文化焦慮感，又一再申明作者的身分，弱勢性別族群的自主意識焦慮感躍然紙背。她以不受「文明」勢力約束的化外領域（the wild）內化社會現象同時彰顯個人經驗，不著痕跡把弱勢族群的邊緣屬性與地位擺進文化視野的光圈之內，這和她在敘事短詩中處處流露的著作權焦慮是互為表裡的（Sankovitch 15-41）。

　　「秘密情人」和「婚姻危機」這兩個標題是中譯附加的。後者傳統上題作《艾利度》，其實瑪麗開宗明義就陳明她個人的觀點；為了尊重作者，中譯把標題還原為《紀狄綠與紀雅丹》。

秘密情人：朗瓦

　　我要說另一篇敘事短詩的故事，講的是一個高貴的青年，他的布列塔尼名字叫朗瓦。

　　允文允武的亞瑟王駐紮在卡萊爾，為的是抵禦蘇格蘭人和皮克特人的劫掠，他們侵擾羅桂斯[1]，所到之處往往淪為一片荒蕪。

　　當時是夏季，亞瑟王在那兒過聖靈降臨節[2]。他賞賜許多名貴的禮物給眾伯爵和諸侯以及所有的圓桌武士，全世界再也找不到像這樣的團隊。凡是為他效勞的人都分配到妻子和土地[3]，只有一個人例外，就是朗瓦，亞瑟王不記得有這個人，也沒有人為他說一句好話。由於他的英勇、慷慨、俊美和技能，許多人嫉妒他。是有人表面上敬重他，可是一旦他碰上倒霉的事，那些人連一句遺憾的話也不說。他身世高貴，父親是個國王，可是他遠離祖產[4]，雖然屬於亞瑟王朝的一員，卻阮囊羞澀，因為國王沒給他什麼，他也無所求。如今他景況悽慘，又是傷心又是孤單。各位大爺，你們用不著吃驚：異鄉人在陌生的國度，沒有人提供忠告，他自己又不曉得向誰求助，那可真的是走頭無路。

　　我說的朗瓦這個騎士，對亞瑟王一向任勞任怨。有一天，他騎馬出去散心。他出了鎮，自個兒來到一片草地，在溪邊下馬。這時，他的馬顫抖得很厲害，於是他放掉牽在手上的腹帶，讓馬在草地上打滾。他摺好披風，枕在頭下，心事重重，絲毫開心不起來。就這樣躺著，他往溪流的下游望去，看到兩個姑娘走過來，他不曾見過更漂亮的女子。她們的穿著非常華貴，是深紫色的緊身束腰衣，她們的臉蛋非常漂亮。年

1　卡萊爾：Carlisle，靠近蘇格蘭邊界的一個城市。蘇格蘭人：操蓋爾語（Gaelic，凱爾特語的一支，通行於愛爾蘭與蘇格蘭）的古代民族，於五世紀時從愛爾蘭北部移民到蘇格蘭；然而，此一稱呼在十四世紀之後泛指所有的蘇格蘭居民，不論來源為何。皮克特人：Picts，居住在今蘇格蘭東部和東北部的古代非凱爾特民族之一。羅桂斯：Logres，亞瑟王傳奇中對於英格蘭的稱呼。

2　聖靈降臨節：基督教於復活節之後的第七個星期日所舉行的慶典，紀念聖靈在耶穌被害、復活和升天後，於猶太人的五旬節降臨人間。

3　妻子由領主分配，這是政治婚姻在封建社會的變貌。

4　祖產：世襲的土地。朗瓦險然不是家中長子，因此從海峽對岸移民到英格蘭。十二世紀時的法蘭西和英格蘭，由於新奠定的長嗣繼承制（primogeniture），許多貴族世家的幼子無法繼承家族的土地，因而被迫離鄉背井，往外地尋求發展。

紀比較大的一個捧著精緻的金盤子——我是實話實說——另一個拿著毛巾。他們逕自走到這騎士躺身的地方，朗瓦很有風度站起來迎接她們。她們先向他問好，然後傳達這樣的口信：「朗瓦爵士，我們尊貴、聰慧又美貌的女主人差我們來邀請你。請你跟我們走，保證安全無虞。瞧，她的帳篷就在這附近。」

這騎士跟她們一起走，任由他的馬在那兒吃草。她們領他進入帳篷。帳篷華美無比，而且設備齊全，甚至亞述女王塞米拉米絲最富裕、最強勢、最博學的時候，或羅馬皇帝屋大維，也無能添購即使只是右半邊的陳設。有一隻金鷹居高臨下，名貴的程度我說不上來，連支撐帳篷的繩子或柱子都價值連城。太陽底下沒有哪一個國王負擔得起，不管他多麼捨得。帳篷裡的那位婦人美貌絕倫，連夏季的百合花和新開的薔薇也相形失色。她只穿內衣，躺在一張非常精美的床上，床單的價值抵得上一座城堡。她的身材凹凸有致，教人看了悅目又賞心。為了抵擋陽光，她披了一件非常昂貴的白貂皮襯裡的亞歷山大藍斗篷。不過，她的側身是裸露的，臉、頸和胸也一樣；她的皮膚比山楂花還要白。

這婦人叫了這騎士，騎士走上前，坐在床前。「朗瓦，」她說，「正派的朋友，我為了你離開我的國度來到此地。我遠道來找你，如果你的人品和行為不枉費我的信任，那麼不會有哪個皇帝、伯爵或國王比得上你的快樂，因為我愛你超過一切。」

朗瓦目不轉睛看著她，看到她非常漂亮。愛的火花刺痛他，他的心感到一陣燒灼，他彬彬有禮回答道：「嫻淑的女士，如果我有幸蒙受妳的垂愛，我將會任勞任怨竭盡所能達成妳的任何要求，不管那麼做是傻氣還是明智。我會聽命於妳，為妳放棄一切也在所不惜。我永遠不要離開妳，這是我最大的心願。」

聽到這些話從如此愛她的一個男人口中說出，這婦人以她的情意和身體相許。現在朗瓦可是上了正路！她給了他一個恩典：從今以後他心想事成，無論他出手如何大方，她還是會源源資助。朗瓦的住宿氣派非凡，因為他花費越多，他入帳的金和銀就越多。「愛人，」她說，「我告誡你，我命令你，我要求你，不向任何人洩露這個秘密！總歸一句話：如果這一場愛傳出去了，你將永遠失去我；你將永遠無法看到或擁有我。」

他躺在床上她的身邊：現在他的住宿氣派非凡。那一天，他跟她共處一個下午，直到黃昏還是依依不捨，他還想再待久一些，如果他辦得到而且他的情人允准的話。「愛人，」她說，「起來啦！你不能再待下去。你離開這兒，我留下來，不過我告訴你一件事：任何時候你想跟我說話，你不能去想男人得要遭受指責或居心不軌才享受得到他的愛的地方，我不會到那樣的地方去聽命於你。除了你，沒有哪個男人會看到我或聽到我的聲音。」

朗瓦聽她這麼說，非常高興，吻了她就起身。領他進入帳篷的那個姑娘為他換上華貴的外衣；他一穿上新衣，世界上找不到比他更俊的年輕人了。他既不傻，也沒有失禮。這姑娘遞水給他洗手，洗後又遞上毛巾讓他擦乾，然後奉上食物。他和心上人共進晚餐，這一頓飯絲毫不寒酸。他受到禮數周全的服侍，吃得很盡興。有一道豐盛的菜這騎士特別喜歡，因為他一再吻他的心上人，把她抱得緊緊的。

他們離開餐桌時，他的馬已經牽來，而且備妥了鞍具。朗瓦在那兒受到非常豪華的招待。他辭了行，上了馬，往城裡出發，不斷回過頭去看，因為他深感惶惑，想到這一趟奇遇就無法靜下心來。他茫無頭緒，無法相信這是真的。

回到住處，他發覺他家裡的人都穿得很體面。當天晚上，他擺出慷慨好客的大排場，可是沒有人知道是怎麼一回事。鎮上的騎士只要是沒得棲身的，他一個個把他們找來，盛情招待。朗瓦送出昂貴的禮物，朗瓦釋放囚犯，朗瓦提供衣物給吟遊詩人，朗瓦做了許多令人敬佩的事。不管是陌生的或是熟識的，沒有一個人沒接到他的禮物。他經驗到大喜悅，因為日日夜夜他都能夠見到心上人，她完全聽命於他。

我相信就在同一年的聖約翰紀念日[5]之後，多達三十名騎士聚集在王后駐蹕的樓塔下方的花園渡假。高文和他的表弟，俊美的伊文，也在當中。高貴可敬而且人緣特好的高文說：「各位騎士，憑上帝的名義說句公道話，我們對待我們的伙伴朗瓦太不友善的了，他那麼的慷慨大度又溫文爾雅，他的父親是個富裕的國王，可是我們竟然沒有帶他一起來。」於是他們回頭去朗瓦的住處，說服他一道同行。

王后由三名女士陪伴，倚靠在石塊砌成的窗口，看到國王的家臣，認出了朗瓦。她要隨侍的一名女士去召喚她最高雅美麗的姑娘，一起隨

5 六月二十四日，基督教因襲凱爾特人的仲夏節，但改稱聖約翰紀念日，民俗則依例度狂歡節慶。莎士比亞的《仲夏夜之夢》和史特林堡的《茱莉小姐》都是採用此一特殊的背景。

她去花園和其他人散心。她帶了不只三十人，走下階梯。眾騎士看到她們下來，高高興興迎向前。他們牽女子的手，有說有笑，無不合乎宮廷禮節。

朗瓦退到一邊，遠離眾人，因為他忍不住想要據守他的心上人，要吻她、擁抱她、撫摸她。能夠擁有自己的喜悅時，他不怎麼在乎別人的快樂。王后看到這騎士獨處，逕自走近他。她在他旁邊坐了下來，對他說話，打開他的心扉。「朗瓦，我一向尊重你、珍惜你，也非常愛你。你可以擁有我全部的愛：只要告訴我你有什麼慾望！我把我的愛給你，你應該高興擁有我。」

「王后娘娘，」朗瓦說，「請您不要打擾我！我沒有愛您的慾望，因為我長久服侍王上，我不要背判自己的忠誠！不論是您或您的愛都無法使我做出對不起我的主公的事。」

王后當場翻臉，心裡很不痛快，說出不理智的話：「朗瓦，我深信你不會喜歡這種樂趣。我一再聽人家說你對女人沒什麼慾求。你有訓練精良的年輕人，大可自己好好享受他們。卑鄙的懦夫，心術不正的膽小鬼，我的丈夫不幸到了極點，得要忍受你在他身邊。我想他說不定就為這件事得不到救贖！」

朗瓦聽她這麼說，非常苦惱，答話卻是一派快人快語。他說出了後來一再悔不當初的話：「王后娘娘，您說的那種事，我不在行。可是我和一位女士相愛，她應該比我所知道的其他人更值得珍愛。而且，我告訴您一件事：您可以篤定說她的僕人，即使是最寒酸的一個，也比您，我的王后娘娘，更有身價，不論是身體、臉盤與美貌、智慧或善良。」

聽到這樣的話，王后轉身離開，噙著淚水回到寢宮，又是傷心又是生氣，沒想到他用這樣的方式羞辱她。她病倒在床上，說她永遠下不床，除非國王為她的冤屈討回公道。

國王從樹林回來，剛度過無比快樂的一天。他進入王后的寢宮，王后一看到他，大聲訴苦，跪在他面前，求他發慈悲心，說朗瓦侮辱他，向她求愛被拒，因此侮辱她，害她顏面盡失。她說朗瓦吹噓他有個心上人，教養和身世同樣無與倫比，連最寒酸的婢女也抵得過王后。國王聽了非常生氣，發誓說，如果朗瓦不能在法庭上為自己辯護，他會用火刑或吊刑把他處死。國王離開寢宮，召來三位封侯，要他們去找來朗瓦。

朗瓦痛苦無比回到住處，知道自己失去了心上人，因為他洩露了他們的秘密。他單獨在臥室，又是煩惱又是苦惱，一次又一次呼喚他的心上

人，全歸徒勞。他悔恨交加，長吁短嘆，一再暈倒；他呼叫了一百次，請她發慈悲心，請她來跟心上人說話。他詛咒自己的心，詛咒自己的嘴巴，奇蹟是他沒有自殺。他的呼叫和悲嘆不夠大聲，他的愁苦和折磨也還沒大到足以使她對他心懷憐憫，甚至還不足以使他獲准看她。哎，他怎麼辦？

國王派人通知朗瓦即刻入宮；國王要他們傳召，因為王后指控他。朗瓦滿懷悲愁上路，心想讓他們把他殺了倒也痛快。他來到國王面前，眉頭深鎖，無精打采，一句話也不說，處處流露內心無比的悲愁。國王對他大發雷霆，說：「你是我的家臣，卻大大的對不起我！你不明事理，大大的侮辱我、中傷我，還誹謗王后。你蠢字當頭吹大牛；你的心上人一定是非常高貴，因為她的婢女甚至比王后更美、更高雅。」

朗瓦逐一答辯，否認他冒犯或侮辱他的主公，並且斬釘截鐵說他沒有向王后求愛，不過他承認他所吹噓關於心上人之事是真的。他現在悔不當初，因為結果是他現在失去她了。他告訴他們，他會接受朝廷就這件事所作的任何判決。可是國王非常生氣，派出他所有的人去告訴他該怎麼辦，沒有通融的餘地，這樣一來人家議論他的行為才不會淪為片面之詞。不論他們喜不喜歡，他們遵命召開會議，公決應該選定審判日期，朗瓦應該向他的主公保證他會等待判決，而且會親自回來候判。這將會是一場大審，不像前一回只有國王的家臣在場。

諸侯回去向國王說明他們的理由。國王要求保證人，可是朗瓦在那兒舉目無親，甚至連個朋友也沒有。於是高文挺身而出，願意擔任保證人，他所有的伙伴也一樣。國王說：「我把他託付給你們，用你們每一個人的封地和采邑作保。」朗瓦獲得保釋，暫時無事，由騎士護送回到住處。他們責備他，也極力勸他犯不著那麼悲傷，並且咒罵那種愚蠢的愛情。他們每天去看他，以便確知他飲食正常，因為他們非常擔心他可能會傷害自己。

到了指定的日子，諸侯共聚一堂。國王和王后也在場，保證人帶著朗瓦出庭。他們全都為了他的事感到傷心，我想現場足足有一百個人會盡自己所能讓他不待判決就無罪開釋，因為他受到的是誣告。國王要求根據控訴和抗辯作出判決，如今一切都操在諸侯手中。他們斟酌再三，為了這個海外來的貴族的事既感到困擾又寄予關懷，他們當中就數他的景況最悽慘。其中是有人要落井下石，以便迎合主公的心意。

康沃爾伯爵首先開口，說：「我們不會失職。喜不喜歡是一回事，正義必須伸張。國王指控他的封臣犯了重罪；我聽說被告的名字叫朗

瓦，罪名和愛情有關，他大言不慚使得王后生氣。只是國王控告他，我個人基於忠誠必須實話實說，如果不是為人臣者應該事事尊重他的主公，這應該是沒什麼好抗辯的。朗瓦要立誓，然後國王把這事交到我們手中。如果他提出證據，如果他的情人出庭證明他招惹王后不高興的事情是確有其事，那麼既然他說那些話不是蓄意侮辱王后，他就可以無罪開釋。如果他提不出證據，那麼我們必須讓他知道，他將會失去為國王效勞的機會，國王則必須放逐他。」

諸侯傳話給朗瓦，通知他應該讓他的情人出面為他辯護，保護他。他告訴他們不可能，說他得不到她的幫助。信使回到判官那兒，據實傳話。他們本來就沒有期望朗瓦能夠得到救援。國王逼他們逼得很緊，因為王后在等他們。

正要作出判決的時候，他們看到兩名女子騎駿馬溜蹄而來，兩人一樣標緻無比，只有一襲塔夫綢披在身上，皮膚若隱若現；騎士們一個個看得賞心悅目。高文和三名騎士去到朗瓦那兒，告訴他這件事，並且指這兩名女子給他看。高文喜形於色，一直要朗瓦承認來的人是他的情人。可是朗瓦說他不知道她們是什麼人，也不曉得她們從哪兒來的，或要往哪裡去。這兩名女子繼續逼進，仍然坐在馬背上，直到亞瑟王座前才下馬。她們非常漂亮，說話完全合乎宮廷時尚：「大王，請準備好寢宮，掛上絲簾，好讓我家夫人休息，因為她希望在這兒留宿。」他很爽快答應，叫來兩名騎士引領她們到上等寢宮。她們一時沒多說什麼。

國王問他的封臣關於判決和答覆之事，說他們拖延太久把他惹火了。「主公，」他們說，「我們正在斟酌，但是由於我們看到的那兩個女郎，我們還沒作出判決。請讓我們繼續審判吧。」於是他們懷著幾分焦慮召開會議，會場有不小的騷動和爭論。

就在他們惶惶不安的時候，他們看到兩名衣著非常考究的女子沿街而來，穿的是弗里幾亞[6]絲袍，騎的是西班牙騾。封臣們都很高興，交頭接耳說英勇可嘉的朗瓦得救了。高文和他的伙伴走向朗瓦，論：「大人，高興吧！為了上帝的愛心，對我們說話呀！兩名美少女來了，非常漂亮的。那肯定是你的情人。」朗瓦當場回答說他不認識她們，對她們既不熟也不愛。她們終於到了，在國王面前下騾，許多人大大讚美她們的身體、臉盤和膚色。她們兩人都比王后更教人稱賞。其中年齡比較大

6 　弗里幾亞：古地名，在小亞細亞今土耳其境內，不過此處泛稱東方。

的一個，優雅與聰慧兼備，恰如其分傳達她的口信：「大王，安排好你的寢宮讓我們支配，供我家夫人留宿。」

國王命人帶她們去會合先前抵達的兩位，她們也不理會自己騎的螺子。她們一離開，國王立刻召集所有的諸侯，好讓他們宣佈判決。這件事已經費去大半天的時間，王后等了那麼久，開始發火了。

他們正要宣判的時候，一名女郎騎著馬進入城裡。這整個世界沒有更美的人了。她騎白馬，安穩又高雅，馬的體形非常勻稱，人世間沒有更優良的了。這匹馬的裝備華貴無比，不是人間的伯爵或國王花費得起的，除非出售或質押土地。這女士穿的是束腰衣，裡外一身自，左、右都繡花邊，露出側腹。她的身材非常標緻，臀部微翹，她的頸項比樹枝上的雪還要白，嘴形美，鼻子恰到好處，眉毛濃密，額頭很好看，一頭鬈髮黃橙橙的。金線的閃亮比不上陽光照在她頭上反射出來的亮麗。她的斗篷是黑絲織成的，下襬裹住她的腰身。一隻雀鷹立在她的手腕，一隻狗跟在她的身後。城裡的人，不論是地位高低或年紀大小，沒有一個人不是注目看著她的到來，也沒有人拿她的美當作笑談的話題。她慢慢逼近，判官看到她無不認為是一大奇蹟。對她行注目禮的人沒有一個不會由衷感到真正的喜悅。

喜愛朗瓦的人去告訴他關於這女郎到來的事，說上帝保佑她來解救他。「大人，來了一位女士，她的頭髮既不是褐色的，也不是黑色的。她是世界上所有的女人中最美的。」朗瓦一聽，抬頭看，因為他對她太熟悉了，忍不住嘆一口氣。他的血衝向臉部，脫口而出：「真是她，我的心上人！如果她對我不懷慈悲，任何人要取我的命我也懶得在乎，因為我的救命丹就在於看到她。」

這女士進入王宮，宮內不曾見過如此的美人。她在國王面前下馬，當著眾人的面揭開斗篷，好讓大家看得更清楚。國王彬彬有禮起身迎向他，其他人全都向她示敬，以她的僕人自居。他們都養目稱美之後，她終於開口說話，因為她不想久留。她說：「大王，我愛上你的一位家臣，朗瓦，你看就在那兒。他說話惹禍，在你的法庭挨告，我可不希望他受到傷害。你應該知道王后錯了，他不曾向王后表示過愛意。至於他說的大話，如果他可以因為我而無罪開釋，現在就請你的諸侯放他走！」

國王認為應該以判官為準，這才合乎正義。沒有一個人不認為朗瓦已經成功地為自己辯護，於是他們公決他重獲自由。這女郎在許多僕人的簇擁下離去，因為國王留不住她。在大廳外頭有一大塊黑色的大理

石，重裝備的男人攀爬過去離開朝庭。朗瓦爬了上去，這女郎穿門而過的時候，他縱身一跳，跨上她的座騎，坐在她的後面。他隨她一道前往阿瓦隆[7]——布列塔尼人是這麼說的——那是個非常漂亮的島嶼。朗瓦這青年被帶到那兒去，之後不曾有人聽過他的下落，所以我沒得多說了。

夜鶯

我現在要講的是布列塔尼人編成敘事短詩的一個奇遇。這首故事詩我相信就叫做Laustic（夜鶯），布列塔尼人在他們自己的地方就是這麼稱呼的。法文的標題是Rossignol，用英文來說就是Nightingale。

布列塔尼有個名鎮，叫做聖馬羅，鎮上有兩個騎士，各自住在堅固的宅院裡。由於他們高尚的人品，城鎮沾光因而聲名遠播。這兩個騎士當中，一個娶了個聰慧、知禮又端莊的妻子，她的言行舉止很有分寸，中規中矩的。另一個騎士是個年輕人，在同儕中以技能和英勇廣為人知。他風流倜儻展現可敬的行為，參加許多騎士比武大賽，出手也大方，自己有的從不吝惜付出。

這位青年騎士愛上他鄰居的妻子，鍥而不捨向她求愛，懇求是如此的殷切，本身又具備許多本領，因此她愛他超過一切，不只是因為她久仰其人，也是因為住處相近。他們彼此相愛，愛得深也愛得謹慎，細心隱匿情意以確保不被人看見、打擾或懷疑。這一點他們辦得到，因為他們的住家緊鄰。他們的房子、大廳和樓塔都近在咫尺，無阻無隔，除了一睹深色調的高牆。這女士站在臥房的窗口就可以跟住在另一棟房子的心上人說話，他也是一樣，他們還能夠互拋禮物給對方。幾乎沒有任何事不順他們的心，彼此都非常滿意，只有一件事美中不足：他們沒能聚首一處共相取悅，因為這女士的丈夫在城裡的時候把她看得很緊。不過他們點子多的是，總有辦法彼此說說話，白天如果不行，可以在晚上，而且沒有人能夠阻止他們來到窗口看對方。

他們相愛了好長的一段時間。一年夏天，灌木叢和草地綠意盎然，園子裡百花競妍。小鳥在花頂啼唱，快活又甜美。任何人只要是心中有愛，他的注意力就集中在那上頭，這不足為奇。我要講的就是跟這騎士

7　阿瓦隆：Avalon，凱爾特傳說中的「幸運島」，由熟諳醫術的女巫統治，亞瑟王在最後一場戰鬥中受傷後，被送到該島治療。

有關的箇中道理。他和這女士盡了最大的努力，話語和眼神雙管齊下。到了夜晚，月色光華如洗，她的丈夫入睡的時候，她經常從她身邊爬起來，穿上披風。知道她的心上人也會做同樣的事，去站在窗口，在那兒停留大半個晚上。既然不容許有更進一步的事，他們彼此對看也樂在其中。

　　但是，她站在那個地方的次數如此頻繁，半夜起床的次數如此頻繁，她丈夫發脾氣了，一次又一次問她幹嘛溜下床去，問她上哪兒去。「老公，」這女士回答，「生為人而不聽夜鶯唱歌，根本就體會不到這世界的樂趣。這就是為什麼我來站在這地方。我在夜色中聽到這麼甜美的歌，感到莫大的喜悅。我樂在其中，熱切盼望，根本就可以不睡覺。」

　　她的丈夫聽她這麼說，心裡不痛快，帶著惡意乾笑，想出了一個捕捉夜鶯的計畫。家中的每一個僕人都要設計陷阱或羅網之類的捕鳥裝置，做好之後擺在花園裡，遍佈各個角落。沒有哪一棵榛樹或栗樹沒有安置羅網或鳥膠，總之是志在必得。

　　僕人果然捉到了那隻夜鶯，交給主人的時候還活生生的，他喜出望外抓在手中。他來到這女士的房間，說：「太太，妳在哪兒？出來說話呀。我用鳥膠捉到了使妳那麼沒有睡意的夜鶯。現在妳可以睡安穩了，牠再也不會讓妳睡不著覺。」這女士一聽，傷心悲痛無以名之。她要求丈夫把那隻鳥送給她，可是他懷恨在心，殺了洩恨，一雙手惡意扭斷牠的脖子。他把屍體丟給這女士，鮮血濺在她的束腰衣上面，不偏不倚就在胸前的部位。他就這樣離開房間。

　　這女士捧著嬌小的屍體，痛痛快快哭一場，詛咒設計陷阱與羅網而害死夜鶯的那些人，因為他們奪走了她那麼多的歡樂。「唉，」她說，「不幸來到我頭上了。我再也不能半夜起床或是站在窗口，我一向是在那地方看我的心上人。我知道有一件事是確定的。他會認為我畏縮怕事，所以我必須要有一番作為。我要送他這隻夜鶯，讓他知道發生了什麼事。」

　　她用鑲金線而且圖案精美的織錦包裹這隻可愛的小鳥。她喚來一個僕人，託他轉口信，派他去找她的心上人。這僕人來到那騎士的家，代夫人請過安，原原本本轉述口信，然後把夜鶯交給他。

　　這騎士全神貫注聽完口信之後，為這事深感悲痛。他可不是不懂禮節或拖拖拉拉的人。他準備了一個小容器，不是鐵做的，也不是鋼做

的，而是純金鑲了寶石的，非常珍貴，價值高昂。他細心加了蓋，把夜鶯擺在裡頭。然後，他把盒子密封，時時隨身攜帶。

這個奇遇流傳下來，不會長久埋沒的。布列塔尼人編出一首跟這故事有關的敘事短詩，就叫做《夜鶯》。

婚姻危機（紀狄綠與紀雅丹）

我要完完整整告訴各位一個非常古老的凱爾特故事，起碼說出我所能瞭解的故事的真相。

從前在布列塔尼，有個名叫艾利度的騎士。他是表率群倫的楷模，英勇無匹。他已經結婚，妻子出身名門望族，家教良好，對丈夫忠貞不二。由於琴瑟和諧，夫妻過著幸福快樂的日子。但是幾年之後，戰爭爆發了，他出遠門投效軍旅。在外地，他愛上一個美貌絕倫的公主，名叫紀雅丹。至於留在故鄉的這個妻子，凱爾特名字叫紀狄綠。所以這個故事就依照她們的名字，稱作《紀狄綠和紀雅丹》。故事原來的標題是《艾利度》，我把它改了，因為這根本就是關於兩個女人的故事[8]。現在我就原原本本交代事情的始末。

艾利度的領主是布列塔尼的國王。他深得國王厚愛，賞賜有加。艾利度侍候領主忠心耿耿——每逢國王有事出國，他就留在國內代管領地，憑他的軍事手腕保疆護民。他得到的賞報不計其數，甚至獲准在御森林打獵，連最專橫的護林官也不敢阻撓或抱怨。但是，其他人嫉妒他的鴻運，給他帶來不利。受到毀謗中傷，他和國王的關係急轉直下，終於被逐出宮廷。艾利度不明所以，一再要求國王准許他為自己澄清——他要說明中傷他的話都是無中生有，他心悅誠服侍候國王沒出過差錯。可是音訊全無。既然得不到訴願的機會，他決定流亡異鄉。

艾利度回到家，聚集所有的朋友，告訴他們國王怎麼生他的氣，他卻毫無辯解的機會。他盡心盡力效忠國王，國王不應該無故懷恨。莊稼漢有句俗話，告誡農夫「別把大人物的愛當真」；對領主忠心，把愛心留給好鄰居，這才是明理的人。所以，艾利度說，他要渡海前往羅桂斯[9]，去那邊暫時散散心。他會把妻子留在家鄉，要他的僕人好好照

8　作者雖然如此聲明，傳統上依然沿用《艾利度》這個舊標題，中譯標題乃是基於對瑪麗的尊重。

9　9見注1。

料她，希望朋友也能照應。他牢記諺語忠告，把裝備打點妥善。他的朋友非常傷心他就要離開他們。他只帶了十名騎士隨行，他的妻子臨別悲泣，送行的路上依依不捨，他向她保證忠心不貳。他就這樣跟她離別，追尋自己的前途去了。來到海邊，他渡海抵達托特尼斯。

那一片陸地有許多國王互相衝突，戰爭不間斷。在埃克塞特附近，有個地區住了一個年紀大而勢力很強的人，他沒有男性繼承人，只有一個女兒已屆適婚年齡。因為他拒絕把女兒嫁給一個勢均力敵的貴族，後者向他宣戰，四處蹂躪他的土地。這敵人把他圍困在一座城堡裡，堡內沒有人膽敢出面抗衡，不論是單挑或激戰。艾利度聽到這樣的事，既然有仗可打，也就不再往前走了。他要留在那個地區，盡能力所及幫助那個苦惱無以復加又狼狽不堪的國王，留下來伺候他。他寫一封信毛遂自薦，指派使者晉見老國王，說他離開了自己的國家，是來幫助他的；但是，一切全憑國王做主，如果國王不留他，那麼他只要求平安穿越他的領地，好讓他另外尋求效勞的對象。國王見到艾利度的使者，喜出望外，熱烈歡迎。他召見城堡守將，下令立即護送艾利度進城面謁。國王也命人安排住宿事宜，並且提供足敷一個月的開銷需求。

派去迎接艾利度的護送隊伍全副武裝，對他非常禮遇。他被安排住進一個富翁的家。這富翁彬彬有禮，修養很好，讓出家中掛有窗簾的上房給他。在特地為他準備的盛筵上，住在城內戰戰兢兢的騎士全體應邀作陪。艾利度嚴禁手下在開頭的四十天接受任何禮物或金錢。

他在埃克塞特的第三天，城內一片哭天叫地，敵人兵臨城下，團團圍困，已經準備攻打城門。艾利度聽到城中驚惶人聲鼎沸，立即整裝披掛。他的同伴也一樣。城裡面另外還有四十名騎士，其他的不是受傷就被捕。看到艾利度上了馬，他們也返回住處披盔帶甲。他們不等召集令就隨他出城。

他們說：「壯士，我們和你同行。不管你做什麼，我們追隨到底。」

艾利度回答：「謝啦。有誰知道可以埋伏兵的地方？比方說隘口？我們可以甕中捉鱉的什麼地方？如果在這裡等他們，我們是可以好好打一場仗，可是我們佔不到便宜。誰有比較好的點子？」

「是有一條狹窄的車道，就在那片樹林附近，草叢遮蔽了。他們搶了戰利品，回程一定走那條路。他們騎馬回去一向軍心渙散，那副德行就是送死來的，不難讓他們傷亡慘重，吃不了還兜著走。」

「各位弟兄，」艾利度說，「有件事錯不了。不敢偶爾冒死一搏的人難有所得，也不會受人敬重。各位都是國王的封臣，輸誠效忠是理所

當然。所以，跟我來，不論我到哪兒，和我一起拼命。我保證，只要是我幫得上忙的，我決不會讓你們受困。即使贏不了這一仗，挫了敵方的銳氣就能夠提高我們的聲望。」

一呼眾諾，他們帶路往樹林進發，埋伏在路邊的草叢，守候敵人。艾利度布署妥當，指示他們如何出擊以及如何喊殺。敵人進入要害地段的時候，艾利度在他們的後方喊殺，然後呼叫同伴，鼓舞有加。他們賣力進擊，毫不留情。敵人措手不及，轉眼間潰不成軍，兩三下就給收拾了。他們活捉了指揮官和許多騎士，把這些俘虜統統交給見習騎士看管。艾利度的一方有二十五人，卻捉了三十個敵人。他們收繳對方的裝備，還擄獲大量的戰利品，全面凱旋，風風光光打道回城。

這時候，國王在城樓上，心焦意切等候艾利度的人馬。他猛發勞騷，悲嘆艾利度是叛徒，害他的騎士全體陣亡。但是他們一行滿載而歸，回來的比當初去的還要多，怪不得國王看走眼，滿腹狐疑。他下令城門緊閉，民眾聚集在城牆上，打算報以羽箭飛石。不過，他們白操心了。艾利度派遣一名見習騎士，快馬加鞭趕回城內報告事情的始末。這個人對國王說起這位布列塔尼武士，說他如何驅逐敵人，如何以身作則，不曾有人像他那樣騎術精良戰技高超。他親手活捉敵人的指揮官，外加二十九個俘虜，殺傷的和殺死更多。

國王聽到這個好消息，歡欣無比。他走下城樓去迎接艾利度，感謝他的義舉。艾利度把俘虜全部呈獻給國王，把擄獲的武器分送其他的騎士，自己只保留三匹馬，都是名貴的品種。他把一切全分了出去，連他自己應得的份也不例外，甚至俘虜也有份。

立下這一場汗馬功勞之後，艾利度成為國王身邊的紅人。他雇用艾利度和他的同伴，期限一年，艾利度則誓言盡心效勞。他成了國王領地的保安官。

國王的女兒聽說了艾利度的為人和他的豐功偉績，得知如此卓越的一個武士是如何的溫文爾雅與慷慨大度。她指派貼身侍從去傳喚艾利度過來陪她共度休閒，談談天交個朋友。艾利度回答說，他很樂意過來認識她。他騎上馬，帶了個騎士，去和公主聊天。來到公主房間的門口，他讓侍從走在前頭。他並沒有冒冒失失就闖進去，而是在門外等候侍從回來。然後，帶著親切的眼神、誠懇的表情和優雅的舉止向公主紀雅丹請安，謝謝她邀請他來拜訪她。紀雅丹非常漂亮，她牽起他的手，走到臥榻比肩而坐，東聊西聊。她細心地偷偷瞄他，瞄他的臉，他的身體，

他的每一個表情，心裡想著他多麼迷人，仰慕之情油然而生。愛神射出一支箭，她倒栽蔥摔進情網，臉色發白，連連唉聲嘆氣，卻有口難言，唯恐自討沒趣。

艾利度逗留了好一陣子，終於起身告辭。紀雅丹很不願意放他走，卻莫可奈何。他回到住處，愁眉苦臉，心定不下來，因為這個美少女，國王的女兒，對他說話是那麼的溫柔，又一再嘆氣。他深感相見恨晚——來到這個國家那麼久了，居然到現在才見她這麼一面。可是這一想，他又感到懊悔。他想起自己的妻子，想起自己承諾信守夫道。

話說公主見過他之後，打定主意要艾利度當她的情人。她不曾有過更喜歡的男人，只要辦得到，她要跟他廝守。她失眠了，輾轉一個晚上。第二天早上，她天亮就下床，走到窗戶叫她的侍從，一五一十透露給他聽。

「天哪，」她說，「我真不幸，竟然落到這樣的地步！我愛上艾利度那個新來的騎士。他那麼優秀。我整個晚上沒休息，眼睛就是合不攏。如果他真心愛我，把他的心許給我，我會做出他喜歡的不管什麼事。這裡有大好的前程，甚至可能當上國王。我想他想死了。他那麼有才幹，舉止從容那麼自如。如果他不愛我，我想不開只好一死求解脫。」

聽她這麼一說，應命而來的侍從給了她一個沒什麼好指責的建言：「公主，如果妳愛上他，就差人請他來，送給他一條束腰帶或髮帶，或一枚戒指，討他歡心。如果他快快樂樂接受禮物，高高興興來看妳，那妳就可以確定他愛妳。我不信有誰會因為妳要愛他而不高興，即使他是皇帝。」

這少女聽到這樣的建議，回答道：「就只一樣禮物，我怎麼知道他是不是有心愛我？我從來沒見過哪個騎士不是很有風度接受人家送他的禮物，不論他喜歡或討厭。如果他拿我當笑話看，我會恨他。不過，我們或許可以從那個人態度探出一點眉目。所以，準備好就去。」

「準備好了，」他說。

「帶給他這枚金戒指，還有我的腰帶。代我向他請安一千次。」

侍從轉身就走，她差一點又叫他回來。不過她還是讓他走了——然後自哀自怨：「唉，我的心怎麼不知不覺就讓一個外國人給拿去了！我甚至不曉得他是不是貴族家庭出身的。他說走就走，留下我在這兒哎聲嘆氣。我太傻了，做得那麼露骨。我昨天才第一次跟他說話，現在就低

聲下氣求他的愛。他也許會怪我，不過他很守禮，會感激我。我現在是過河卒子，如果他不在乎我的愛，我可就真的不幸了，這輩子再也快樂不起來。」

她在悲嘆的時候，侍從快馬趕路。他找到艾利度，私底下遵照公主的吩咐向他請安，轉達公主要見他。他交給艾利度戒指和束腰帶。這騎士道過謝，戴上戒

指又繫上腰帶。侍從沒多說什麼，艾利度什麼也沒追問，只是拿出自己的禮物賞他。不過侍從沒接受就回去覆命。他在公主的房間找到她，轉達艾利度的問候和謝意。

「來，什麼都不要隱瞞。他真的要愛我嗎？」

「依我看，這個騎士不是用情不專那一型的。我認為他有風度，也精明，他知道怎麼隱藏他的感情。我代妳向他請安，把妳的禮物交給他。他繫上妳的腰帶，穩穩貼貼圍在他的腰上，然後戴上妳的戒指。我沒對他多說什麼，他對我也一樣。」

「他明白那是愛情的信物嗎？他要是不明白，我不就被耍了！」

「說實在，我不知道。不過，妳聽我說，他如果對妳不滿，他不會接受妳的東西。」

「別說風涼話了，」她說，「我當然知道他不討厭我；我沒有傷害過他，除了愛他太深。他如果討厭我，那他死有餘辜。我要親自跟他談談，在那之前，我不要和他有什麼瓜葛，不管是透過你，還是透過別人。我要親自讓他知道我怎樣為情所苦，可是我不曉得他在這裡要待多久。」

侍從回答：「公主，王上和他訂的期約是一年。妳有足夠的機會向他表白妳的心意。」

一聽說艾利度還會留下來，紀雅丹喜形於色，樂不可支。她不知道艾利度自從見她一面之後就悶悶不樂，除了想念她，根本沒有快樂可言。他覺得自己不幸，因為他離家之前答應過他太太，說他不會愛上別的女人。如今他的一顆心被夾死了，既要忠貞守信，卻又忍不住愛上蔻苣年華如花似玉的紀雅丹，只盼望看著她、跟她說話、吻她、抱她。可是，他絕不主動示愛，那關係到他的名譽，一方面是因為他要對妻子忠貞，另一方面是因為他要對國王效忠。艾利度苦惱難當，毅然決然跨上馬背，片刻也不耽擱。他找來同伴，一道前往城堡去晉見國王。如果他安排得來，他會見到公主——他是為了她才進城的。

國王剛下餐桌，去到女兒的房間，現在開始和海外來的一名騎士下棋。這騎士坐在在棋桌的另一邊，負責教導紀雅丹下棋。艾利度走上前，國王親切打招呼，要艾利度坐在他的旁邊。他對女兒說：「女兒，妳該認識這位騎士，好好招待他。他是百中挑一的優秀騎士。」

　　公主滿心歡喜聽到父親這樣的指示。她站起身，邀請艾利度和她並肩而坐，遠離眾人。兩人都是有愛在心，開不了口。她不敢說明自己的心意；他也一樣不敢說出口，只謝謝她送的禮物，說他不曾有過更珍貴的東西。她回答這騎士說，她很高興這樣，也高興送他戒指和腰帶，因為她把自己託付給他。她愛他愛瘋了，要他當她的丈夫，如果她不能擁有他，他真的應該知道她有生之年不會有其他男人。現在，她說，他應該讓她知道他心裡怎麼想。

　　「公主，」他答道，「我很感激妳的情意，妳的愛帶給我莫大的喜悅。妳這麼看得起我，我能不高興嗎？我一輩子部不會忘記。我答應令尊一年的期限，並且發誓不會在戰爭結束以前離開。到那個時候，我就回國，因為我不希望久留，如果妳允許的話。」

　　這少女回答他：「親愛的，非常謝謝你。你那麼知情達理；在那之前，你要及早決定怎麼待我。我愛你，信任你超過世界上其他的一切。」

　　他們交換誓言，沒什麼好多說的了。

　　艾利度回到住處，因大有所獲而心醉神迷。他今後隨時高興都可以和心上人聊天，他們瘋狂熱戀。

　　他戰績顯赫，屢建奇功，連國王的對手也被他俘虜，整個王國重獲自由。他的英勇、才智和慷慨備受讚揚。他交了運，事事順遂。

　　就在這時候，布列塔尼國王派遣三名傳使渡海來找艾利度，說他處境危急。他失去了所有的城堡，國土飽受蹂躪。他懊惱當初驅逐他，後悔當時識人不明而誤信奸佞。他已經驅逐那些抹黑艾利度而使得他和領主失和的奸朋賊黨。現在大難當頭，他召喚並要求艾利度，看在自從艾利度向他效勞以來他們就彼此互信的份上，回來挽救局面，因為他亟需援手。

　　艾利度接到這消息，因為想到紀雅丹而深感苦惱。他愛她已到了刻骨銘心的地步，她對他也一樣。他們之間並沒有踰矩，沒有情令智昏或見不得人的事；他們的愛僅止於彼此獻殷勤與談天，見面時互贈好禮物。她的用意和希望是完完全全擁有他，在可能的範圍內保住他，可是她不曉得他有妻子。

「哎，」艾利度在心裡思量，「我的行為糟糕透了。我在這兒逗留太久了。我第一次看到這個國家的那一天就犯了沖。我在這裡熱戀一個女孩，紀雅丹，國王的女兒。如果我必須這樣離開她，我們兩人總有一個非死不可，說不定兩個一起死。可是我非走不可，因為我的領主已經傳信來了，要我信守我對他的誓言。更別提我對太太的誓言。我得設想個法子來。我不能多停留，我非離開不可。如果我要娶紀雅丹，教會不會受理的。怎麼走都不通。上帝啊，離才真難！可是不管有誰指責我的不是，我不能對不起我的心上人。我就順她的意，她怎麼說我就怎麼做。他的父親已經安享和平，我想以後不會有人對他挑起戰端。我就提出我的領主的需求，要求他讓我走。我還要見紀雅丹，好讓她明白我的情況。她會告訴我她的期望，我盡全力遵照她的意思就是。」

艾利度說到做到，即刻去要求國王准他辭行。他說明布列塔尼的局勢，出示他的領主寫給他的那一封緊急求救函。國王看了，知道艾利度不會留下來，因此心裡非常難過，七上八下的。國王提議犒賞他一大筆財物和珠寶，外加三分之一的遺產。只要他留下來，國王的所作所為將會使艾利度感激在心沒齒難忘。

艾利度說：「我的領主處境危險，他老遠派人來傳喚我，在這樣的關頭，我必須回去幫他的忙。什麼事也阻止不了我。不過，如果您需要我效勞，我會樂意回來，而且有許多騎士同行。」

聽他這麼說，國王謝了他的心意，高高興興准他離去。他讓艾利度隨意挑選他的財物——金的、銀的，獵狗、戰馬，還有漂亮的絲綢。艾利度適度拿了一些他需要的，然後，說來也是應當的，他告訴國王說，如蒙允許，他希望跟他女兒辭行。國王很爽快答應了。

國王指派一名見習騎士打開房門。艾利度進門，紀雅丹看到他，迫不急待跟他說話，叫了他的名字六千次。隨後討論到他的問題，他要言不繁說明這一趟旅行的必要。但是他還沒來得及把事情說清楚，也還沒有開口要求她或得到她的允准，她悲從中來暈倒在地，臉色發白。艾利度看到她暈倒，傷心了起來，不停吻她的嘴，哭得很可憐。最後他把她抱在手臂裡，摟著直到她恢復清醒。

「噢天哪，」他說，「可人兒，妳聽我說。我的生、我的死全看妳，妳是我僅有的寄託！我來聽妳的意見，就是因為我們之間有誓言。可是我必須回國一趟。我已經得到令尊的允許，可是妳要我怎麼做我都照辦，後果我一個人來擔。」

「那就帶我一趄走，」她說，「既然你不留下來。你要是不帶我走，我就自殺，再也沒有什麼歡喜快樂的事。」

艾利度很溫柔地告訴她，說他愛她有多深：「可是，我的小美人，我發過誓，在期約之內要效忠令尊。如果我帶妳一起走，我就是違背自己的誓言。我發誓，我誠心誠意答應妳，如果妳現在讓我離開妳一陣子，只要妳說出妳希望我回來的日期，那麼世界上不會有任何事情阻止得了我——只要我還活著而且身體健康。我的生命掌握在妳的手中。」

她愛他那麼深，所以給了他一個期限，他必須在那一天回來帶她走。他們懷著深沉的悲痛分手，彼此交換金戒指，深情吻別。

艾利度騎馬奔向海邊。好風相送，快速渡海。他回到家，布列塔尼王喜上眉梢，他的親朋好友也不例外——特別是他那善體人意的妻子，嫵媚聰慧一如往昔，名節無虧。可是由於在海外出其不意擄獲他的那一段戀情，他直到現在還是失魂落魄，整天鬱鬱寡歡，看到任何人都是愛理不理的。他的妻子看他凡事神秘兮兮，非常沮喪，不曉得到底怎麼一回事。她怨嘆自己，一再問他是不是他聽到別人說，他出國期間她做了什麼不檢點的事。

「太太，沒人指責妳的不是。不過。我對我去的那個國家的國王鄭重發過誓，說我會回去。現在他迫切需要我。主公一旦重享和平，一個星期之內我就該回去。在我能夠回去之前，我有艱鉅的任務要完成。責任末了，我快樂不起來，因為我不要失信。」

他的妻子聽他這麼回答，沒再多問，就把這件事擱了下來。

艾利度幫了他的領主天大的忙，兩人同心協力。領主採用他的策略保衛他的王國。但是，眼看紀雅丹指定的日期迫在眉睫，艾利度奮力促成和議。他調停領主和所有的敵人，然後挑選他的伙伴準備出發。他帶了他喜歡的兩個姪子，一個侍從（這侍從為艾利度和紀雅丹傳遞音訊，因此知道事情的原委），和他的見習騎士；他不要閒雜人。他要這些伙伴發誓保守秘密。

艾利度不多耽擱，直驅海邊，很快就抵達托尼斯港。他終於回到朝思暮想的地方。他精得很，找了離海港有相當距離的客棧，因為他不要被人家看見、發現或認出來。他幫侍從打點好，派他去找紀雅丹，讓她知道他如約回來了。當天晚上，天色全黑的時候，她要溜出城；侍從會護送她，然後艾利度前來會合。侍從易裝之後，一路徒步直奔埃克塞特。他探路進入她的閨房，然後向公主請安，告訴她說她的心上人已經

回來了。紀雅丹原本愁容滿面，但是一聽到這個消息，喜極而泣，吻了侍從好幾回。他告訴她必須趁夜跟隨他離開，因此他們多待了一天，計畫逃走的路線。

入夜了，等到一片漆黑，她和這年輕人溜出城，就只他們兩人。她非常擔心會有人看見他們。她身上穿的是絲袍，精美的金線鑲繡，外面罩短披風。

離城門大約一箭之遙的地方，有一片草地，當中有一棵樹。艾利度已經在樹籬下等候。侍從帶她來到這個地方，艾利度跳下馬背吻她：情侶又團圓，其樂無比。他扶她上馬，然後騎上自己的馬，手牽她的韁繩。他們很快回到托尼斯港，立刻上船。除了艾利度自己的人和他心愛的紀雅丹，再也沒有其他乘客。一路順風，天氣穩定，但是即將到達布列塔尼海岸時，他們遇到暴風。逆風把他們吹離港口。接著主桅裂開折斷，他們的帆全都報廢了。他們認真地禱告，向上帝、聖尼古拉和聖克里門禱告，也祈禱聖母感動基督保佑他們，保護他們不至於淹死，好讓他們上岸。他們在岸邊忽前忽後，眼看著就要翻船。

一名水手開始叫囂：「我們在幹嘛？大爺，會把我們統統淹死的就是你帶上船的那位小姐。我們永遠上不了岸！你在家裡有個名媒正娶的老婆，現在卻帶了另一個女人，這分明是違背上帝和他的律法，違背倫常和宗教。我們來把她丟下海，這樣很快就可以上岸了。」

艾利度一聽，氣得幾乎發狂：「你這個婊子養的，匪類，判徒，你給我閉嘴！我要是失去她，你不會有好日子過的！」說著，他把紀雅丹抱在手臂裡，極力安撫她。

她本來就暈船，又聽說艾利度已經結婚，禁不起打擊，當場暈倒，摔在甲板上，一臉死白，就這樣躺著，沒有氣息，不省人事。艾利度知道這一切都是因自己而起，也真的認為她死了。他強忍悲痛，站起身來，衝向那個饒舌的水手，抓起船槳就打。那個人癱在甲板上，艾利度一腳把他踢下海，屍體被海浪沖走。一擺平這件事，他立即走到舵輪，親自掌舵，順利駛船進港靠岸。

船平安靠岸時，他先下錨，然後鋪走道。紀雅丹仍然不省人事，看起來和死亡沒兩樣。艾利度哭天叫地，恨不得跟隨她赴死。他要同伴幫忙出主意，看什麼地方可以安置她。一直到她隆重舉行葬禮，躺在聖地安息為止，他不要離開她身邊。她是國王的女兒，理當如此。但是他的手下茫無頭緒，提不出什麼建議。艾利度只好自己設法。他的住家近

海，晚餐以前就可以抵達。在那附近有一片樹林，周圍大約三十里。一位高德隱士在那兒住了四十年，他有一座小禮拜堂。艾利度常找他聊天。他決定送她到那兒去，把她埋在那個小禮拜堂，然後捐地建一座隱修院，修女或教士可以天天為她祈禱。但願上帝慈悲眷顧她的靈魂！

他召集手下，令他們上馬，要每一個人發誓不背叛他。他載著紀雅丹的屍體在他的前面，共乘一匹馬。他們直接奔往樹林，進入小禮拜堂，又是呼叫又是敲門。可是沒人回答，門還是關著。艾利度指派一名手下爬進去開門。高德隱士在八天前過世了，他看到新墳備感哀戚。

他的伙伴要挖個墓穴，好讓艾利度安葬紀雅丹，但是他要他們退後，然後對他們說：「這樣不對。我得先請教內行人，該怎麼做才能建隱修院紀念這個地方。我們暫時把她安置在祭台前面，把她交給上帝照顧。」

他叫人找來鋪蓋，他們很快為紀雅丹做了個安息地，把她安置妥當，留下她往生。艾利度臨走時痛不欲生，吻她的眼睛和臉龐，說：「美人兒，願上帝成全我永遠不再拿武器或在這個世界苟活。可人兒，妳永遠閉著眼睛對我，多教人傷心！小親親，妳多麼不幸跟隨我！美人兒，要不是這樣死心塌地愛上我，妳很快就是個王后了。我為妳心碎。在我埋葬妳的那一天，我要進入隱修院。我會天天上妳的墳，讓我的悲傷找到知音。」他轉身離開公主的屍體，關上禮拜堂的門。

他指派信差去告訴他的妻子，說他回來了，但是又累又煩。她接到這個消息，滿心歡喜，整裝去會他。她高高興興歡迎他，卻碰了一鼻子的灰。艾利度的態度實在不友善，甚至連一句好話也沒有。沒人敢問為什麼。他這樣度過了兩天，然後每天早晨做過彌撒就出門去。他前往樹林內的禮拜堂，他的心上人躺在那兒，仍然不省人事，沒有氣息，沒有生命的跡象。可是有件事令他深感困惑：她的臉頰幾乎還是原來的光澤，只是有一點點蒼白而已。艾利度邊痛哭，邊為她的靈魂禱告。禱告過後，他才回家。

有一天，紀狄綠要一個僕人跟監她丈夫離開教堂。她允諾僕人，如果跟蹤探知主人的行蹤，回來大大有賞，賞馬匹和武器。僕人聽命，神不知鬼不覺跟隨艾利度進入樹林。他看到艾利度怎麼進入禮拜堂，聽到他在裡面哭悼，然後趕在艾利度抵家之前回來報告夫人他在那個隱居地聽到的一切。

紀狄綠的一顆心七上八下，說：「我們要儘快去那個隱居地看個清楚。我的丈夫會很快進宮去，去和國王商量事情。那個隱士不久以前過

世的。我知道我丈夫非常喜歡他，可是那不至於使他這個樣子。不是這樣子悲傷。」這是她初步的結論。

就在那一天下午，艾利度出門去和布列塔尼王討論事情的時候，他的妻子偕同僕人前往隱士的禮拜堂。她一進門就看到一個姑娘躺在一張床上，鮮艷有如初綻放的薔薇。她掀開遮布，映入眼簾的是嬌嫩的身軀，修長的手臂，皎白的手，圓潤光滑的手指。她立刻知道真相——知道了為什麼艾利度愁眉不展。

她叫僕人過來，指給他看眼前的奇蹟：「看到這女人沒？美得像珠寶，我丈夫就是在哭這個心上人。說來也難怪——香消玉殞怎麼教人不傷心？不是因為憐惜就是因為恩愛，反正我以後是不會有歡樂了。」她開始哭，悲悼這如花似玉的姑娘。

就在她眼眶噙著淚水坐在屍床旁邊的時候，一隻鼬從祭台下方跳出來。僕人看她從屍體上方跑過去，拿棍子打牠。打死之後，他順手把小小的屍體丟在聖壇地板的中央。沒多久，另一隻鼬出現，看到先前的一隻躺在那兒，在她頭部周遭走來走去，一再用腳碰觸。看到躺在地上的鼬沒什麼動靜，牠好像很痛苦，離開禮拜堂，進入樹林找藥草。牠用牙齒摘一朵鮮紅色的花，銜在口中快速折回，把它擺進被僕人打死的那隻鼬的嘴巴，死鼬很快就起死回生。

紀狄綠目睹了整個過程，趕緊呼叫僕人。「抓住牠！用棍子丟啊，孩子，別讓牠跑了！」僕人丟出手中的棍子，打中了鼬，花朵從牠的嘴巴掉下來。紀狄綠走過去撿起來，然後轉回頭，把這漂亮的紅花擺在紀雅丹口中。沒多久，她活了過來，開始呼吸了[10]。

紀雅丹睜開眼睛，說：「天哪，我睡好久啊！」紀狄綠聽到她說話，謝過上帝之後，問她是什麼人。這女子回答：「夫人，我是不列顛人，那邊一個國王的女兒。我愛上一個騎士，名叫艾利度，一個好軍

---

[10] 還魂草母題為〈婚姻危機〉抹上濃厚的童話色彩。把紀狄綠看到的兩隻鼬視為一對伴侶似乎是順理成章，英文譯本對於性別的編派卻莫衷一是。Eugene Mason（1976）認為是雌鼬使雄鼬復甦；Robert Hanning和Joan Ferrante的合譯本（1978）把第一隻鼬當作雌性，第二隻當作雄性；Glyn S. Burgess和Keith Busby（1986）則使用不分性別的代名詞it。其實，「鼬」的古法文（musteile），一如現代法文（belette），是陰性的。從另一個角度來看，變形故事中的鼬「總是變成女人，絕無變成男人之例」（Duncan 44）。就此而論，這兩隻鼬可以看作是「艾利度的兩個女人的影像」。民俗認為鼬知悉回生草。其花為紅色，可能是馬鞭草（verbena），或許是象徵血流以及女子死而復生」（Burgess and Busby 128n）。在康瓦爾這個凱爾特民族與中古布列塔尼語的原鄉，鼬因為具有魔力而被稱為仙子。

人。他帶著我離家出走。可是他犯了罪，把我耍了。他有個妻子，卻不曾告訴過我，連一點暗示也沒有。我聽到這件事的時候，傷心得昏了過去。他狠心把我一個人丟在這兒，一個陌生的國家。他背叛我。我不曉得以後怎麼辦。女人傻透了才相信男人。」

「親愛的，」這女士說，「他現在是行屍走肉，這一點我可以擔保，因為他以為妳死了，悲痛到了極點。他每天來這裡看妳，不過我猜想他看到的是妳一直昏迷不醒。我是他的妻子，我為他感到痛心。我看到他那麼不快樂，為了要知道他上哪兒去，派人跟蹤，這才發現妳。我很高興妳還活著，我會帶妳一起走，把妳交還給妳的心上人。我會徹底放他自由，然後出家。」她一直安慰紀雅丹，直到能夠帶她一道回家。

紀雅丹要僕人立刻去通知她丈夫。這僕人找到艾利度，畢恭畢敬打過招呼，接著告訴他事情的始末。艾利度一躍上馬，也不等他的伙伴，當晚趕回家。他發現心上人還活著，客客氣氣謝過妻子。喜上七重天，他不曾曉得有這樣的快樂。他一再親吻紀雅丹，紀雅丹深情回吻，他們藏不住團圓的喜悅。艾利度的妻子看到這情景，向她丈夫主動求去，說她希望當個修女服侍上帝。他可以撥給她一塊地，她要用來建一座修道院，這樣他就可以和他深愛的女子結婚，因為一夫二妻既不合禮法，也不妥當，而且違反教規。

艾利度成全他的妻子，完全遵照她的意願，給了她一塊地。就在城堡附近，在那位隱士的禮拜堂座落的同一片林地，他請人建了一所教堂和附屬的房舍。這教堂接受大筆捐贈的產業和財物，所需樣樣不缺。一切安排妥當，她出家了，還帶了三十名修女。就這樣她建立自己的修道會，展開新生活。

艾利度娶了紀雅丹。婚禮盛大體面。他們度過很長一段婚姻美滿的快樂日子。他們大方捐獻，施善行義不計其數，竟至於到後來他們也皈依上帝。在他的城堡附近的另一邊，艾利度建一座教堂，把他大部分的地產和金銀財寶奉獻出來。他安置他自己的人和一些宗教人士照料這修道院並維修房舍。一切安排妥當之後，他毫不拖延，加入了修道院，全心奉獻給全能的上帝。他也安排他親愛的妻子加入他第一個妻子的修道院。紀狄綠待她彷彿是親妹妹，對她非常禮遇，教她如何服侍上帝，如何度修道院的靜修生活。她們祈禱上帝對她們的心上人展現慈悲，艾利度也以祈禱回報她們。他派信差去探望她們的進德修行，得知她們如何

砥礪精進。他們三人以各自的方式誠心敬愛上帝。到末了，由於一切真理所歸的上帝慈悲為懷，各自安詳辭世。

古代的布列塔尼宮廷人士根據這三個人的故事，編成詩歌傳唱，應該不至於遭世人遺忘。

奧卡桑與尼可烈（12世紀，古法文）

　　自從十八世紀首度刊印就一直普受歡迎的《奧卡桑與尼可烈》（*Aucassin and Nicolette*），論者咸稱是中古時代最"charming"的作品之一，他們的意思是「迷人」，但也可以有「魅惑」之意，魅人以惑之。僅此一事便可看出其與眾不同。

　　我們習慣透過熟悉的分類體系去認識新鮮的經驗，而分類的首要之務就是賦與名稱。不幸的是，有些事物因無從分類而自成一類，縱有名稱也是徒然；幸運的是，不同的分類體系可能有交集，名稱的問題遂有可能迎刃而解。《奧卡桑與尼可烈》正是如此，其交錯運用散文與韻文並不新奇，《黛佳的故事》即是先例，獨特處在於它是用於表演場合的戲文。作者在結尾自稱其戲文為cante-fable，英譯chante-fable，「唱故事」，然而詩可以唱，散文卻是唱不來的，偏偏這一部作品是孤例。將之歸為戲劇（Jackson 260-1），捉襟見肘不言而喻。巧的是，中國說唱或講唱文學指的正是此一類別，因此譯作「說唱故事」可謂順理成章。

　　定位的問題沒能解決，定性的問題勢必跟著落空，涉及美學判斷的問題尤其如此。不論是採取傳統的閱讀策略，認為這一部碩果僅存的說唱故事是諧擬（parody）或諷刺作品（如Ferrante 78-80），或是運用當代當紅的論述，如結合嘉年華化文體論與雌雄同體概念作為批評的架構（黃逸民58-68），故事中顛覆常軌的性別角色與價值功能是他們共同關切卻難徵其明的主體。只就一事而論，第二十八節述及托洛城堡的國王坐月子一事，並非作者憑空虛構用來彰顯主題的書寫策略，而是乘便利用奇風異俗（詳見注17）以獲致諷刺效果的表演策略——在資訊相對閉塞的時代，藝人藉奇風異俗以博君驚嘆，本質上與現代藝人套名人時事以博君一粲實無不同。

　　《奧卡桑與尼可烈》是街頭藝人的戲本，只要牢牢抓住這眉目，不難掌握這個戲本的美學特色。作者的文筆談不上修辭技巧，只是一味堆砌形容詞，明顯欠缺宮庭作家的格調。從散文部分的敘事文體來看，作者顯然深諳專業表演的竅門，所以會出現類似西洋口傳史詩與中國

傳統說書所見的描述套語（descriptive formula）和制式場景（standard scene）。韻文的部分運用七音節押頭韻的格律，根本讀不出蛛絲馬跡的文藝腔，倒是流露濃厚的草根味。從素材的運用來看，人名與地景都是法國南方的普羅旺斯，只有描寫城堡與牧童的部分看得出寫實的筆觸，對於貴族生活與迦太基宮廷之輕描淡寫顯見作者的閱歷有相當的侷限，卻善於整合道聽塗說的種種見聞。總的說來，我們讀到的其實是出於素人作家手筆的民間文學，其價值觀顯然對貴族有所不滿，樂天知命的人生觀則使得他能夠以幽默化解怨懟。這種「戲本子」不是給案頭學者字斟句酌去分析的，其美學價值取決於觀眾（或讀者把自己設想為觀眾）透過自己與表演者的互動所感受到的現場與當下的情境。

這麼說並不表示宮廷文學與民間文學是兩條沒有交會的水流。兩者都強調愛情經驗的可貴，足使有情人成為完整的人（參見《情慾幽林》收錄亞里斯多芬尼斯的〈愛樂頌〉），但是這裡說的「人」在前者是特指男人，在後者不限於男人。就像我們在瑪麗的敘事短詩所看到的，說唱故事中情場上的性別角色也是女主角勇於任事，男主角則只會苦撐待變。然而，庶民觀點的愛情傳奇畢竟與宮廷傳統大異其趣，膾炙人口而佔《十日談》和《坎特伯雷故事》相當比例的兩性趣聞或醜聞不復可見，取而代之的是愛情成為評價人品的唯一標準。愛情茲事體大，相形之下，在貴族文學中被視為宮廷大事的戰爭只是兒戲。這一部說唱故事是宣揚愛情宗教的愛情福音書。

西方學界動輒拿《奧卡桑與尼可烈》跟莎士比亞的《羅密歐與茱麗葉》相提並論，可是他們專注於愛情的主題，卻忽略了或許更值得關注的政治主題。莎劇寫兩個少不經事的年輕人，玩起愛情遊戲造成悲劇的結果，作者以正經八百的語調串通接二連三的巧合，反倒讓人體悟到愛情悲劇的喜感層面，彷彿是陰差陽錯的一齣笑劇（farce），一樁迴腸盪氣的愛情悲劇甚至成就了政治紛爭（家族宿仇）的喜劇結局。《奧卡桑與尼可烈》也是年輕人玩起愛情遊戲，滑稽表演（burlesque）的筆調卻營造出喜中含悲（不是悲劇的悲，而是悲情的悲）的意味，實乃政治主題使然。政治勢力的衝突在說唱故事雖然只是插曲，不像在悲劇中以之為烘托愛情進而鋪陳為可與愛情等量齊觀的一個主題，可是庶民觀點與宮廷題材兩者的落差所形成的張力頗有可觀之處。

奧卡桑與尼可烈

一

客官要想聽好歌，
開口來唱老人樂[1]，
兩小可愛配成雙，
尼可烈與奧卡桑；
吃苦患難他承擔，
又把勇武來展現，
只為美女可作伴；
旋律悠揚詩也妙，
宮廷禮節來映照。
不論有誰生煩憂，
或是苦惱或悲愁，
如此惶惶不安寧，
一曲聽罷撫心情，
更有歡樂由心生，
　如此甜美的歌。

二

現在他們接著講故事，說到瓦朗斯的布噶赫伯爵正在奮戰博凱爾的噶漢伯爵[2]，雙打得如火如荼，上有連天的烽火，下有枕藉的死屍。戰爭如此激烈，沒有哪一個日子不是天剛破曉就看到他站上城門、走過城牆、穿越城柵，身邊帶著一百個騎士和一萬個戰士，戰士有的徒步、有的騎馬。而他呢？——他在焚燒他的土地，蹂躪他的疆域，殘害他的民眾。

博凱爾的噶漢伯爵年老體衰，歲數已經超過他的壽限。他沒有繼承人，兒子、女兒都沒有，除了一個少年郎，我要說給各位聽的就是他的故事。

這個年輕人名叫奧卡桑。他一表人材，英俊、高尚又魁梧，四肢健全，五官端正。一頭微鬈的金髮閃閃發亮，眼睛笑盈盈，橢圓的臉盤美

---

1 老人所指不詳，也許是作者或表演本故事的藝人之一。

2 瓦朗斯（Valence）位於法國羅訥河左岸，博凱爾（Beaucaire）則是法國東南的港都。

不勝收，上面的鼻樑高聳挺拔；他的優點多到挑不出缺點，只有優點。可是，他被愛神折磨得好慘；東征西討永不嫌累的愛神整得他根本就不想成為騎士，甚至連武器也不拿，也不參加比武，凡是他該做的事他都不幹。

他的爸爸和媽媽對他說：「兒子，拿起武器來，騎上你的馬，保衛你的土地，也要幫助你的封臣嘛。他們只要看到你出現在他們當中，就更會保衛自己的身家財產，還有你的土地，還有我的。」

「爸爸，」奧卡桑說，「你在說些什麼？如果哪一天我成了騎士，或騎上馬或去參加比鬥或戰爭或什麼的，反正就是我砍騎士不然就是騎士砍我的那種場合，如果真有那麼一天，上帝保佑，讓我不論什麼事都有求必不應，除非你把我甜蜜蜜的心上人尼可烈交給我，我可是愛死了她。」

「兒子，」父親說，「那是不可能的。不要去管尼可烈，她是個女奴，從外國帶回來的奴隸，是城裡的子爵向薩拉森人[3]買來，帶她進城，在教會栽培她，讓她受洗，然後收為養女。就在這幾天，他會給她安排一個能夠讓她體面餬口的年輕人，這不關你的事。如果你想要討老婆，我會給你一個國王或伯爵的女兒。法蘭西沒有哪個人有錢到你想要他的女兒卻要不到手的。」

「得了吧，爸爸，」奧卡桑說，「世界上哪來什麼東西尊貴到不會因為尼可烈擁有它而更加尊貴？她可是我甜蜜蜜的好朋友。如果她是君士坦丁堡或日耳曼的女皇，或是法蘭西或英格蘭的王后，甚至連這樣的頭銜也配不上她，她那麼有價值、那麼優雅又那麼高貴，那一樣不是她天生具備恰到好處的。」

現在用唱的。

三

奧卡桑住在博凱爾，
雄偉壯觀美城堡，
尼可烈秀麗好身材，
你儂我儂拆不開。

3　薩拉森人：Saracens，中古時代基督教用於稱呼所有信奉伊斯蘭教的民族，包括阿拉伯人和突厥人在內，特指中東地區的阿拉伯人和非基督徒。

他的父親硬作梗，

他的母親相威脅：

「傻孩子，你想幹嘛？」

「尼可烈端莊又和藹。」

「她在迦太基⁴被搶，

撒拉森人把她賣。

如果你想討老婆，

身世高貴好配對。」

「娘，我辦不到。

尼可烈出身不卑微，

身材高貴美貌世無匹，

她在身邊我心平氣和。

我擁有她的愛不會錯，

如此甜美的人。」

現在他們接著講故事。

四

　　博凱爾的噶漢伯爵眼看自己無法阻止兒子愛尼可烈，親自上路前往子爵的城鎮。他對這個封臣說：「子爵先生，把你的養女尼可烈趕走。她從哪個地方給帶來的，那個地方活該受詛咒；就是為了她，我即將失去奧卡桑，因為他不想成為騎士，該他分內的事一樣也不幹。我要你知道，如果我抓到她，我該把她綁在火刑柱活活燒死。而你，你也有理由擔心自己老命保不了。」

　　「主公，」子爵說，「他來來去去跟她說話，我心裡為難。她是我用自己的錢買來的，在教會栽培她，讓她受洗，然後收為養女。我打算給她安排一個能夠讓她體面餬口的單身漢，這不關令郎奧卡桑的事。不過，既然您這麼說，要我這麼辦，我會送她走，送她到一個他再也看不到她的地方。」

　　「記得就這麼辦，」噶漢伯爵說。「這件事說不定會要你吃不了兜著走。」

4　迦太基：有兩個可能的指涉對象，一在北非的突尼斯（Tunis），另一為西班牙西南的卡塔赫納（Cartagena）。

他們就這樣分手。這子爵非常有錢，有一座富麗堂皇的宮殿，鄰近一片花園。他把尼可烈安置在上層樓的一個大廳，一個老婦人陪她作伴，還供應麵包、肉、酒以及她們需要的一切。然後，他把門封死，不讓人進得去或從裡面出來，只留一扇非常小的窗戶俯瞰花園，讓空氣稍為流通。

現在用唱的。

五

尼可烈囚在高塔，
囚在拱頂大廳下，
巨匠巧手來營建，
美侖美奐有裝飾。
大理石材窗台邊，
見得姑娘把身倚。
一頭金髮黃橙橙，
兩道柳眉似彎月，
臉盤消瘦存風華：
美貌姑娘世無雙。
探頭往外看林地，
她見薔薇正盛開，
聽到鳥兒把歌唱。
睹物思情悲身世：
「哎！可憐我這一生，
我怎麼成了囚犯？
奧可桑，我的小老爺，
我是你的心上人，
你也不會討厭我。
我是為你被囚禁
在這拱頂大廳中
天天含悲過日子。
聖母的兒子基督垂鑒，
我在這裡不久待，
　只要我辦得到。」

現在他們接著講故事。

六

　　各位已經聽到尼可烈被關在大廳。哭聲和謠言穿透整個國家又傳遍整個地區，說她失蹤了。有人說她逃出國，也有人說博凱爾的噶漢伯爵把她暗殺。就算有人聽到這個消息樂在心頭，奧卡桑可是一點都不快樂。

　　奧卡桑拜訪城裡的子爵，對他說：「子爵大人，你是怎麼對待我那甜蜜蜜的心上人尼可烈？我愛她超過世界上任何東西。你是從我身邊搶走她，還是把她送走了？我要你知道，如果這件事斷了我的生路，你會要付出代價的，錯不了的，因為是你的兩隻手掐死了我，你偷走了我在這個世界上最珍愛的東西。」

　　「少爺，」子爵說，「這事你就別管。尼可烈是我從國外帶回來的俘虜，我用自己的錢向撒拉森人買的，在教會栽培她，讓她受洗，收為養女，把她撫養長大。就在這幾天，我會給她安排一個能夠讓她體面餬口的年輕人；這不關你的事。你該娶國王或伯爵的女兒。再說，就算你讓她成為你的情婦，把她帶上你的床，你又能得到什麼好處？你會得不償失，因為你進不了天堂，往後你的靈魂將會一直待在地獄。」

　　「進了天堂又怎樣？我沒興趣。我可不想去那兒，除非帶著我那甜蜜蜜的愛人尼可烈一起去，我愛死了她。去到那個地方的盡是些在祭台前和破地下室焚膏繼晷埋頭不見天日的白頭教士、老殘廢和半身不遂的人，他們有的披破舊的斗篷，有的穿破爛的衣服，有的赤身裸體，有的打赤腳，衣衫襤褸，餓死的、渴死的、冷死的、悲慘死的。他們上天堂去，我才不要跟他們有瓜葛。我要的是下地獄，因為地獄是英俊的傳教士去的地方，還有在比武場和大戰場死掉的騎士，還有英勇的戰士和貴族，我要跟他們一起去。那是漂亮的宮廷貴婦去的地方，因為她們在丈夫之外都還有兩三個情夫，金的、銀的都在那兒，還有上等皮草，還有會彈琴的、會唱歌的、不信教的國王。我要跟他們一起去，只要我和我那甜蜜蜜的尼可烈在一起。」

　　「毫無疑問，」子爵說，「你的話都白說了，因為你永遠看不到她了。如果你跟她說話被令尊發現，他說不定會在火刑柱把我和她活活給燒死，而你，你也有理由擔心自己老命保不了。」

　　「這就傷腦筋了，」奧卡桑說著，悶悶不樂離開子爵。

現在用唱的。

七

奧卡桑轉身離去，
內心悲痛又苦惱，
只為情人美容貌；
沒人可以來安慰，
沒人可以獻良策。
一路朝向宮殿走，
一步一步爬階梯，
他終於走進大廳，
在那裡開始哭泣，
要把悲傷來發洩，
又要哀悼心上人：
「尼可烈，有妳陪伴多美妙，
看你來來去去多美妙，
和妳打情罵俏多美妙，
妳的微笑、妳的笑聲多美妙，
妳的吻、妳的擁抱多美妙。
為了妳，我悲傷煩惱，
處境可憐慘兮兮，
縱使活命也難逃，
　親親甜美我的愛。」

現在他們接著講故事。

八

　　奧卡桑正在大廳悲嘆他的心上人尼可烈的時候，同他父親交戰的瓦朗斯的布嘎赫伯爵並沒有怠忽職責，而是召集他的步兵和騎兵，逼近城堡展開攻勢。喊聲震天，刀劍鏗鏘響，騎士和戰士披起鎧甲，跑向城門與城牆去保衛城堡，百姓爬上壁壘，丟擲磚塊和尖矛。攻擊行動最猛烈的時候，博凱爾的嘎漢伯爵走進大廳，奧卡桑在那兒悲嘆又哀悼他愛得死去活來的非常甜美的情人尼可烈。

　　「兒子啊，」伯爵說，「看看你這不快樂的可憐相，敵人可是在攻打你最雄偉、最堅固的城堡！你得明白，城堡如果失守，你就沒得繼承了。兒子，拿起你的武器，騎上你的馬，保衛你的土地，幫助你的手

下，去打仗去。即使你打不到別人或被別人給打倒了，都沒關係，只要讓他們看到你出現在他們當中，他們就會保衛自己的身家財產，還有你的土地，還有我的。你長得那麼高、那麼壯，這對你來說是輕而易舉，而且也是你的責任。」

「爸爸，」奧卡桑說，「你在說些什麼？如果我哪一天成了騎士，或騎上馬或上戰場或什麼的，反正就是我砍騎士不然就是騎士砍我的那種場合，如果真有那麼一天，上帝保佑讓我有求必不應，除非你把我愛死了的尼可烈交給我。」

「兒子，」父親說，「那是不可能的。我寧可喪失繼承權又損失所有的一切，也不會讓你娶她當妻子或配偶。」

他轉身就走。奧卡桑看他離去，又叫他回來。

「爸爸，」奧卡桑說，「你回來。我們來商量商量。」

「怎麼說，兒子？」

「我會去拿武器參戰，條件是，如果上帝平平安安又健健全全帶我回來，你要允許我去探望我甜蜜蜜的情人尼可烈，而且探望的時間要長到能夠讓我跟她說上兩三句話，再加上一個吻就可以啦。」

「同意，」父親說。他答應之後，奧卡桑滿心歡喜。

現在用唱的。

九

回來可以有個吻，
奧卡桑越想越樂：
純金萬兩[5]比不上，
他現在渾身歡暢。
簇新的鎧甲等著他
叫人拿來穿上身：
套上鎖子鎧，
繫緊頭盔，
佩上金柄劍，
跨上馬背，
手握盾牌與長矛。

5　兩：marks，歐洲用於計量黃金的重量單位，每一單位約合二百五十公克。

低頭往下看，
英姿煥發氣昂昂。
他一想起心上人，
急踢馬刺催戰馬，
心甘情願往前奔，
一路直奔向城門，
　投入戰場。

現在他們接著講故事。

十

　　各位已經聽到奧卡桑全副武裝坐在馬背上。天哪，鎧甲的護領圍著他的脖子多麼貼身，盔貌戴在他的頭上不鬆也不緊，劍帶垂在他的左臂恰到好處！他身材高壯年紀輕，人也俊，血統也高貴，肌肉也結實，他的坐騎跑起來快如風，這個青年騎著牠直穿城門。

　　客官千萬別以為他有心去捕捉肉牛、乳牛或山羊，或去砍殺騎士或是去挨他們砍殺。根本不是那麼一回事。這一類的事他壓根兒想也沒想過，因為他的心思牢牢固定在他那甜蜜蜜的情人尼可烈身上，竟至於凡是人家認為該他做的事，他沒有一樣沒忘記，不單單是忘了手上握有韁繩。他騎的那匹馬感覺到馬刺在踢，載著他直搗敵軍衝鋒陷陣；他們丟下手中的武器，四面八方一擁而上，捉住了他，沒收他的盾牌和長矛，把他當俘虜押走。押他的時候，他們已經在討論用什麼方法處死他。奧卡桑一聽，心裡想道：

　　「噢上帝，主啊！要帶我去砍頭的這些人就是我的死敵嗎？一旦我身首異處，我就再也不能和我愛得死去活來的甜蜜蜜的尼可烈說話了。我身上還佩有一把好劍，我座下騎的是善跑的駿馬；我現在如果不為她保衛我自己，就算她愛我，上帝也不會幫助她。」

　　這個年輕人又高又壯，他騎的馬精神飽滿。他抽出佩劍，開始左劈右砍，擊頭盔、削鼻甲、斬手斷臂，擋道者必受傷，就像在樹林裡受到一群獵狗圍攻的一頭野豬，他使得十個騎士摔下馬背，傷了七個，在敵人的陣地橫衝直撞殺出一條回頭路，劍在手上。

　　瓦朗斯的布嘎赫伯爵聽說他的敵人奧卡桑即將吊死，正要趕到現場。奧卡桑沒有錯過他：他手握寶劍，朝他的頭盔一劈而下，狠狠砍在他的頭頂。他目瞪口呆，昏頭脹腦摔倒在地；奧卡桑伸手抓人，手到擒來，拉著他頭盔的鼻甲，把他交給他的父親。

「爸爸，」奧卡桑說，「這就是跟你交戰那麼久又傷害你那麼深的敵人。這場戰爭已經進行了二十年，誰也沒辦法了斷。」

「兒子，」父親說，「這正是年輕人該表現出來的行為，總不能老是沉迷在空思夢想裡頭。」

「爸爸，」奧可桑說，「別說教，只要記得你的承諾。」

「噢！什麼承諾，兒子？」

「得了吧，爸爸，你忘了嗎？憑我這顆頭顱擔保，就算有人忘了，絕對不是我。那對我非常重要。你不是跟我講好的嗎，如果我拿起武器，投入戰場，又有上帝平平安安又健健全全帶我回來，你會讓我去探望我甜蜜蜜的情人尼可烈，而且探望的時間長到能夠讓我跟她說上兩三句話，難到你沒有同意我可以吻她一下嗎？我要兌現這個承諾。」

「我？」父親說，「我要是給過你什麼承諾，上帝就永遠不要幫助我好了。至於她，如果她在這兒，我該在火刑柱把她活活燒死，而你，你也有理由擔心自己老命保不了。」

「你就只這麼一句話？」奧卡桑說。

「天神共鑒，」父親說，「是的。」

「說真的，」奧卡桑說，「像你這樣年紀的人撒謊，我很痛心。」接著，他轉個身，問道：「瓦朗斯伯爵，我俘虜了你，是嗎？」

「是的，少爺，沒錯，」伯爵說。

「手伸出來，」奧卡桑說。

「恭敬不如從命，少爺。」說著，他把手擺在奧卡桑的手中。

「答應我，」奧卡桑說，「有生之年你不會錯過任何羞辱家父或使他下不了台的機會，不管是他的身體或他的財產。」

「少爺，」他說，「看在上帝的分上，別捉弄我了；你要我付出多少贖金就直說。不論你要求多少金子或銀子，多少戰馬或坐騎馬，獸皮或狗或家禽，我都會照付。」

「什麼，」奧卡桑說，「難道你不明白我俘虜了你？」

「我明白，少爺」，布噶赫伯爵說。

除非你答應我這件事，」奧卡桑說，「要不然，如果我現在沒有送你的頭飛到天外，就讓上帝永遠不再幫助我。」

「上帝作證，」他說，「我答應你任何的要求。」

他給了承諾之後，奧卡桑讓他騎上一匹馬，他自己騎另外的一匹，帶他直到安全的地方。

現在用唱的。

十一

噶漢伯爵瞭解到
他的兒子奧卡桑
和美人兒尼可烈
無法憑空來拆散，
他把兒子抓起來，
囚在地下一房間
鋪滿黑色大理石。
奧卡桑來到地牢，
內心悲痛不曾有，
開始哀嘆命真苦
客官且聽就明白：
「尼可烈，百合花，
甜蜜可愛姣容貌，
妳比葡萄更甜美，
浸酒珍饈比不上。
我曾遇見朝聖客，
利穆桑[6]是出生地，
宿疾纏身久受苦，
躺在床上不能動，
苦楚難形容，
病情極嚴重。
妳走過他的床，
拉起妳的裙襬來，
貂皮斗篷也掀開，
還有亞麻白襯裙，
讓他看到妳的腿。
這一看也治了病，

6　利穆桑：Limousin，位於法國中央高原西側，在中古時代以地方文化著稱，行吟詩人的抒情詩尤其知名。該地區在十二至十五世紀為英法爭奪之地。

恢復健康如往昔。
朝聖客下了床，
快快樂樂回故鄉，
平平安安又健康。
甜美可愛百合花，
看你來來去去多美妙
妳的笑聲、微笑多美妙，
妳的話語帶來歡樂多美妙，
妳的吻、妳的擁抱多美妙。
沒人能夠討厭妳。
我是因你被囚禁
在這地窖房間裡
悲傷度日挨餘生。
我如今非死不可，

　　為了妳，我的愛。」

現在他們接著講故事。

十二

　　各位已經聽到奧卡桑被關在牢裡，尼可烈也仍然在她的大廳。當時是夏天五月，白天暖和，時間長而天氣晴朗，夜晚寧靜安祥。有一個夜晚，尼可烈躺在床上，看到皎潔的月光從窗戶照進來，又聽到花園傳來夜鶯的歌聲，她想起她愛得那麼深的心上人奧卡桑。她的心思轉到恨死了她的噶漢伯爵，她認定這地方不是久待之地，因為如果她被發現而噶漢伯爵得到通報，她的下場會很慘，會死得很痛苦。她知道和她住在一起的那個老婦人已經睡了，所以她爬下床，披上她自己的一件非常精美的絲衫，找來床單、被單和毛巾，綁成一條盡可能長的繩子，一端繫在窗柱上。她順著繩子往下滑，兩隻手一前一後抓起衣服，拉高下襬，因為她知道草地上露水很重。就這樣，她順利來到花園。

　　她有一頭微鬈的金髮閃閃發亮，眼睛笑盈盈，橢圓臉盤上面的鼻樑高聳挺拔，小小的兩片嘴唇比櫻桃或夏天的薔薇還要紅。她的兩排牙齒潔白又緊密，小而結實的乳房頂著衣衫往外凸，看來好像兩顆大核桃。她纖細的腰身，你用兩隻手就可以摟抱。被她踩在腳底卻探出腳背的雛菊花，和她的腳還有腿比起來簡直是黑色的——這姑娘白到這樣的地步。

她來到大門。月光非常明亮，她在陰影的掩護下開門走到博凱爾的街上，一路前往心上人所在的塔樓。塔樓又老又舊，有幾個地方出現裂縫。她緊挨著一根石柱，身子裹在外套裡面，把頭伸進裂縫，聽到奧卡桑在裡頭哭，悲嘆自己命苦，也哀傷他愛得那麼深的心上人。她仔細聽了一陣子，開始說話。

現在用唱的。

十三

妖容美貌尼可烈
身子微傾倚石柱，
聽奧卡桑在哭泣
悲嘆他的心上人。
她開口透露心所想：
「奧卡桑高貴又勇敢，
光明磊落少年郎，
你如今不能同我共歡樂，
悲傷哭泣歸枉然，
哀聲嘆氣有何用？
你的父親討厭我，
你的家人都一樣，
為了你我將渡大海，
前往海外新國家。」
說罷剪下一束髮，
丟向裡面送給他。
勇士奧卡桑伸出手，
畢恭畢敬接過來，
又是擁抱又是吻，
緊緊塞進胸懷裡
再度開始哭起來
只為心上人。

現在他們接著講故事。

十四

奧卡桑聽到尼可烈說要前往海外新國家，只感到一陣心酸。

「姣美甜蜜的心上人，」他說，「妳不能去，因為妳這一去分明是要我的命。看到妳的第一個男人，只要有辦法就立刻會帶妳走，把妳擺在他的床上，使妳成為他的情婦。一旦妳睡在男人的床上，而那張床不是我的，我告訴妳，妳千萬不要以為我會等很久才去找刀子刺自己的心自殺。絕對不是那樣；我不應該等太久。我寧可就近找一片牆壁或一塊花崗石一頭撞上去，狠狠地撞，直撞到眼睛和腦漿飛上天。我寧可這樣死得痛快，也不要知道妳睡在男人的床上，而那張床不是我的。」

「奧卡桑，」她說，「我不認為你愛我的程度有你說的那麼深，倒是我愛你超過你愛我。」

「得了吧，」奧卡桑說，「甜蜜蜜的美人兒。妳愛我不可能像我愛妳那麼深。女人愛男人不可能像男人愛女人那麼深。那是因為女人的愛在她的眼睛，在她胸部的乳頭，在她的大腳趾頭，男人的愛卻是種植在他的心，想逃也逃不掉。」

奧卡桑和尼可烈正在說話的時候，城裡守夜的人正巧沿街巡邏，身上的佩劍全都出了鞘，藏在外衣下，因為噶漢伯爵下令，只要抓得到尼可烈，就地格殺。城樓的哨兵看到巡夜的人走過來，也聽到他們殺氣騰騰說起尼可烈。

「天啊！」他說：「這麼漂亮的女孩子，如果被他們給殺了，損失該有多大！我如果可以神不知鬼不覺警告她，好讓她提防他們，那也是行善；因為如果他們殺了她，我家少爺奧卡桑也會沒命，這損失可就大了。」

現在用唱的。

十五

哨兵人品最正直，
勇敢守禮又明智。
他開口把歌唱，
歌詞美妙歌聲甜：
「姑娘啊心地高尚，
身材美好又標緻，
一頭金髮真漂亮，

眼睛明亮帶笑臉。
從妳的外表我看到
妳和情人在說話，
他為妳心神憔悴。
請妳務必聽我說：
小心有叛徒，
他們出來搜索妳，
外衣底下藏裸劍，
騰騰殺氣指向妳，
很快就要傷害妳，
除非妳留神[7]。」

現在他們接著講故事。

十六

「噢，」尼可烈說，「但願令尊和令堂的靈魂受到保佑都安息，既然你用這麼美好親切的方式告訴我。只要辦得到，我會留神，但願上帝保佑我！」

她拿外套裹在身上，躲在石柱的陰影下，直到巡夜的人走過去，她才和奧卡桑道別，一路走到城堡的牆腳下。城牆已經受損，用枝條修補過。她爬上牆，在城牆和壕溝之間進退兩難。她低頭往下看，看到壕溝又深又陡，只差沒嚇死。

「天啊，」她說，「如果掉下去，我會摔斷脖子；如果待在這兒，天一亮我就會被抓去綁在火刑柱上活活燒死。不過我寧可死在這兒，也不要等到天亮讓每一個人虎視眈眈。」

她在胸前畫個十字，就讓自己滑下壕溝。滑到底的時候，她的玉手和秀腿已是傷痕累累，少說也有一打的傷口，血流如注，這是她萬萬想不到的。可是她絲毫感覺不到痛，因為她嚇壞了。當初要進城已經是夠困難，如今要出去更是難上加難。她知道拖拖拉拉沒什麼好處，於是找來一枝民眾在護城戰時從城牆上丟下的尖銳長矛，千辛萬苦一步一步往

---

[7] 哨兵所唱係模仿「晨歌」（alba）。晨歌並無固定的格律，但是每一詩節通常以alba結尾──alba字義「白」，普羅旺斯（Provence）方言為「黎明」之意。此一詩體通常用於叫醒並警告睡夢中的情侶，或表達黎明轉眼到來而情侶被迫分離時的遺憾之情。所知最早的例子見於十二世紀末普羅旺斯的抒情詩，可能源於守夜人在塔樓上高聲呼喊夜盡天明的叫聲。

上爬。出了壕溝，距離兩箭之遙的地方就有一片樹林，長、寬各三十里格[8]，出沒的野獸和毒蛇不計其數。如果進入林子，她擔心性命難保；可是她又想到，如果留在原地被發現，天一亮她會被押回城裡活活給燒死。

現在用唱的。

十七

姣容美貌尼可烈，
壕溝邊緣找出路，
開始悲嘆命真苦，
祈禱呼告主耶穌：
「天父，尊貴的王，
前路茫茫如何走。
樹林茂密陰森森，
野狼獅子和野豬
四處遊蕩找食物，
進入裡頭我沒命；
待在此地到天亮，
遲早總會被發現，
點起火來燒身體，
一命嗚呼就是我。
但是啊，上帝莊嚴，
我寧可被狼吃掉，
獅子和野豬也無所謂，
總勝過進到城裡；
　城裡我不去。」

現在他們接著講故事。

十八

各位已經聽到尼可烈長噓短嘆。她把自己託付給上帝，一路走進森林。她不敢往裡頭走太遠，因為害怕遇上野獸和毒蛇。她縮在茂密的灌

8　里格：league，長度單位，大小因地而異，每一里格約為3.9到7.4公里不等。

木叢中，開始感到有睡意。她睡著了，迷迷糊糊直到初時[9]過後，當時牧童剛從城裡出來，沿著森林和河岸之間驅趕牛羊，直到森林外緣一個非常漂亮的泉水邊，就地攤開一件斗篷，擺上麵包。他們正在吃早點的時候，尼可烈被他們的吵雜聲和鳥叫聲吵醒，趕緊跑向他們。

「小老哥，」她說，「但願上帝幫你們的忙。」

「上帝也保佑妳」，開口的是他們當中比較愛說話的一個。

「小老哥，你們知道奧卡桑吧？就是博凱爾的噶漢伯爵的兒子。」

「是啊，熟得很。」

「太好了，小老哥，」她說，「請你告訴他，這林子裡有一隻野獸，他應該來獵捕；如果他捉得到，一隻腳出價一百兩黃金[10]他也不會賣，五百兩也一樣，出什麼價都一樣。」

他們目不轉睛看著她，非常驚訝有這麼漂亮的人。

「什麼！告訴他？」開口的是他們當中比較愛說話的一個。「誰對他提到或告訴他這件事，誰活該倒霉！妳根本是胡說八道；這林子裡的野獸，沒有妳說的那麼高的價值。不管是鹿、獅子或野豬，一隻腳可以賣到兩個銅板[11]，大不了三個，妳居然這樣胡說八道！有誰相信妳或告訴他，活該倒霉！妳是仙女，我們不要跟妳做伴；妳走吧。」

「小老哥，」她說，「拜託你們一定要告訴他。這隻野獸是上等藥材，可以治好他的病。我的錢包有五個銀幣：拿去吧，記得告訴他。他一定要在三天之內捉到；如果不能在三天之內捉到，他的病就治不好了。」

「真有這種事！」他說，「我們接受妳的錢；如果他路過這兒，我們會告訴他，可是我們不去找他。」

「就這麼說定，」她說。於是她告別牧羊人，離開了。

現在用唱的。

十九

姣容美貌尼可烈
離開牧羊人
出發往前走，

9　初時：白天的第一個鐘頭。

10　見注5。

11　銅板：deniers，硬幣的一種，價值有限，當然不如下文提到的「銀幣」（sous）。

一路穿越密樹林，
沿著荒廢一古道
直到抵達大馬路，
歧出岔路共七條，
分別通往各地方。
她開始思量
如何考驗心上人，
看他說愛可當真。
摘來百合花，
出入青草叢，
又取綠枝葉，
起造美花亭，
漂亮可愛不曾見。
上帝為證她發誓：
奧卡桑若走這條路
竟然忘記他的愛
看見花亭不休息，
從此休談情與愛，
不再是心上人。

現在他們接著講故事。

二十

　　各位已經聽到尼可烈造好花亭，清雅又舒適，慧心巧思在裡裡外外裝飾鮮花綠葉。然後，她躺在花亭旁邊休息，躺在濃密的草叢中，等著看奧卡桑的表現。哭聲和謠言穿透整個國家又傳遍整個地區，說尼可烈失蹤了。有人說她逃走了，也有人說噶漢伯爵把她暗殺。就算有人聽到這個消息樂在心頭，奧卡桑可是一點都不快樂。他父親噶漢伯爵釋放了他，邀來騎士和少女，準備一場盛大無比的宴會，心想這樣可以為兒子奧卡桑壓驚。

　　宴會的氣氛正熱烈，奧卡桑倚靠在欄杆上，憂傷悲愁從中來。別人也許樂淘淘，奧卡桑卻快樂不起來，因為他不曉得心上人的下落。

　　有個騎士看到他，走上前對他說：「奧卡桑，使你苦惱的這種病，我有經驗。我可以幫你出個好點子，只要你信得過我。」

「壯士，」奧卡桑說，「感激不盡；只要是好點子，我來者不拒。」

「上馬，」他說，「快快樂樂騎進森林去；你會看到鮮花和青草，聽到小鳥唱歌，或許還會聽到使你開懷的事。」

「壯士，」奧卡桑說，「感激不盡；我這就去。」

他離開大廳，走下階梯，進入馬廄。他套馬鞍，繫韁繩，踩馬鐙，上馬離開城堡。他騎到森林，又往前深入到泉水邊，在日九時[12]遇見牧童。他們已經在草地上鋪了斗篷，正在吃麵包，快樂得不得了。

現在用唱的。

二十一

牧童群聚在一起：
小艾莫和小馬丹，
小弗蘭與小若安，
小侯松和小奧培。
一個說：「各位好伙伴，
但願奧卡桑得天助，
他年紀輕輕長得俊；
那個小姐真苗條，
一頭金髮，
臉蛋漂亮，眼睛亮晶晶，
她給了我們錢，
可以買些小蛋糕，
小刀子和小刀鞘，
小笛子和小號角
小拐杖和小簧管。
　上帝保佑她。」

現在他們接著講故事。

二十二

奧卡桑聽到牧童說的話，想起了尼可烈，他愛得死去活來的心上人。他知道了尼可烈來過這裡；他驅馬向前，靠近他們。

---

12 日九時：日出後第九個鐘頭。

「小老哥，但願上帝保佑你們。」

「上帝也保佑你」，開口的是他們當中比較愛說話的一個。

「小老哥，」他說，「拜託再唱一次你剛才唱的歌。」

「好歌不唱第二遍，」開口的是他們當中比較愛說話的一個。「俊少爺，唱給你聽的人活該倒霉。」

「小老哥，」奧卡桑說，「你可知道我是誰？」

「當然知到。我們知道你是我們的少爺奧卡桑，可是我們不是你的人；我們是伯爵的人。」

「小老哥，拜託你唱，我求你。」

「上帝有眼，」他說，「如果我心裡不痛快，為什麼我該為你唱歌？在這片土地上，除了噶漢伯爵本人，沒有一個人錢多到如果發現我的牛或羊在他的田裡，會莽莽撞撞不顧後果就橫眉豎目，硬要把牠們趕走。如果我心裡不痛快，為什麼我該為你唱歌？」

「小老哥，但願上帝成全你，唱吧；我的錢包有十個銀幣，你拿去吧。」

「少爺，我們接受妳的錢；但是我不唱歌給你聽，就像我剛才發誓說的。不過我要說故事給你聽，如果你想聽。」

「上帝垂鑒，」奧卡桑說，「總算聊勝於無。」

「少爺，我們在初時到日三時之間[13]，在這泉水邊吃麵包，就像我們現在這樣，有個小姐走過來，是世界上最漂亮的，漂亮到我們以為她是仙女，整個樹林因為她而發亮。她出手非常大方，我們跟她講好條件：如果你來到這裡，我們會告訴你說，你應該在這林子裡打獵，那裡頭有一隻野獸，如果你捉得到，就算有人出價五百兩銀子，或任何數目的錢，買牠的一隻腳，你也不會賣，因為那隻野獸是上等藥材，如果你捉得到，你的病就治得好。你必須在三天之內捉到手。如果你辦不到，你就永遠找不到了。你是要進去找還是不理會，隨你高興，反正我答應她的事已經照辦了。」

「小老哥，」奧卡桑說，「你說得很清楚，但願上帝幫助我找到牠。」

現在用唱的。

094

---

13 初時到日三時之間：早上六點到九點之間。

二十三

奧卡桑一聽說

是身材姣美的心上人，

內心感觸深又深。

離開牧童不耽擱，

他進入樹林深處，

戰馬快速往前奔，

馱負主人不停蹄。

他開口說出三件事：

「尼可烈身材姣美，

我為你進入樹林。

不為獵鹿打野豬，

而是為妳來追蹤。

一對明眸美身材，

輕聲細語笑臉甜，

重傷我的一顆心。

全能的天父如果有情，

我將再度見到妳，

　心愛的人。」

現在他們接著講故事。

二十四

　　奧卡桑穿越森林，從一條小徑到另一條，馬載他快速前進。客官千萬別以為荊棘會饒過他：沒這回事！事實上，他一路鉤破衣服，衣衫襤褸還不足以形容，在他身上甚至找不出一塊布條可以打個結；一路刮傷皮膚，遍體鱗傷還不足以形容，他的手、腳和側腹有四十個或三十個地方血流如注，只要沿著他滴在草上的血跡就可以一路跟蹤。可是他實在是太想念他的心上人尼可烈，根本感覺不到疼痛。他在森林裡騎了一整天，聽不到她的消息，眼看夜色開始籠罩，他忍不住哭了出來，因為他找不到他愛得死去活來的尼可烈。

　　他沿著雜草叢生的小徑騎，看到前方路中央有個年輕人，長相就是我現在要告訴各位的。他個子高高的，樣子很奇怪，醜而可憎；他長了個大頭，比煤炭還要黑，兩隻眼睛的距離比一個手掌還要大，大臉配

上大塌鼻，兩片厚嘴唇比烤架上的肉還要紅，兩排牙齒又大、又醜、又黃；他的腳上打了綁腿，穿的鞋子是牛皮做的，樹皮編成的網襪一直套到膝蓋上方，裹在身上的斗篷裡外都不像樣，拄著一根大枴杖。奧卡桑不期然遇到他，定睛一看嚇一跳。

「老兄，上帝保祐你。」

「上帝祝福你，」另一個說。

「上帝保祐，你在這裡有什麼貴幹？」

「干你什麼事？」他說。

不干我的事，」奧卡桑說，「我只是在消磨白天的時間。」

「那你幹嘛在哭，」他說，「還這樣大驚小怪的？我要是像你一樣有錢，肯定這世界上不會有什麼事要我哭。」

「哼！你知道我是什麼人？」奧卡桑說。

「是的，我知道你是奧卡桑，伯爵的兒子；只要你告訴我為什麼你在哭，我就告訴你我在這兒幹嘛。」

「那好辦，」奧卡桑說，「我很樂意告訴你。今天早上，我來到這樹林打獵，帶了一隻白獵狗，世界上最好的一隻，可是牠走丟了。這就是為什麼我在哭。」

「聽著！」他說，「憑我們老爺肚子裡的那顆心，你幹嘛為了一隻臭狗就哭起來？要是有過什麼人看得起你，活該他倒霉！在這片土地上，除了噶漢伯爵本人，沒有一個人錢多到如果你向他要十或十五或二十隻狗而他不會心甘情願又快快樂樂送出去的。應該痛哭的人是我。」

「怎麼說呢，老兄？」

「少爺，我來告訴你。我為一個有錢的農夫做工，為他趕四頭牛拉的犁。三天前遇上大災厄，因為我失去了最好的一頭牛，牠叫侯傑，整組當中最好的；我正在找那頭年。我沒吃沒喝到現在已經三天，不敢進城，因為我付不出錢，應該會給下到牢裡。我全部的家當都在身上，就是你看到的。我有個可憐的母親，她最值錢的東西就是一床墊子，硬是給搶走了，現在只好躺在稻草上。我掛念那件事遠超過我自己，因為錢來了又去，如果在這件事吃虧，下一次會補回來，只要我辦得到，我會付錢賠我的牛，不會為了牠就哭起來。而你，竟然為了一隻賤狗在哭！要是有過什麼人看得起你，活該他倒霉！」

「老兄，你讓我心裡好受多了。上帝保祐，你的牛值多少錢？」

「少爺，他們要求二十個銀幣，我一個也擠不出來。」

「來吧，」奧卡桑說，「我的錢包有二十個，拿去付你的牛。」

「少爺，多謝您；但願上帝保佑你不會白找。」

奧卡桑和他分手，繼續往前騎。夜色很美，靜悄悄。他一直往前，直到⋯⋯在那兒⋯⋯尼可烈⋯⋯[14]裡裡外外、上上下下都是鮮花，可愛得不得了。奧卡桑一看，立刻停下來，看月光灑在花亭上。

「天哪，」奧卡桑說，「尼可烈，我的心上人，就在這兒，是她的纖纖玉手親自蓋的。因為她那麼甜美，也因為我愛她那麼深，我要在這兒下馬，在這兒過夜休息。」

他的腳踩在馬鐙上要下馬，可是馬太高大，加上他的心思牢牢固結在他那甜蜜蜜的尼可烈身上，結果狠狠摔下馬背，撞在石塊上，一個肩膀脫臼了。他知道傷勢很嚴重，卻強忍疼痛，用另一隻手奮力把馬拴在灌木叢，然後側身爬進花亭。從花亭的一個缺口，他可以看到天上的星星，看到有一顆比其他的都要來得更亮，於是唱起歌來：

現在用唱的。

二十五

「小星星，我看你，
月亮在吸引。
尼可烈陪伴你，
我的金髮小情人。
夜晚放光明，
上帝需要她，
好讓夜晚更光明。
⋯⋯⋯⋯⋯⋯⋯
⋯⋯⋯⋯⋯⋯
⋯⋯⋯⋯⋯⋯
不怕摔落地，
我要爬上去陪妳。
緊緊摟抱妳，

---

[14] 此處的刪節號係原稿脫落。E. F. Moyer and C. D. Eldridge的英譯本補缺文如下：「直到抵達分出七條岔路的地方，在那兒往前一瞧，看到尼可烈蓋的亭子」。下一節的刪節號也是原稿脫落。

即使我是王子身，

妳還是絕配，

　甜蜜心上人。

現在他們接著講故事。

二十六

　　尼可烈聽到奧卡桑，立刻走向他，因為她就在不遠的地方。她進入花亭，伸出手臂摟他的脖子，抱他又吻他。

　　「小親親，看到你真高興！」

　　「我也真高興，小親親！」

　　他們又抱又吻，高興得不得了。

　　「啊！小親親，」奧卡桑說，「我的肩膀受傷很嚴重，現在卻不覺得疼痛，因為我有了妳。」

　　她輕輕一握，發覺他的肩膀脫臼。她用白皙的手推拿一番，肩膀復原了，因為上帝喜愛情侶，所以讓骨頭歸定位。然後，她摘來鮮花、青草和綠葉，敷在受傷的部位，用衣襬綁緊，他就痊癒了。

　　「奧卡桑，我的小親親，」她說，「想想看，你有什麼打算。如果明天早上你父親派人搜索這樹林，發現了我，不論你的遭遇如何，我是死路一條。」

　　「沒錯，我的小親親，那正是我最大的苦惱。但是，只要我辦得到，他們休想碰妳一根汗毛。」

　　他跨上馬背，讓他的心上人坐在他的前面，吻她又抱她，朝開闊的原野出發。

現在用唱的。

二十七

金髮俊男奧卡桑，

俠骨柔情有心人，

離開茂密野樹林，

臂彎裡是心上人，

馬鞍前穹坐[15]。

---

[15] 前穹：馬鞍前面弓形的部位或配件。

吻她的眼睛吻前額，

還有嘴唇和下巴。

尼可烈對他說：

「奧卡桑，我的小親親，

我們投奔那裡去？」

「心上人，我哪知道？

我不在乎去哪裡，

森林荒野沒差別，

只要有妳在身邊。」

越過深谷與山區，

出入大城與小鎮，

天亮他們到海邊，

下馬踏上沙灘地，

　　就在海岸。

現在他們接著講故事。

二十八

　　各位已經聽到奧卡桑和他的心上人下了馬。他一隻手牽韁繩，另一隻手牽心上人，沿著海岸走……。[16]

　　他向他們打招呼，他們就過來了。他說服他們讓他們上船。他們在外海遇到大風暴，船從一個地方被吹到另一個地方，最後來到陌生的國家，停泊在屬於托洛城堡的港口[17]。他們就地請教商人，得知這是托洛國王管轄的地方。他又問他是什麼樣的一個人以及是不是有戰爭，對方說：「是的，一場大戰。」

　　他辭別商人，互道珍重。他上了馬，劍配上身，心上人坐在前面，騎向城堡。他問人家國王在哪裡，對方說國王在坐月子。

---

[16] 原稿有數行筆跡難以判讀。Moyer & Eldridge補缺文如下：「奧可桑往海面望去，看見一艘商船在海岸附近行駛。」

[17] 托洛：Torelore，虛構的地名。地點雖然是虛構的，本節所述男人代妻坐月子卻有人類學上的根據，是無文字社會和古代民族中相當普遍的風俗，法國與西班牙交界地帶的巴斯克人也有，稱作couvade，有人譯為「擬娩」，也有人音譯作「苦娃達」，其實就是《太平廣記》卷四八三引遲樞《南楚新聞》所稱的「產翁」，又稱「男子坐褥」，可能是母系制過度到父權制的遺俗（宋1999：249-55）。嬰兒出生時，父親臥床假裝陣痛和分娩，兩性角色因此顛倒。此一風俗的極端形態是母親產後當天就下床，並伺候丈夫。

「她的妻子呢？」原來她帶著民眾上戰場打仗去了；奧卡桑一聽，覺得不可思議。他來到王宮，和心上人下了馬，牽著馬走上王宮的階梯，劍就配在身上。他一路走進寢宮，看到國王躺在床上。

現在用唱的。

二十九

奧卡桑走入寢宮，
彬彬有禮人高貴。
趨近床鋪看仔細，
床上躺的是國王；
國王面前他停下，
聽他怎麼開口說：
「得了吧，傻瓜，你在幹嘛？」
國王說：「我坐月子。
一個月之後期滿，
我身體恢復健康，
就要去教堂謝恩，
像我的祖先一樣，
精神抖擻回戰場，
力搏敵軍猛廝殺，
　　沒人能阻止。」

現在他們接著講故事。

三十

奧卡桑聽了國王說的話，伸手拉開他身上蓋的被單，把他推到房間的另一端；他看到牆邊有一根棍子，抓來轉過身就往他身上打，只差沒打死。

「大爺啊，」國王說，「你要我怎麼樣？你是不是瘋了，在我自己的家裡這樣打我？」

「上帝有眼，」奧卡桑說，「你這個婊子養的，我還會殺你呢，除非你答應我，貴國的男人再也不必坐月子。」

他答應。他答應之後，奧卡桑說：「現在帶我去戰場找你太太。」

「恭敬不如從命，」國王說。

他和奧卡桑各自騎上自己的馬，尼可烈留在王后的寢宮。國王和奧卡桑一路來到王后所在的地方，看到戰爭非常激烈，他們的武器是熟透的野蘋果、雞蛋和鮮乳酪。奧卡桑大吃一驚。

現在用唱的。

三十一

> 奧卡桑停下馬來，
> 斜身倚靠鞍前穹，
> 戰場局勢細觀察。
> 雙方人人有補給，
> 大桶裝滿鮮乳酪，
> 熟透發軟野蘋果，
> 還有野生大蘑菇。
> 誰打爛仗最精彩，
> 大俠頭銜歸他戴。
> 英勇騎士奧卡桑，
> 大開眼界看爭戰，
> 忍不住發笑。

現在他們接著講故事。

三十二

奧卡桑見到這樣的奇觀，走向國王，對他說：「這就是閣下你的敵人？」

「是的，大爺，」國王說。

「要不要我替你報仇？」

「好啊，」他說，「高興就好。」

奧卡桑抓起劍，衝入敵陣，開始左劈右砍，殺人無數。國王看到他真的殺人，趕緊拉住他的韁繩，說：「喂，大爺，不能這樣殺人。」

「什麼？」奧卡桑說，「你要我替你報仇，不是嗎？」

「大爺，」國王說，「你太過份了。我們一向不是這樣殺的。」

敵人逃了。國王和奧卡桑回到托洛城堡。當地的居民要求國王驅逐奧卡桑，留下尼可烈當媳婦，因為她看來就是貴族出身的。尼可烈聽到這個消息，一點也不高興。她開口說話：

現在用唱的。

三十三

「托洛國王好陛下，」
尼可烈美人兒說，
「貴國人民當我是傻瓜。
我的情人擁抱我
感受豐滿溫柔情，
我也舒暢樂淘淘，
跳舞唱歌不能比，
琴聲相形也見絀，
任何遊戲或消遣
　　統統比不上。」

現在他們接著講故事。

三十四

　　奧卡桑在托洛城堡陪伴他的心上人尼可烈，歡天喜地、快快樂樂，因為他愛得那麼深的情人尼可烈在他身邊。可是，就在他們盡情享受歡喜快樂的時候，一組撒拉森海盜船來到海邊，展開攻勢，霸佔城堡。他們搶金錢、劫財物，見人就擄，男男女女都成了囚徒。尼可烈和奧卡桑也被俘。他們捆綁奧卡桑的手腳，把他丟到船上，把尼可烈丟上另一艘。船隊出海，遇到暴風，把他們打散了。

　　奧卡桑坐的那一艘船在海上漂流，後來抵達博凱爾城堡。當地的居民出來搜尋船骸，發現奧卡桑，認出他的身分。博凱爾的百姓看到他們的小主人都很高興，因為奧卡桑在托洛城堡住了整整三年，這期間他的父母雙雙過世。他們護送他回到博凱爾城堡，向他表示愛戴。在他管轄之下，大家安居樂業。

現在用唱的。

三十五

奧卡桑回到
博凱爾故城，
繼承舊領地，

四境保安寧。

上帝可明鑑，

他最思念美嬌容，

深情難忘尼可烈，

家人親情不能比，

即使陰陽兩相隔。

「容貌姣美心上人，

哪裡能夠找到妳？

上帝創造廣袤地，

不論天涯或海角，

只要能夠找到妳，

　我絕不放棄。」

現在他們接著講故事。

三十六

　　現在暫時撇下奧卡桑，來說尼可烈。俘虜尼可烈的那艘船是迦太基國王的，這個國王就是她的父親。他有十二個哥哥，一個個不是王子就是國王。

　　話說海盜船的水手看到尼可烈那麼漂亮，對她十分禮遇，相處非常愉快。他們一再問她是什麼人，因為她看來就是出身貴族世家的模樣。可是她不曉得怎麼回答，因為她很小的時候就被帶走了。

　　他們的船最後在迦太基城靠岸。尼可烈一看到城堡的牆和四周的地區，認出這裡是她的出生地，她在這裡長大，很小的時候就被帶走了。可是，那時候她還不夠大，不明白自己就是迦太基國王的女兒，也不記得自己是在城裡長大的。

現在用唱的。

三十七

高貴聰明尼可烈

如今已上岸。

看到城牆和住家，

還有王宮與長廊，

開始悲嘆遭不幸。

「出身貴族真悲哀，
　迦太基王掌上珠，
　酋長是近親！
　蠻子帶我走他鄉。
　高貴聰明奧卡桑，
　秀外慧中好青年，
　你的真情鞭策我，
　又是振奮又苦惱。
　但願上帝來成全，
　讓我又能擁抱你，
　讓你來吻我的臉，
　吻我嘴唇和額頭，
　高貴好青年！」

現在他們接著講故事。

三十八

迦太基王聽到尼可烈這麼說，伸出手臂摟她的脖子。

「美麗可愛的姑娘，」他說，「告訴我，妳是什麼人；不用怕我。」

「大爺，」她說，「我是迦太基王的女兒，小時候被人家帶走了，足足有十五年了吧。」

他們聽她這麼說，知道她說的是實話，感到非常高興，帶她進宮，十分禮遇，正適合她公主的身分。他們要把她許配給非基督徒的國王，可是她沒有結婚的意願。

她在那裡待了整整三年或四年。她想到一個方法可以找到奧卡桑。她找來一把維奧爾琴[18]，從頭開始學。他們要把她嫁給一個有錢的非基督徒國王的日子到了，她連夜逃走，直奔海港，在海邊和一個窮苦的婦人住在一起，拔來青草往頭上和臉上塗抹，直到全身一片黑。她又找人做了工作罩衣[19]、斗篷、上衣和短褲，化裝成雜耍藝人[20]。她帶著維

18　維奧爾琴，英譯作viol，其實後來演變成小提琴的維奧爾琴是十五到十七世紀歐洲室內樂的主要弓弦樂器，其前身乃是風行於十二到十五世紀的vielle。

19　工作罩衣：麻布縫製的寬鬆而類似襯衫的工作服，通常為農人及勞工所穿。

20　雜耍藝人：jongleur，法國中古時代的職業說書人或賣藝人，和行吟詩人（trouvère）幾乎沒有區別。他們的表演包括奏樂、雜耍、吟誦詩歌故事，節慶時的市集、大寺院或城堡都有

奧爾琴，說服一名水手帶她上船。船出發，航越外海，來到普羅旺斯的
領地。尼可烈下船，帶著她的維奧爾琴，一路演奏，穿越普羅旺斯的領
地，抵達博凱爾城堡，就是奧卡桑所在的地方。

現在用唱的。

三十九

博凱爾塔樓下，
有一天奧卡桑
坐在石階上，
貴族來作伴。
他看到青草鮮花，
也聽到小鳥歌唱，
想起他的心上人
尼可烈稟才德，
深情摯愛這麼久，
忍不住嘆息哭泣。
看，尼可烈就在前方，
拿出琴與弓，
開口把話說：
「請聽，各位大爺，
高低遠近落參差，
相聚何妨共一曲，
訴說才子奧卡桑，
匹配佳人尼可烈。
兩情相戀久長時，
他深入森林去找她，
雙雙落難在托洛，
終究難逃海盜手。
奧卡桑從此沒音訊，
唯獨佳人尼可烈

他們的蹤跡，也有為貴族長期雇用的，十三世紀最盛，十四世紀逐漸衰微。由於這類藝人都
是男性，尼可烈必定是女扮男裝，「顛覆成規」正是這部作品的一個主要母題。

落難迦太基，
因為父愛親情意——
他在王國擁尊位。
他們做主許婚事，
要她嫁給異教王。
尼可烈拒婚抗命，
因為她心有所屬
愛的是奧卡桑。
上帝垂鑑她發誓
終生不結婚，
除非定情緣嫁給
　她的心上人。」

　　　　　　　　　　　　　　現在他們接著講故事。

四十

　　奧卡桑聽到尼可烈這麼說，滿心歡喜，帶她到一旁，問她：「朋友，妳可知道妳剛唱的這個尼可烈是怎樣的一個人？」

　　「是的，大爺。我知道她是世界上最好、最高尚、最聰慧的人。她是迦太基王的女兒，他在抓到奧卡桑的地方抓到她，然後帶她去迦太基城，後來發現她是自己的親生女，因為她而歡天喜地，每天說要把她嫁給整個西班牙最有權勢的國王。可是她寧可被吊死或被燒死也不肯答應，不管對方權勢有多大。」

　　「啊！好心的朋友，」奧卡桑說，「如果你願意回到那兒去，告訴她來這裡跟我談談，我會好好回報你，多少財物都沒關係，只要你說得出口或拿得走。我必須告訴你，就是為了我對她的愛，我一直沒結婚，身世再怎麼高貴的女人也打動不了我的心。我一直在等她；除了她，我誰也不娶。我這一向要是曉得哪裡可以找到她，也不至於到現在還在找她。」

　　「大爺，」她說，「如果您要這麼辦，我這就去帶她來，為了您也為了她，因為我非常喜歡她。」

　　他答應了，給了她二十個金幣。她要走了，奧卡桑哭了，因為尼可烈是那麼的甜美。她看到他的眼淚。

　　「大爺，」她說，「別那麼激動，我很快就會帶她進城，帶到你面前，你就可以看到她了。」

奧卡桑聽了這些話，破涕為笑。她走了，一路走向鎮上子爵的家──這子爵，就是她的養父，已經過世。她在那裡逗留的時候，邊聊天邊說出自己全部的遭遇，子爵夫人因此認出了她，知道她就是自己一手撫養長大的尼可烈。她洗過澡，留下來住了整整一個星期。

她摘來一種叫做白屈菜的藥草，在臉上塗抹一番之後，恢復了以往漂亮的容貌[21]。她穿上昂貴的綢衣──這種衣服貴婦人家多的是──然後坐在臥室的絲織床單上，叫來僕人，吩咐她去請奧卡桑，她的心上人。

女僕照辦。她進了宮，發覺奧卡桑在哭，為他的心上人尼可烈在悲嘆，因為那麼久了她還沒來。這小姐叫了他，說：「奧卡桑，別再難過了，隨我來，我帶你去看你在這個世界上最珍愛的東西，就是你的心上人，她老遠跑來找你的。」

奧卡桑歡天喜地。

現在用唱的。

四十一

奧卡桑一聽說
容貌姣美的尼可烈
已經來到這領地，
滿心歡喜不曾有，
趕緊出門去
直奔子爵家，
踏進閨房，
尼可烈端坐等著他。
她看到心上人，
心歡喜不曾有，
跳起來打招呼；
奧卡桑看到她，
兩隻手伸出來
溫柔摟抱她，
吻她眼睛和臉頰。

---

[21] 白屈菜：celandine，罌粟科屬名，統稱幾種外表相似的有花植物，原產於歐洲大陸，不過現在只有少量生長在荒蕪的庭園；以往確實作藥材用，但不是此處說的美容之效。

兩人度過一整晚，
直到夜盡天明時，
奧卡桑結新婚，
博凱爾夫人就是她。
從此長享好時光，
共度幸福與快樂。
奧卡桑和尼可烈
同樣體驗真情趣。
說唱故事[22]已結束。
　　無可多奉告。

22 說唱故事：cante-fable，原作的術語，用於稱呼散韻交錯、說唱並用的故事類型。

但丁（1265-1321）《神曲》（義大利文）

十二世紀的歐洲文學，女人積極主動又多采多姿的生命情態恰與男人臨風顧盼的刻板角色成鮮明的對比；我們彷彿看到廣愛無限的愛情女神以無數的化身重返人世，而許許多多的男祭司只是顧影自憐的納基索斯。到了傳奇聯套（romance cycle）蔚成文壇主流的十三世紀，兩性關係的界定從情場轉移到慾界，愛與慾分道揚鑣，女性的形象朝兩極化發展：女人既是聖母，同時也是禍母，前者使男人因愛而可望獲得救贖，後者使男人因慾而時時刻刻面臨沉淪的危機。《神曲》詩中的但丁前後暈倒兩次，正是由於女人的這兩極化形象。

《神曲》寫的是但丁在人生旅途的中點迷途知返的故事，知返的關鍵在於一三〇〇年復活節前夕貝雅翠采所安排的一趟靈性之旅。在精神導師維吉爾——《埃涅伊德》的作者——嚮導之下，但丁走下地獄，見識罪惡的本質，攀越煉獄，體悟救贖的意義，最後榮登天堂，親炙極樂的奧秘。一路上，「貝雅翠采」這名字是他唯一的動力。就在淨界山巔的伊甸園外，維吉爾花了十二行仍無法說動但丁放膽穿越火焰牆，隨後一句「穿越這片牆就看到貝雅翠采」（〈冥界〉27: 36）當場喚醒但丁的意志與勇氣，終於安然踏上無處惹塵埃的境地。他在園中聽貝雅翠采以嚴厲無情的指責洗滌他的凡心俗慮：貝雅翠采的「美形體……歸返塵土」之後，但丁頓失照明的路燈，腳步被世俗「虛妄的歡樂與誘餌」引向歧路。「悔悟的荊棘如此扎痛我，」但丁說，「這一番內疚啃嚙我的心，／我痛苦暈倒」（31: 50-1, 34-6, 88-9）。

其實，早在旅程之初，但丁就暈倒過一次了，就是此處選譯的部分。那是在地獄的第二圈，是冥界罪罰所的第一圈，受罰的都是些理性之光被熱情的激流給淹沒了的亡魂（這一段插曲的故事所本與寄意所在，請見拙作《新編西洋文學概論》151-2頁）。他們生前並不是蓄意選擇罪惡，而是沒能堅持善念，因意志不堅而抗拒不了官能方面的慾望、耽溺其中不能自拔。這是最自然的罪行，因此刑罰最輕，卻也是整部詩篇最感人肺腑的插曲之一。但丁暈倒不只是由於他對眼前的情侶及其命

運深感同情與憐憫，也是源於強烈的認同心理，由於認同而感同身受，他承受不起設身處地的後果，因為他自己就是深入情界陷落情網的有情人。但丁在116行直呼她的名字，顯然心有戚戚。然而，他喪失意識適足以看出他的人生視野仍有侷限（《冥界》20: 27-8維吉爾說「在這地方／沒有憐憫的餘地」，因為上帝的判決大義至公），怪不得貝雅翠采在伊甸園責備他眷戀「造化的巧藝」（《淨界》31: 49，指美色）卻不事追尋真愛而偕美向上提昇。

但丁雖然承襲基督教把女人精神化又寓言化的傳統，出現在他筆下的女性角色卻不乏鮮活的個體，選譯的《冥界》5: 73-142所描寫的芙蘭切絲卡即是一例，雖然我們看到的仍然是男性的觀點。芙蘭切絲卡嫁給帕歐婆的哥哥（Gianciotto），這個故事的背景是宿仇世家嘗試和親之舉的政治婚姻，這種政治婚姻的前提是社會價值高於個人價值。在這個前提之下，個人的內心、家族的成員與社會的個體無不是以和諧的維繫為首要之務。可是，就像亞瑟王傳奇聯套所反映的十三世紀一股新潮流，和諧的境界已漸去漸遠，由於向心力的流失，勉強求其和諧唯有以外力湊合取代內部的凝聚，因為個體脫離社會就根本無從自力救濟（Ferrante 99-127）。但丁透過貝雅翠采領悟到上帝的愛把「宇宙間四散飄零的飛葉」裝訂成冊（《天界》33: 86），又從芙蘭切絲卡的命運體會出情慾之為現世經驗中難以承受的重。他表過不提一般讀者可能認為最精采的部分，轉而專注於心理的詮釋，結果就是亞理斯多德《詩學》所稱歷史化為詩，因具有共相哲理而更「真實」。

但丁使用首語重複法（anaphora），讓女主角陳述她的愛情經驗，100-8行總共三個押韻單元都是以「愛」提頭，依次是男方動情、女方回應以及悲劇的結果（Fowlie 46）。但丁筆下的三角關係是荷馬〈捉姦記趣〉的翻版，俊男與美女聯手背叛跛腳的丈夫。這「愛」是Amors，即希臘神話的Eros，羅馬神話又名丘比德（「慾」），並且把這小愛神說成是維納斯的兒子（參見希西奧〈愛神的誕生〉120-2及注釋），擺明了愛情遊戲是因慾而生（愛神兼美神則意味著有愛斯有美，而且有美必有愛）。由此可看出文獻所見希臘與羅馬性文化的一個分野：前者把情與慾分開看待，後者看愛與慾是同根生。但丁從芙蘭切絲卡見識到慾使人沉淪，又從貝雅翠采體悟到情使人提升。然而，不論是沉淪或提升，以往對男性角色作用如同明鏡的女性形象，在但丁筆下一變而為足使人明心見性的靈鏡。此所以但丁初抵伊甸園，聽到貝雅翠采劈頭質問「你

不知道這裡的人活在幸福中？」他說「俯身看溪流，我腰彎頭低。／我在那兒見到自己的影像，／羞慚交加把眼睛固定在草地」（《冥界》30: 76-8）。女人可以使男人動容，也可以使男人羞慚，就在這動容又羞慚的瞬間，我們看到希臘羅馬傳統的情慾文學與基督教傳統的懺悔文學有了交集。

筆者的譯文忠實反映但丁在《神曲》首創的三聯韻（terza rima）：三行為一聯，每一聯的首尾押韻，中間一行則與下一聯的首尾行押韻，即ABABCB的模式，但是每一章必定以CDCD收煞。

為愛沉淪（《冥界》5: 73-142）

〔但丁由維吉爾引導進入幽冥世界的罪罰所。這一對詩國師生看到生前犯淫慾罪的魂魄在黑暗中遭受狂風吹襲，他們生前的愛慾不受理性節制，因此死後依然無從享受上帝的理性之光─陰風象徵他們選擇的生命情態。維吉爾一一指認殉情的英雄與后妃，包括引起特洛伊戰爭的海倫和派瑞斯，以及維吉爾《埃涅伊德》詩中所描寫的迦太基女王狄兜（見《情慾幽林》選義〈鰥寡生死戀〉）。聽維吉爾細數這些渡不過情關慾壑的幽靈，但丁心生不忍，同時也深感困惑，因此希望聽聽當事人自己的說詞。〕

我終於開口：「詩人[1]，我樂意
和相依偎的那兩個[2]說句話，
他們好像輕飄飄任風吹襲。」   75
「等他們飄來，」他這麼回答，
你用愛的名義呼請，他們
心有戚戚，自然會停留一下。」
於是，狂風一把他們吹近，
我趕緊呼叫：「疲困的魂魄，   80
可以的話，容我套個交情。」

---

[1] 詩人：維吉爾，《埃涅伊德》的作者，但丁尊其為精神導師。
[2] 芙蘭切絲卡及其小叔帕歐妻的魂魄。他們兩人的姦情被芙蘭切絲卡的丈夫發現，雙雙被殺。這是十三世紀八十年代轟動佛羅倫斯的社會新聞，當時但丁已屆弱冠，與當事人的親屬為舊識，自然聞之甚詳。

就像成雙歸巢的發情鴿[3]

在空中滑翔而下，張羽翼

卻不拍翅，飛向甜蜜的窩，

　　一對靈魂從受苦的行列飛離　　　　　　　　　　85

狄兜，穿越陰風朝我們逼近；

我那一聲愛的呼喚果然有魅力。

　　「陽世的來客，你寬厚可親，

穿越幽冥界濃濁的陰氣，老遠

來探視我們血污世間的亡魂；　　　　　　　　　　90

　　如果[4]天主對我們友善，

因為你憐憫我們處境險惡，

我們會祈求祂賜你平安。

　　不管是什麼你想聽、想說，

我們樂意對你說、聽你講，　　　　　　　　　　　95

就趁現在狂風停息的時刻。

　　我的家鄉[5]在靠海的地方，

大洋收納波河匯聚眾水的門庭，

江流奔騰在那兒歸於安詳。

　　愛可以迅速捕捉溫柔的心；　　　　　　　　　100

由於那已經離我而去的美身材[6]，

愛擄獲了他，我現在仍然傷痛。

　　愛不容許被愛的人不付出愛，

我被他的美牢牢纏住，因此

你看，到現在還是分不開[7]。　　　　　　　　　105

3　鳩和鴿這兩個名稱常可代換，此處為了押韻而捨鳩取鴿。

4　與事實相反的假設。她無法祈禱，因為被貶入地獄的亡魂一律被剝奪獲得救贖的希望。

5　拉韋納（Ravenna）。

6　芙蘭切絲卡的肉體已經腐朽，開口說話的是她只有形影而無實體的魂魄。但丁《神曲》所謳歌卻是精神之愛。

7　但丁描寫冥界的罪罰所，乃是以象徵筆法呈現亡魂生前各自選擇的罪惡狀態，「罪行本身就是罪『罰』，是不帶幻覺去經驗該罪行」（Sayers 1: 102）。因此芙蘭切絲卡和帕歐妻永遠「分不開」並無浪漫情調可言。淫慾罪把他們倆緊緊「鎖」在一起，彼此無法擺脫對方，而且與地獄共長久。這樣的相依相擁，一方面時時刻刻互相提醒他們所犯（基督教觀點）的罪，另一方面（如荷馬史詩《奧德賽》所表達的生死觀）以沒有實體的幽靈對比一度使得他

愛使得我們兩人共一死，
我們的兇手有該隱環等著[8]。」
他們傳來這些話聲若游絲。

傾聽那受傷的靈魂，我眉額
低垂，任時間流逝，緊閉雙唇　　　　　　　　　110
直到詩人問我：「你想什麼？」

我回答道：「唉，綿綿痴情人
多少思念，多麼熾烈的情懷
引他們走上這悽慘的迷津！」

接著我轉向他們，把口開：　　　　　　　　　115
「芙蘭切絲卡[9]，你們的苦惱
使我悲傷，憐憫引出淚滿懷。

請告訴我，愛怎麼讓妳知道
你們在甜蜜溫馨的嘆息
培養出隱而不顯的火苗？」　　　　　　　　　120

這是她的答覆：「愁苦莫過於
在悲慘的時候回想歡樂時光，
你的老師當然明白這道理[10]。

不過，如果你真的那麼希望
瞭解我們的愛情根源，好吧，　　　　　　　　125
我這就含淚忍悲說端詳。

有一天，為了把時間打發，
我們共讀蘭斯洛被愛征服[11]。

們熱情澎湃的肉體，只是增加彼此的痛苦罷了（cf. Ciardi 102n）。以上六行，100寫男方動情，103寫女方報之以愛，105寫悲劇的下場。

8　但丁為《神曲》設定的時間背景是一三〇〇年，當時「兇手」（芙蘭切絲卡的丈夫）仍然在世，不過他犯弒親罪，命運已定。該隱環在第九重地獄（《冥界》第三十二章），取名的典故見《舊約·創世紀》第四章該隱殺害親手足亞伯。

9　直呼其名，因為但丁感同身受，心理距離頓然消失。

10　影射維吉爾在《埃涅伊德》述狄兜殉情，詳見《情慾幽林》選譯的〈鰥寡生死戀〉。

11　蘭斯洛是亞瑟王傳奇（即圓桌武士的故事）中的「第一武士」，他奉命代表亞瑟王向歸妮薇求婚，卻愛上這未來的王后，他們的姦情導致亞瑟王朝的覆滅。帕歐婁也是為了婚事代表兄長出面而惹出婚外情。此一「事實」有助於讀者領會芙蘭切絲卡在130-6行的椎心痛。102行的「傷痛」或許與此有關，不過也有可能指涉和她和帕奧羅被殺時是現行犯，根本來不及懺悔（Sayers 102n）。

沒有第三者，我們不疑有他。

　　讀啊讀的，我們不時四目　　　　　　　　　　130
交接，對看使臉色泛紅又發白，
可是就那片刻讓我們服輸。

　　我們讀到微笑如何接受摯愛
深情的一吻，就在那一瞬，
他，永遠不可能跟我分開，　　　　　　　　　　135
　　他渾身顫抖親吻我的嘴唇。
那本書和書的作者竟然
成了噶列侯[12]；我們當場闔書本。」

　　一個魂魄這樣對著我喃喃，
另一個在哭，我聽得心戚戚，　　　　　　　　　140
彷彿死亡已到來，愀然暈眩。

　　像一具屍體，我頹然倒地。

[12] 按芙蘭切絲卡和帕歐婁所讀的古法文版亞瑟王傳奇，噶列侯（Gallehault）是促成歸妮薇和蘭斯洛相戀的中介人，他的名字因此在中古時代成為「媒人，中介人」的同義字。義大利文稱軋列侯為Galeotto，這個字正是義大利文的「淫媒」（Ciardi 134n; Sayers 137n）。

薄伽丘（1313-1375）《十日談》（義大利文）

　　相對於但丁的「神聖喜劇」（"Divine Comedy"），《十日談》可以稱作「人間喜劇」（human comedy）。但丁以七十行的詩讓我們看到，僅僅是閱讀也可能引發不可收拾的戀情苦果，薄伽丘（Giovanni Boccaccio）卻洋洋灑灑寫一百個故事，為的是，根據他在這一冊故事集的前言所說，提供給戀愛中的女人解悶消愁和前車之鑑。在他筆下，我們很難看到女性主義者所稱父權社會源遠流長的「恨女情結」（第八天第七個故事是難得的例外）。他寫男男女女的血肉之軀，情場走一遭無非是尋求肉體的結合。「他把肉體之愛提升為一種人生原則。他認為陰陽交配是令人歡欣的活動，不會在死後帶來令人不快的懲罰與折磨等副作用」（McWilliam 25）。

　　雖然寫的是情慾，色羶則絕無僅有，而那「僅有」的部分也是收斂有加。不是薄伽丘遮掩其事，而是他對於講出精采的故事更感興趣，而煽情根本無關乎精采，頂多只是比較「另類刺激」而已。即使如此，英語世界一直要到一八八六年才讀到完整的譯本，這已是薄伽丘逝世之後五百餘年，關鍵之一就是本書選譯的第三天第十個故事〈把魔鬼關進地獄〉，是個男士說的。覺得那個故事不無苦澀味的讀者，翻到也是男士說的第九天第六個故事〈上錯床〉，應該可以讓心情放輕鬆一些。讀薄伽丘和讀喬叟一樣，從個別故事歸納出道德寓意固然不難，卻沒那個必要。

　　《十日談》第四天的主題是結局不幸的愛情故事。其中的第二個故事〈天使附身〉，文類上屬於粗鄙故事（fabliau），是選譯的四則故事中唯一由女士講出口的。主講的潘琵妮雅在開場白針對修士中的敗類發了一頓勞騷，說他們彷彿在進行土地重劃，「把天堂分割成大大小小的地段，按捐獻錢財的多寡分配給死者」。她要揭發行騙術走天下的無恥修士的真面目，好讓天下的愚夫蠢婦睜開眼睛。故事的主角是阿貝托修士，他自稱加百列天使附身，利用夜晚和一個愛慕虛榮的有夫之婦李莎姐幽會，她夫家的人前來捉姦，假天使變成真野人，受盡屈辱。

騙人者人恆騙之，赤條條倉惶逃難的阿貝托被收留他的「好心人」以其人之道還治其人之身，拈花化裝術一變而為討打欠揍術。惡有惡報，合乎文學正義（poetic justice），如此伸張道德命題，這在《十日談》並不常見。有必要說明的是，阿貝托並不是真正的托缽修士，他只不過是冒充又被蠢婦信以為真。薄伽丘寫蠢婦失身成為笑柄一事，重點在於「受騙者皆如此」；換句話說，神棍能夠得逞，實乃有人不明事理使然。

　　相對於在虛構的天地標榜正義原則的文學正義，《上錯床》透露正義原則的現實面，陳明性可以是美好快樂的經驗。故事中的丈夫是傳統社會定義下的「好人」，卻不懂佛洛伊德的「享樂原則」，因此極力抗拒違背現實經驗的正義原則，該承受「惡有惡報」的苦果。結果是，妻子、女兒和客人一個個享受到「意外之性」，只有老實的好丈夫和性愛的歡愉無緣。如果套用「文學正義」這樣的稱呼法，我們不妨冠之以「性感正義」（sensual justice）──對性無感的人被剝奪性感樂趣，這個觀念或許最能說明薄伽丘在情慾文學界披荊斬棘的貢獻，不愧為解放性愛觀的先驅作家。

　　粗鄙故事為了取信於聽眾或讀者，寫實的語調或筆調是不可或缺。在另一分面，受害人愈是沒有主見，騙術自然愈可信。李莎妲上當之後猶自鳴得意，還有她的醋勁竟然波及聖母馬利亞，固然好笑，薄伽丘寫三姑六婆那種唯恐醜聞無人知的心理也是一絕。此外，我們也不該忘記義大利城市彼此敵視的傳統偏見。故事中呈現的威尼斯形象，即是此一偏見的產物──薄伽丘是佛羅倫斯人，佛羅倫斯則是義大利從中古時代末期到文藝復興的首善之區。讀者或許會想起莎士比亞的《奧塞羅》劇中，大壞蛋伊阿茍（Iago）誣陷黛絲德蒙娜（Desdemona），就是斬釘截鐵說威尼斯女人水性楊花惡名昭彰。

　　《十日談》第五天的主題是苦盡甘來的愛情故事，其中的第九個故事〈殺鷹示愛〉是狄奧尼歐說的。他強調美貌對於多情種的吸引力之餘，更是希望聽者能夠知道在情場有必要適時採取主動，因為造化弄人之事所在多有。故事大綱是這樣的。費德里戈為了追求有夫之婦鳩凡娜，散盡家財卻徒勞無功，只好守貧度日，放鷹自娛。後來，成了富孀的鳩凡娜有求於費德里戈，登門拜訪，阮囊羞澀的費德里戈只好殺愛鷹款待佳賓。然而，她正是為病中愛子前來向他求讓那隻鷹的。鳩凡娜深受感動，嫁給了他。

這個故事讓人想起美國短篇小說名家歐亨利（O. Henry, 1862-1910）的〈聖誕禮物〉（"The Gift of the Magi"）。背景是二十世紀初，地點在紐約，有一對恩恩愛愛的窮夫妻，彼此都想藉聖誕禮物給對方一個驚喜。妻子剪下一頭秀麗的長髮，用賣得的錢買了一條可以搭配丈夫的金錶的錶鍊，丈夫卻賣了金錶買了一組髮篦。鶼鰈情深固然感人，結局造化弄人的反諷更是作者寄意所在。薄伽丘筆下的故事也有造化弄人的反諷，工筆巧思之令人動容則不下於寫情寄意。鳩凡娜要求費德里戈出讓他的愛鷹，內心的痛苦不難想像，雖然她對於費德里戈所要做的犧牲並無所知。反觀費德里戈，他假稱自己認為唯有以愛鷹待客始足以聊表心意，言下之意他有的是粗茶淡飯，可是讀者明白他其實三餐難以為繼，起碼在鳩凡娜到訪的那一天是如此。費德里戈對自己的窘況有所隱瞞，並不是為了自己的面子問題，而是顧慮到對方的感受——只要意會到騎士的風範可以表現得如此細膩，也就不難瞭解中古騎士是現代紳士的先驅這個道理。狄奧尼歐所呈現的兒女私情，反映的是「宮廷愛情」的禮儀，至於故事體現的宮廷愛情理念，請參考拙作《新編西洋文學概論》頁167-68。

不論反諷筆法如何，〈殺鷹示愛〉的結局完全合乎文學正義。可是，即使在這樣的結局中，現代讀者恐怕還是不無感傷，因為鳩凡娜再婚一事竟然需要兄弟的認可。他們雖然尊重她的選擇，卻透露女人在父權「餘蔭」之下不只是「在家從父，出嫁從夫」，甚至在無子可從是要「從兄弟」。

選譯的四個篇名都是譯者附加的。

把魔鬼關進地獄（第三天第十個故事）

從前在柏柏里[1]的噶夫撒城裡，有個富翁，子女成群，其中一個女兒叫阿莉貝，長得美麗可人。她本人不是基督徒，不過城裡有許多基督徒。有一天，她無意中聽到他們說信仰基督教和服侍上帝好處多多，就問其中一個人，如果要像他們說的「服侍上帝」，有什麼方法最妥當又最方便。那個人回答說，服侍上帝最虔誠的是離群索居而且摒棄世間財物的人，就像住在撒哈拉最偏遠地區的那些人那樣。

---

[1] 柏柏里：Barbary，北非沿海地區，東鄰埃及，西臨大西洋，南接撒哈拉，北濱地中海，十九世紀歐洲列強侵佔該地區之前一直沿用的名稱。

阿莉貝聽後也沒多問。畢竟她只有十四、五歲，天性又純樸。第二天早上，她一個人出發，神不知鬼不覺，朝沙漠走去，說來不過是憑著一股青少年的衝動。

走了幾天，她又累又餓，抵達荒野的中央地帶，看到遠處有一間小茅屋。她拖著步子走過去，發覺門口站著一個聖潔的人，很驚訝在這樣的地方見到她，問她有什麼貴幹。她說她受到上帝的啟示，不只是想服侍祂，而且想找人指點她該怎麼做。

這個善人看她年輕又無比漂亮，不敢讓她進到屋子裡，怕的是自己一不小心成為魔鬼的階下囚。於是，他稱讚她心志高潔，拿出菜根、漿果和棗椰給她果腹，也讓她喝了水，然後對她說：「小姑娘，離這兒不遠的地方有個聖潔的人，他比我更有能力指導妳。找他去吧。」說完就打發她上路。

她找到了這第二個人，又聽到同樣的話，只好再上路。最後，她來到一個年輕隱士的小屋，說明來意。這隱士名叫魯斯惕寇，信仰誠篤而且和藹可親，急於證明自己具備堅硬如鐵的意志，所以不像其他人那樣打發她或指示高人，而是收留她住在自己的小洞天，挪出一個角落安頓她。夜幕籠罩，他拿棕櫚葉鋪成代用床，讓她躺下來休息。

這麼一安排之後，沒經過多久的時間，誘惑就向他的意志力宣戰。交戰幾個回合下來，他發覺自己四面受敵，只好棄械投降。信仰、祈禱、苦修全都擺一邊，他的心思開始集中在這少女的青春與美貌，盤算著親近她的可行之道，既要實現他的求歡計，又不至於讓她覺得他荒淫。他問了幾個問題，很快發覺她和異性不曾有過親密關係，骨子裡就像她的外表一樣純真。因此，他想出一個法子，以服侍上帝為藉口，說服她滿足他的慾望。他開始滔滔不絕，解釋魔鬼是主上帝多麼頑強的死對頭，然後順水推舟灌輸給她這樣的觀念：服侍上帝的方法很多，祂最欣賞的是把魔鬼送回地獄，全能的造物主原本就是把他禁錮在那個地方的。

這少女問他怎麼辦得到，魯斯惕寇回答：「妳很快就會知道，現在只要看著我照做就是。」

說著，他開始脫掉身上所穿僅有的幾件衣服，一身赤條條。這少女學他的樣，接著他跪下來好像是要祈禱，也要她跪下來，兩人面對面。

由於這樣的姿勢，魯斯惕寇一覽無遺這少女的美，慾火越燒越旺，他的肉體開始起死回生。阿莉貝看得目瞪口呆，問道：「魯斯惕寇，我看到你的前面凸了出來，我卻沒有，那是什麼東西？」

「小姑娘，」魯斯惕寇說，「那就是我告訴過妳的魔鬼。妳可知道他在幹嘛？他害得我好苦，我簡直受不了。」

「讚美上帝，」這少女說，「我看得出我比你幸運，因為我沒有那樣的魔鬼要我去對抗。」

「妳說得對，」魯斯惕寇說。「可是妳有一樣我沒有的東西。」

「哦？」阿莉貝說。「是什麼？」

「妳有地獄，」魯斯惕寇說。「我真的相信上帝派遣妳來是為了拯救我的靈魂，因為如果這魔鬼持續折磨我的餘生，如果妳對我懷著充分的憐憫，讓我把他送回地獄去，妳將會帶給我莫大的解脫，同時也做了一件博得上帝歡喜的大功德，那正是妳說的妳來到這裡的本意。」

「神父，」這少女答道，「如果我真有個地獄，你一準備好，我們就依照你的指示動手吧。」

「上帝保佑妳，我的小姑娘，」魯斯惕寇說。「我們這就動手趕他回去，然後，說不定他就放過我了。」

說著，他把這少女擺在一張床上，教她囚禁那該死的妖魔的竅門。

這少女還不曾有過把魔鬼關進地獄的經驗，她發覺第一次的經驗有點痛苦，就對魯斯惕寇說：「神父，這魔鬼鐵定是個壞東西，準是上帝的敵人，因為他不只是折磨人類，甚至被趕回地獄了還是不安份。」

「小姑娘，」魯斯惕寇說，「不會一直這樣子的。」為了確保不會，他們在下床之前把魔鬼關回去六次，這才壓制他的氣焰，成效非凡：當天剩餘的時間，魔鬼果然高高興興安份得很。

然而，隨後的幾天，這魔鬼的傲氣一再蠢動，頭老是抬得高高的。這女孩有備而來，責任感很重，隨時聽令行事去制服他，終於領略出這種伏魔運動的趣味。她對魯斯惕寇說：「噶夫撒城裡那些可敬的人說服侍上帝是一件很愉快的事，我現在能夠明白他們的意思了。我想不出以前做過的事有什麼像把魔鬼關進地獄帶給我那麼大的快樂和滿足。在我看來，把精力用在別個地方，不懂得為上帝犧牲奉獻的人，真是大傻瓜。」

她這樣子養成了習慣，動不動就去找魯斯惕寇，說：「神父，我是來這裡服侍上帝的，不是來浪費時間的。來吧，我們一起來把魔鬼關進地獄。」

有時候，她會在工作進行到一半時問他：「我想不通，魯斯惕寇，魔鬼幹嘛要一再逃出地獄。因為地獄喜歡接納他，喜歡留他在裡面，如果他也喜歡待在裡頭，他就不會想要跑出來才對。」

這女孩三番兩次邀魯斯惕寇玩這種遊戲，敦促他一起服侍上帝的次數太頻繁了，他經不起這樣又榨又掏的，終於開始在其他人會熱汗淋漓的地方，他反而感到發冷。於是，他告訴她，只有在魔鬼氣焰囂張而把頭舉得高高的時候，才應該把他關進地獄加以懲罰。他還補充說，由於上帝的恩寵，他們已經有效馴服他，他現在正低頭向上帝求饒。這樣總算讓這女孩安靜了一段時日。

有一天，她注意到魯斯惕寇不再要求她把魔鬼關進地獄，就對他說：「魯斯惕寇，雖然你的魔鬼受到了懲罰，不再糾纏你了，我的地獄卻不放過我。既然我用我的地獄幫助過你壓制你的魔鬼的傲氣，你起碼可以要你的魔鬼幫助我撲滅我的地獄的怒火。」

魯斯惕寇只不過以野菜和水維生，對她根本供不應求，只好告訴她，馴服她的地獄得要好多好多的魔鬼，不過他答應竭盡所能。因此他偶爾回應她的召喚，可是次數畢竟太少了，簡直就像丟一粒豆子在獅子的嘴裡。結果是，這女孩覺得自己沒有如願盡心盡力服侍上帝，經常在抱怨。

阿莉貝的地獄和魯斯惕寇的魔鬼吵得不可開交，一方慾望高漲而另一方力有未逮。就在這時候，噶夫撒發生一場火災，阿莉貝的父親一家大小陷身火窟，活活被燒死，阿莉貝成為全部家產唯一的繼承人。由於這件事，一個名叫尼巴爾的敗家子聽說阿莉貝仍然活著，四處打聽她的下落，在當局以無人繼承而沒收她亡父的財產之前找到了她。他帶著她回到噶夫撒結婚，繼承父親大筆家產的一半。離開苦修勝地實在有違阿莉貝的意願，魯斯惕寇倒是鬆了一口氣。

在尼巴爾確實盡到為人丈夫的義務之前，噶夫撒城裡的婦人問起她在沙漠如何服侍上帝，她說她服侍上帝的方法是把魔鬼關回地獄去，還說尼巴爾犯了滔天大罪，害她不能繼續履行那麼可貴的服務。

「妳是怎麼把魔鬼關回地獄的？」那些婦人問她。

這女孩向她們說明她是怎麼辦到的，口說難以達意，還比手劃腳的。這些婦人聽得大笑不已，邊笑邊說：「這個嘛，妳不用擔心。噶夫撒的人幹起這種事一樣在行，尼巴爾在妳服侍上帝時也會是個好幫手。」

這故事在城裡一傳再傳，婦人們說了又說。眾口果然鑠金，一句俗諺就這麼誕生了；那裡的人說，服侍上帝最稱心的法子是把魔鬼關回地獄去。這句格言渡海傳到義大利，傳到今天還生龍活虎。

所以說，各位年輕的小姐，如果妳們需要上帝的恩寵，記得學會把魔鬼關回地獄去，這一來不只是上帝大為歡喜，當事的雙方也其樂無窮，這其中的好處多著哪。

上錯床（第九天第六個故事）

不久以前，木紐內縱谷[2]住著一個可敬的人，為來往的旅客提供吃喝賺些老實錢。他雖然窮，住家又小，偶爾碰上緊急倒也會留客過夜，不過只限於他認識的人。

這個人娶了個俏麗的老婆，為他生了兩個孩子。老大十五、六歲模樣，嫵媚又標緻，還沒結婚。小的未滿周歲，還在吃奶。

這女兒吸引了我們城裡一個年輕紳士的目光，他風度翩翩，有事沒事就往鄉下跑，熱戀著她。博得這樣一個高貴青年的愛慕，這女孩覺得三生有幸，很努力在他面前獻殷勤，唯恐有所閃失，沒多久也愛上了他。要不是皮努丘——這是那個年輕人的名字——擔心事情曝光遭人物議，這一對情侶會毫不遲疑圓了他們的愛。

可是皮努丘的熱情放送一天比一天強烈，朝思暮想盼著跟她溫存，不管會有什麼後果。他想到一個主意，必定要找個藉口在他父親家過夜；就是因為熟悉女方住家的情況，他有充分的理由相信他和這女的可以神不知鬼不覺成其好事。這樣的念頭一進入腦海，他立刻著手進行。

有一天下午，時間很晚了，他帶著一個名叫阿德瑞阿諾的拜把兄弟——這老兄知道他愛上這女孩——租了兩匹載貨的馬，背上各駝著一對鞍袋，裡頭塞的大概是乾草，從佛羅倫斯出發。兜了個大圈子之後，他們來到木紐內縱谷，天色已經黑了。他們調轉馬頭，假裝剛從羅瑪納回來，然後直奔我們這個可敬的朋友的茅草屋，敲起門來。這主人原本就認識皮努丘和他的同伴，立刻開門讓他們進入屋內。

「今晚打擾啦，」皮努丘說。「我們原本打算天黑以前趕回佛羅倫斯，可是你看，一路耽擱下來，現在急也沒用，這時候來不及進城了。」

「我說啊，皮努丘，」主人回答道，「你是知道的，我供應不起體面的住宿。不過沒關係，既然天色暗了，你們也沒地方去，我樂意盡我的能力好好為兩位張羅張羅。」

2　木紐內（Mugnone）縱谷位在佛羅倫斯和羅瑪納（Romagna）之間。

於是這兩個年輕人下了鞍座，安頓好馬匹，走近屋內。因為他們自己帶了許多吃的東西，就邀請主人熱熱絡絡共進晚餐。這主人家裡只有一間臥房，空間又小，他在裡頭擠進三張床，留下的走道簡直沒有轉身的餘地。兩張床並排靠著一面牆，第三張床挨著對面的牆壁；看好了最不會不舒服的那一張床留給客人，打點完畢，這主人邀請他們睡那兒過夜。沒多久之後，他們看起來是睡著了，其實清醒得很。他叫女兒單獨睡一張床，他和妻子睡另外的一張。她太太在她睡的床邊擺了搖籃，裡頭睡的是她兒子。

皮努丘把這一切安排全都牢記在心裡，等到他確定每一個人都入睡了，悄悄溜下床，偷偷爬上她的心上人睡的那張床，在她身邊躺了下來。這女孩雖然吃了一驚，倒也張開兩臂歡歡喜喜接納他，兩人盡情享受彼此盼望已久的歡樂。

皮努丘和這女孩正在溫存的時候，屋子裡什麼地方的一隻貓碰巧打翻什麼東西，把主婦給驚醒。急著要去看個究竟，她起身摸黑朝發出聲響的地方走去。

這時候，阿德瑞阿諾正巧起床，理由不一樣，他要去方便。他一路往門的方向摸索，踢到主婦擺在通道的搖籃。不移走搖籃他根本走不過去，他只好提起來，擺在自己睡的床舖的旁邊。方便過後，他回到床上，倒頭就睡，把這一切全給忘了。

這主婦找到了聲響的原因，確定沒打翻什麼值錢的東西，把貓臭罵一頓，懶得點燈深究，回臥房去了。她在黑暗中小心翼翼探路，逕自往他丈夫睡的床走過去。走到床邊卻摸不著搖籃，她心想：「我的天哪，我怎麼那麼笨！我差點兒幹出好事，竟然要爬上客人睡覺的床舖。」於是她往前多走幾步，摸到了搖籃，爬上床，睡在阿德瑞阿諾的旁邊，以為身邊躺的是自己的丈夫。

阿德瑞阿諾還醒著，接到這天降艷福，給了她最溫情的款待：他不聲不響緊緊黏著她，往上爬了好幾回，帶給她許多歡樂和滿足。

這些事進行得如火如荼的時候，皮努丘的朝思暮想已經心滿意足。他深怕在這姑娘的臂彎裡睡著，就放她一馬，溜回去睡自己的床。回到床邊，他發覺搖籃就在那兒，以為自己誤把主人的床當成自己的，於是又往前走，來到主人的床舖，爬了上去就在主人的身邊睡下，把主人給吵醒了。皮努丘還以為身邊睡的是阿德瑞阿諾，開口就說：「我發誓，不曾有過像妮珂羅莎那麼美味的。上帝可以見證，從來沒有哪個男人跟

任何一個女人像我剛剛跟她那樣樂無窮。從我離開你到現在，我敢擔保我在那極樂園進進出出少說也有六次。」

這主人聽到皮努丘的消息實在是不高興，在心裡嘀咕這傢伙到底摸上他的床搞什麼鬼，任憑火氣蓋過謹慎，嚷道：「皮努丘，你這是哪門子的混賬名堂？我不懂，你幹嘛跟我開這種卑鄙的玩笑！他媽的，我會找你算賬的。」

皮努丘這小伙子並不是頂識相的。他發覺自己搞錯了，沒想到要怎麼去亡羊補牢，卻是說：「算賬？怎麼個算法？你能把我怎麼樣？」

這主人的老婆聽到，還以為自己和丈夫睡在一起，對著身邊的阿德瑞阿諾說：「天哪！你聽，我們的客人吵成那個樣子！」

阿德瑞阿諾笑道：「讓他們去吵吧，活該。他們昨晚喝過頭了。」

這女人已經想到是怎麼一回事了，畢竟她聽得出他老公生氣說話的腔調，如今又聽到阿德瑞阿諾的聲音，立刻明白跟她分享一張床的是什麼人。她不愧有些見識，二話不說立刻下床，抓住兒子的搖籃，在漆黑中摸索到女兒睡的那張床，爬上去，在她身邊躺下。然後，假裝被她丈夫的鬧聲吵醒，她大聲問他跟皮努丘吵些什麼。

他丈夫回答道：「妳沒聽到他說他今晚跟妮珂羅莎幹了什麼好事？」

「根本就是連篇的謊話，」這女人說。「他幾時挨近妮珂羅莎身邊的什麼地方？我整個晚上同她睡在一起，到現在還沒闔過眼。你傻瓜才去理會他。你們男人晚上喝起酒沒完沒了，上了床就是做夢，閉著眼睛也到處闖，還癡想幹了什麼驚天動地的事，沒有摔跤跌斷脖子已經是謝天謝地了！皮努丘在你那兒幹嘛？怎麼不是睡在自己的床上？」

阿德瑞阿諾這才看出這女人反應敏捷，天衣無縫掩飾她自己和她女兒的糗事，於是趁勢附和，說：「皮努丘，我跟你說過多少遍了，不要在外頭過夜，你就是不聽。你老是夢遊，還把夢中的事情當作真的擾擾嚷嚷，早晚會惹出大麻煩。回到床上來，你該死！」

這主人聽得阿德瑞阿諾的話確認他老婆所說的，心想皮努丘真的是在作夢，就抓起他的肩膀，用力搖他、吼他，說：「醒醒吧，皮努丘！回你的床舖去！」

皮努丘聽到這些話，心裡有數，開始手腳並用亂打一通，彷彿他又在作夢，逗得主人笑不可遏。又是一陣搖晃之後，他假裝醒過來，叫著阿德瑞阿諾，說：「你幹嘛吵醒我？天亮了嗎？」

「是啊，」阿德瑞阿諾說，「回這兒來。」

皮努丘繼續裝蒜，做出種種睡眼惺忪的模樣，最後離開了主人的身邊，拖著腳步回到阿德瑞阿諾睡的那張床。第二天早上醒來，他們的主人取笑皮努丘和他的夢。大伙兒你一句我一句，笑聲不絕於耳，這兩個年輕人在笑聲中裝鞍備馬，喝過主人的餞行酒，這才上馬朝佛羅倫斯回去，覺得昨天晚上的節目，過程和結果一樣精采。

那件事以後，皮努丘另有其他方法幽會妮珂羅莎，她倒是拍胸脯向她母親保證，說那天晚上皮努丘真的是在作夢。而這母親，她念念不忘阿德瑞阿諾的親熱，一心認定那整個晚上只有她一個人是清醒的。

天使附身（第四天第二個故事）

從前在伊莫拉[3]，有個無惡不作的壞蛋，名叫馬薩的貝托。鎮民從經驗得知他玩弄詭計的手法，他就這樣惡名昭彰，竟至於伊莫拉全鎮沒有人會相信他說的話，不論他說的是實話還是謊話。他察覺伊莫拉不再為他的惡行提供宣洩的管道，走投無路只好轉移到威尼斯，在那地方一切污垢垃圾無不賓至如歸。他決心在那兒重拾詐術，要採取不同於以往在別個地方所運用的手腕，因此從落腳的那一瞬間就彷彿良心由於以往所犯的惡行而挨了一記棒喝，他處處留給人無比謙卑的印象。他簡直脫胎換骨成為人世間最虔誠天主教徒，甚至加入方濟會，自稱是伊莫拉的阿貝托修士[4]。穿上修會的僧袍之後，他一舉一動都讓人覺得他過的是簞食瓢飲的苦修生活，佈起道來總是開示悔改和禁慾的美德，而且絕對不吃肉，滴酒不沾唇，除非美酒配好肉夠得上他的高標準。

沒有人料到他榮銜加身成為大宣教師之前曾經是小偷、皮條客、騙子和兇手；他也沒有改邪歸正，而只是俟機蠢動，直到時機成熟才暗地裡重拾故技。他的無上成就是使自己被任命為司鐸[5]。每逢在大批會眾面

---

[3] 伊莫拉：Imola，在義大利北部。

[4] 方濟會是聖方濟（St. Francis）在1209年創立的修會。阿貝托自稱的「修士」頭銜，是「托缽修士」的簡稱。托缽修士是托缽修會的成員。天主教共有十個托缽修會，其中的多明我會、方濟會和聖奧古斯丁會或許是國人比較熟悉的三個。這一類修會的修士發神貧願，靠勞動所得或慈善捐贈為生。

[5] 司鐸：介於主教和助祭之間的職稱，由於負責主持牧區舉行的聖體禮以及告解和宣布赦罪，無異於上帝在人世的代表。

前主持彌撒，他都會為了救世主的受難而涕泗縱橫。因為他這種人，眼淚隨他高興說來就來，值不了多少錢。

總而言之，他操縱一口說教和兩行眼淚得心應手，把威尼斯人騙得團團轉，幾乎每一份立好的遺囑都是以他為受託人和監護人。城裡有許多人把錢交給他保管，向他懺悔、請益的男男女女不計其數。經過這樣一番作為，他從野狼搖身一變，成為牧羊人，聖名廣受傳揚，連當年聖方濟在阿西西[6]也望塵莫及。

說一個生性輕浮又腦筋糊塗的少婦，名叫李莎妲，是個大商人的老婆，丈夫隨著他的船隊到佛蘭德[7]去了。在幾個女士的陪同下，她去找我們的這個聖人修士懺悔。她不愧是威尼斯人，所以有能耐開口說斷驢後腿，事情才不過辦了一小部分——可是自始至終跪在他跟前——阿貝托修士就質問她有沒有情夫。

「什麼？」她失聲驚叫，白了他一眼，「修士大爺，你頭上不長眼睛啊？看來你是拿我的媚力和其他女人的相提並論？我的情人多得可以分送，如果我要打發他們的話，可是我的美貌不是隨便給那些碰巧愛上她們的張三、李四或王五使喚的。你幾時見過像我這樣媚力四射的女人？我這樣的魅力，即使在天堂也是鶴立難群。」

這只是開場白而已，她喋喋不休數說自己如何如何的漂亮，教人聽了坐立不安。阿貝托修士立刻意會到這個女人是淺智子之流，知道她成熟得伸手可摘，當場就熱戀起來。不過貼著耳朵花言巧語的時刻還沒到，為了展現他的聖人舉止，他爬上他那一匹飛揚拔扈的牝馬，指責她虛榮，毫不客氣灌輸給她許許多多他的胡言亂語。結果，這女士回罵他沒見識，一口咬定他沒有品味鑑別女人的美。阿貝托修士並不想把她惹過頭，所以聽完她的懺悔之後，就放她和其他女人一起離去。

挨過幾天的時間，他在一個心腹伙伴的陪同下拜訪李莎妲，要她帶他進入不會有人看見的一個房間，在她面前雙膝下跪，說：

「夫人，我懇求妳，看在上帝的面子，原諒我在禮拜天，妳告訴我妳有多漂亮的時候，我對妳說的那些話。因為對妳粗魯，那天晚上我受到了嚴厲的懲罰，足足養了幾天的傷，一直到今天才下得了床。」

6　阿西西：Assisi，義大利城鎮，以聖方濟的出生地知名。

7　佛蘭德：Flanders，歐洲中古時代的公國，在低地國家的西南部，包括法國北部、比利時西部和荷蘭西南。

傻氣夫人問道：「懲罰你的是什麼人？」

「我這就告訴妳，」阿貝托修士說。「當天晚上，我在房間禱告，就像我數十年如一日那樣，我突然看到一大片光芒，還沒來得及轉頭找出光的來源，我就看到一個漂亮得難以置信的年輕人，手上拿著大棍子站在我前方。他抓住我的後頸，這麼一拉，把我摔倒在他的腳下，二話不說就揮起棍子往我身上打，打得我渾身瘀腫。我問他為什麼這樣打我，他說：『因為你今天吃了熊心豹子膽，竟然大言不慚污衊國色天香的李莎妲。除了上帝，我最愛的就是她。』我問他是什麼人，他說他是加百列天使[8]。『啊天使，』我說，『我懇求您原諒我。』他說：『我會原諒你，但是有個條件。你儘快找機會，私底下去拜訪她，向她道歉。如果她不饒你，我會再來狠狠揍你，讓你一輩子翻不了身。』他接著又說了一些話，可是我不敢告訴妳，除非妳先原諒我。」

充氣夫人因為頂樓虛弱[9]，聽了這些話，一古腦兒全都相信，心花怒放身飄飄。過了一會兒，她說：「你明白了吧，阿貝托修士，我跟你說過我天生麗質。不過，上帝知道，我為你感到難過。為了不讓你再度受害，我原諒你，只是有個條件：你告訴我，天使還對你說些什麼。」

「夫人，既然妳原諒我了，我很樂意告訴你，」他答道。「不過我得要求妳，千萬要小心，不許把我告訴妳的話說給任何一個人聽，因為妳一旦說出口，好事會給搞砸，妳就再也不會像現在這樣是世界上最幸福的女人了。加百列天使要求我轉告妳，他非常喜歡妳，幾次想著要來跟妳過夜，只是擔心會嚇到妳。現在他指派我來通知妳，他希望在最近的將來陪妳度過一個晚上。但是，因為他是天使，如果以天使的本相下凡，根本摸不著妳。他說，為了讓妳歡心，他希望以人的形像現身。所以他要妳讓他知道，妳希望他在什麼時候以什麼人的形像現身，他一定會遵照妳的指示。所以說，妳有理由相信自己是在世的女人當中最有福氣的一個。」

饅頭夫人說，她非常高興聽到加百列天使愛上她，因為她自己對這位天使犧牲奉獻不遺餘力，每一次看到他的畫像，她都記得點一根四分錢的蠟燭孝敬他。她還說，天使隨時高興都可以來看她，她衷心歡迎，只要他承諾不至於為了童貞女馬利亞就拋棄她，因為大家都說他對她用

8　加百列：「侍立在上帝面前」（〈路加福音〉1：19）的天使長。

9　頂樓：人體的頂樓。頂樓虛弱：腦筋不健全。

情很深，這種說法看來是有根據的，因為不論他出現在哪一幅畫像，總是跪在童貞女面前[10]。至於他想用什麼樣的形像來看她，就讓他自己挑吧，只是要小心些，別嚇到她就是了。

「妳說的有道理，夫人，」阿貝托修士說，「我會依妳的建議同他安排。不過，我有個不情之請，希望妳成全，不會花妳一毛錢的，那就是：請妳指示他借用我的肉身來跟妳約會。我來告訴妳怎麼樣可以賞給我這個面子：他附在我的肉身之後，他會從我的身體移走我的靈魂，把它安頓在天堂，然後，他陪妳相處多久，我的靈魂就在天堂逗留多久。」

「好主意！」鈍智夫人說。「正好補償你為了我而挨他一頓毒打。」

阿貝托修士接著說：「那妳要記得今天晚上不鎖門，他才進得來。因為他來這兒是附身在人體，不走門是進不來的。」

這女人保證照辦，阿貝托修士這才告辭。他一走，她立刻昂首闊步起來，抬頭挺胸，裙襬跟著飛揚，屁股探出頭，等候加百列天使的來臨簡直是度日如千秋。

這時候，阿貝托修士正在虛擬晚上要扮的角色，不是天使，而是騎士[11]。他開始緊急進補，甜食佳餚一樣一樣來，為的是確保不至於兩三下就從馬背上摔下來。然後，他請准了外出夜宿的假，等天色一暗，立刻和心腹伙伴來到他認識的一個女士家──這個家曾經是他出發播種野燕麥的基地。他在那裡備好恰當的妝扮，算準恰當的時辰，上路前往李莎妲的家；溜進門之後，他拿出隨身攜帶的道具和裝備，他把自己化身成天使。然後，他爬上樓梯，走進她的臥房。

看到一身純白的形體一步一步走過來，這個女人當場下跪，跪在他面前。天使為她祝福過後，扶她站起來，做了個要她上床的手勢。她迫不及待欣然從命，天使接著就在他虔誠的信徒身邊躺了下來。

阿貝托修士是個身材健美的英俊青年，體能正值巔峰。李莎妲清秀兼溫柔，她發覺這天使逼陣的戰術和她丈夫所採取的截然不同。一個晚上下來，他不掛翅膀照樣飛了好幾回，樂得這女士為他的成就高聲尖叫，他還盡情宣洩天堂的榮耀作為助興。然後，就在天亮之前，約好了

---

[10] 加百列奉上帝之命向童貞女馬利亞預告，她將因聖靈感孕而生聖嬰（〈路加福音〉1: 26-38），因此在以聖母領報（Annunciation）為主題的基督教藝術中，加百列和童貞女馬利亞必然同時出現。李莎妲顯然是在教堂的裝飾畫看到的。

[11] 騎士：一語雙關，其雙關義正如Mark Musa和Peter E. Bondanella的英譯所表達的「他心裡巴望的是跨上馬鞍」。

下次會面的時間，他收拾裝備，回到同伴那兒，而這個同伴，由於那個女主人已經很大方陪他一起暖床，所以整個晚上黑漆漆也不會感到害怕。

這女士吃過早點之後，帶著女僕去拜訪阿貝托修士，把加百列天使的消息說給他聽，描述他的長相，覆述一切她從他那兒聽來的關於永生的榮耀，另又補充許多她自己妙口栽培的故事。

「夫人，」阿貝托修士說，「我不曉得妳跟他相處得怎麼樣。我只知道昨天晚上他來找我，我轉達妳的口信，就在那一瞬間，他把我的靈魂送到一個薔薇盛開、百花齊放的地方，繁花錦簇是我平生第一次看到的。他把我的靈魂安頓在那兒直到今天晨禱的時間，那真是上帝所創造最可喜的銷魂地。至於我的肉身發生了些什麼事，我完全不曉得。」

「可是，我不是告訴你了嗎？」這女士答道。「你的肉體裝著加百列天使，在我的手臂裡度過了整個晚上。如果你不相信我說的，看看你左邊的乳頭，我在那個地方給了天使一個熱情的深吻，留下的記號深得夠他戴上好幾天！」

「這樣的話，」阿貝托修士說，「今天我會做一件我好久以來我沒做過的事——我會脫掉衣服，看看妳說的是真是假。」

聊了好一陣子之後，這女士回家去了。從那以後，阿貝托修士定時去探望她，一路暢通無阻。

有一天，李莎妲和一個鄰居聊天，話題轉到形體美。腦筋硬化夠得上錦標水準的她，決心要證明沒有比她更漂亮的女人，說：「如果我告訴妳誰愛上了我，妳就不會沒完沒了說別個女人怎麼漂亮了。」

這句話撩起了她鄰居的好奇心。她知道跟她打交道的是個怎樣的女人，順水推身答道：「也許妳說的沒錯；不過，你別指望我改變自己的看法，除非我知道妳說的是什麼人。」

「老姊，」李莎妲見招接招，頂了回去，「我是不應該告訴妳這件事，不過，沒關係，仰慕我的是加百列天使，他愛我勝過愛他自己。他對我說那是因為我是世界第一美人，陸面、水面都找不出可以相提並論的。」

她的鄰居有一股當場爆笑的衝動，不過強忍了下來，好讓李莎妲多透露一些內情，於是繼續板著面孔。

「上帝保佑我的靈魂！」她驚嘆一聲。「如果仰慕妳的是加百列天使，如果這話是他告訴妳的，那一定千真萬確。可是我不明白天使怎麼做那種事。」

「妳有所不知，」李莎妲說，「我可以發誓，他那一身本領比我丈夫高明多了。他還告訴我，他們在上面也做那種事，可是因為他認為天堂沒有一個比我漂亮，所以愛上了我，不時來陪我。現在明白了吧！」

這鄰居離開李莎妲之後，急於四處宣傳她剛才聽到的事，好不容易逮到機會，立刻加入一群三姑六婆的行列，一五一十說出整個故事。這些三姑六婆回去講給她們的丈夫聽，也講給姊妹淘聽，就這樣不到兩天的功夫，新聞傳遍威尼斯。話柄到處飛，也飛進李莎妲的大伯小叔的耳朵。他們決定瞞著她把這個天使挖出地表，看看他是不是知道怎麼個飛法。他們守候著他，守了幾個晚上。

風風雨雨終於傳回阿貝托修士。一天晚上，他去李莎妲家，打算訓她一頓。他才剛脫掉衣服，發覺李莎妲眾姻親已經聚攏在臥室門口，準備破門而入。阿貝托修士聽到動靜，知道大事不妙，一跳下床，眼看無路可逃，情急中推開窗戶，下邊就是大運河，他一個縱身，飛躍入水。

河水很深，不過他深諳水性，所以毫髮無傷。他游到運河對岸，看到一戶人家的門是開的，想也不想就衝進去，請求一臉老實的屋主，看在上帝博愛世人的分上救救他。他編了個故事，解釋他為什麼在這樣的時候赤身裸體來到這地方。這個老實人心生憐憫，因為他自己必需出門處理一些事情，就把床鋪讓給他，要他留下直到他回來。屋子上鎖之後，他出門辦事去了。

李莎妲的大伯小叔們闖開她臥室的門，進到裡邊，發覺加百列天使已經飛走，遺留一對翅膀在現場。他們覺得很掃興──這當然是客氣的說法──把罵人的難聽話一古腦兒摔給這女人，最後留下她一個人在那兒，孤伶伶好不洩氣。他們一票人帶著天使的裝備，打道回府。

這時，天剛破曉，收留阿貝托修士的那個老實人正在麗都[12]。他聽到人家談論加百列天使在那一晚造訪李莎妲共度良宵，被她夫家大小逮個正著，嚇得縱身跳進運河，下落不明。他一聽，當下明白躲在他屋子裡的就是大家說的那個人。這人回到家，再也聽不進這修士胡謅編串的故事，最後說動了他從實招來。屋主堅持這修士付出五十個金幣，交換他不向那一票姻親洩露修士的行蹤。兩人說定了付款的方式。

阿貝托修士急於離開是非之地，這老實人對他說：「只有一條生路，可是除非你心甘情願合作，否則行不通。今天城裡正好要舉行嘉年

---

12 麗都：Rialto，威尼斯市中心橫跨大運河最狹窄處的橋，橋面三車道，兩側為商店拱廊。

華會，參加的人都得帶伴，作伴的要化裝，有的人會打扮成熊，也有打扮成野人，諸如此類的化裝。最後一個活動是扮妝狩獵，地點在聖馬可廣場，這之後大家就解散，各牽各的化裝同伴，各走各的路。如果你不希望窩在這兒等著人家發現你的下落，你就只好化個裝讓我牽著你走。除非是這樣，我實在想不出你有什麼法子能夠逃出去而不會被人家識破。那女士的姻親曉得你一定躲在這附近的什麼地方，他們在這附近到處派了人看守，就等你自投羅網。」

這樣化裝上街，對阿貝托修士來說實在難堪，可是這女士的大伯小叔嚇壞了他，他根本沒有自作主張的餘地。他對這屋主說了他要去的地方，細節的部分就由他全權處理。

這個人在修士身上塗了一層厚厚的蜂蜜，然後從頭到腳黏上一層羽毛。接下來，他拿鐵鍊套上他的脖子，拿面具戴在他的頭上，又要他一手拿棒子，另一隻手繫著他從屠宰場帶回來的兩隻大狗。同時，他派一個共謀的人去麗都宣布，想要看加百列天使真面目的人，都應該趕往聖馬可廣場——從這事就看得出來威尼斯人可以信任到什麼地步[13]。

一切準備妥當，他等了一陣子才帶著托缽修士出門，要他走在前頭，他自己跟在後面牽鍊條。他經過的地方無不引起騷動，一路上遇到的人都在問「到底是什麼人？」他就這樣驅趕俘虜來到廣場。尾隨的群眾亦步亦趨，又加上在麗都聽到通報的人蜂湧過來，只見到廣場上萬頭鑽動，多得無從數起。這老實人抵達現場，挑了一個高而醒目的地點，把他的野人綁在一根柱子上，假稱要等狩獵大賽開始。這時候，蒼蠅和馬蠅給阿貝托修士帶來了大麻煩，因為他的身上塗滿了蜂蜜。

這個老實的屋主看到廣場站滿了人，朝他的野人走去，好像是要解開鐵鍊。可是他不但沒有釋放阿貝托修士，反倒撕破他臉上的面具，大聲宣布說：「各位女士、各位先生，因為豬沒有露面，狩獵大賽泡湯了。我不忍心各位白跑一趟，所以安排各位開個眼界，一睹加百列天使的真面目，他趁著夜色從天堂下凡到塵世，為孤枕難眠的威尼斯女人解悶。」

面具給撕破之後，全體旁觀的人立即認出是阿貝托修士，大家有志一同戲弄他，用最難聽的字眼叫他，用最髒的話辱罵他，狗血淋頭的程度是醜聞史上不曾有過的。罵了還不過癮，他們一個接一個撿垃圾往他

---

[13] 補述的這句話，反映的是義大利的地域偏見。

臉上丟。要不是有六、七個修士同志接獲消息趕到現場，這個節目鐵定通宵達旦。他們抵達廣場，第一件事就是丟一件斗篷給他，然後解開鐵鍊，護送他回去，留下一大票騷動的群眾在廣場守夜。回到修道院，他被關禁閉。據信他是在禁閉室度過悽慘的餘生。

這個大壞蛋就是這樣，大家都說他善良，所以為非作歹無人知，他就明目張膽冒充加百列天使。可是到頭來天使淪落為野人，受到懲罰是罪有應得，悔悟也沒用。願上帝垂鑑，讓和他一樣的人都遭到同樣的下場。

殺鷹示愛（第五天第九個故事）

從前在佛羅倫斯，有個年輕人名叫費德里戈，是菲利波·阿貝瑞基的兒子。他高超的武藝和優雅的風度名聞遐邇，在托斯卡納[14]沒有人比得上。大多數的紳士少不了談情說愛，費德里戈就迷上一個名叫鳩凡娜的貴婦。這女士是當時公認的美女，容姿傾城是佛羅倫斯有數的。費德里戈參加乘馬比武和騎士錦標賽[15]，又大肆舉行宴會，慷慨分送禮物，花錢如流水，無非是為了博得她的歡心。可是她的節操和美貌不分軒輊，很少會在意人家為她所做的這種種事情，也不會在意這些事情是什麼人做的。

長期這樣下來，費德里戈耗費無度，有出無進，家財花光了，人變窮了，剩下一個小農場，靠有限的收益刻苦度日，還有的就只是一隻鷹[16]，品種之優良是世界上屈指可數的。

人窮而情火旺，他卻也知道自己所嚮往的那種城市的生活方式，不是他的財力應付得來的，於是搬回他農場所在的坎皮。定居鄉間之後，他一有空就帶著鷹去打獵，安貧適閒，無所求於任何人。

---

[14] 托斯卡納：義大利中部的一區，佛羅倫斯即為其首府。

[15] 乘馬比武：十六世紀以前歐洲流行的一種模擬戰，由兩名騎士用長槍互相攻擊，竭力將對方擊下馬。騎士錦標：中古歐洲騎士的一種運動，參加競賽的騎士分成兩隊，以盾頭長矛或劍為武器，競逐獎賞。

[16] 鷹：正式名稱是「隼」。由於隼科與鷹科在分類及物種的命名上均有所混淆，一般讀者倒也無須強作區分。隼的主要特徵為翅長而尖，飛行迅速有力，由於雌隼個體較大，也比較兇猛，因此為鷹獵者所喜好。鷹獵是使用隼等鷹類的狩獵活動。早在公元前八世紀，亞述王國已有鷹獵活動。後來傳到歐洲，成為中世紀特權階級的消遣，風氣盛極一時。莎士比亞的劇作，特別是《馬克白》和《馴悍記》，大量運用鷹獵意象，可知十六世紀的英格蘭愛好此一活動者仍大有人在。

就在費德里戈生活最拮据的時候，鳩凡娜的丈夫一病不起。他知道來日不多，立下遺囑：獨生子成年之後，萬貫家財全歸他繼承。又因為他摯愛鳩凡娜，遺囑特別交代，如果這兒子沒有合法的繼承人，他的財產全歸鳩凡娜繼承。沒多久，他去世了。

　　如今鳩凡娜是個寡婦。每年夏天，她依照佛羅倫斯的習俗，帶著兒子到鄉下避暑。他們住的那一座莊園離費德里戈的農場很近，結果這小男孩和費德里戈交上朋友，也迷上鳥類和獵狗。他看過許多次費德里戈的鷹在天上飛，看出興緻來，很想據為己有，卻不敢提出要求，因為他看得出費德里戈對愛鳥用情很深。

　　無巧不成書，就在這段期間，小男孩病了，他的母親一時方寸大亂。她就只有這麼一個兒子，寶貝是不用說的。她整天陪在兒子身邊，不斷安慰他，又一再問他想要些什麼，不論是什麼東西，儘管開口，只要有辦法，她走遍天涯海角也會設法幫他要來。

　　這小男孩聽她一問再問，終於說：「娘，如果妳要得到費德里戈的那隻鷹，我相信我很快就會好起來。」

　　這女士一聽，愣了一會兒，開始思量該怎麼辦。她知道費德里戈愛她已有好長的一段日子，她卻從來不曾正眼瞧他一下。因此，她心裡想著：「我怎麼能向他要求他的鷹呢，不管是派人去或我親自去？更何況那隻鷹，我聽說是最優秀的，而且是他僅有的慰藉。這麼高貴的一個人就只剩這麼一點樂趣，我還要去破壞，我怎麼能夠那麼不近人情呢？」

　　她知道只要自己開得了口，就一定能夠要到手，卻不知道對自己的兒子要怎麼說明，這樣左思又想，沒有答腔。

　　最後，愛子心切壓過其他的顧慮，她決定滿足孩子的心願。不論後果如何，她不要派人去，而是要親自登門拜訪費德里戈，親自去把它帶回來。於是，她對兒子說：「兒子，你放心，只想著病好起來就是，娘答應你，明天一大早娘就去討那隻鷹，把牠帶回來給你。」

　　第二天一早，這女士在一個女伴的陪同下，彷彿要出門散步，其實是前往費德里戈寒酸的住家，要求見他。當時由於天候不佳，費德里戈已有幾天沒出去放鷹，留在果園作活。他聽到鳩凡娜在門口說要見他面，又驚又喜跑過去打招呼。

　　她看到他來了，以女性特有的溫情向他致意。費德里戈彬彬有禮迎接她之後，她開口說：「近來可好，費德里戈？以往蒙你錯愛，害你拖累，今天特地致歉來的。為了聊表歉意，在我這女伴的陪同下，我打算

跟你共進早餐，可是你千萬不要費事張羅。」

費德里戈謙謙虛虛答道：「夫人，我不記得曾經因為愛您而受到拖累。恰恰相反，我受惠無窮；我這一生微不足道，如果說還有什麼值得一提的，無非是由於您的美德以及我對您的愛。您屈駕光臨，我深感榮幸，即使再像以往那樣為您傾家蕩產，我也在所不惜。只是我擔心這一番心意要見笑了。」

說著，他客客氣氣請她進門，然後從那兒帶她進入園子。因為沒有人可以作陪，他說：「夫人，因為沒有別的人了，我去鋪餐桌，就讓這個好婦人陪您一會兒，她是長工的妻子。」

費德里戈雖然一貧如洗，卻不曾明白自己揮霍家財到什麼地步，今天早上總算知道了。他找不出一樣東西出來招待這女士，而在以往他為了向她示愛可是邀宴過無數的人，今昔之別令他感慨萬千。苦惱之餘，他忍不住在心裡詛咒自己背運，中了邪似的跑上跑下，找不到現金，也找不出可以典當的東西。時候不早了，他要回報這女士的盛情的心意依然不減，偏又不願意向別人開口求助，甚至連自己的長工也不願意。他的眼睛轉到他那一隻珍貴的鷹，就棲息在一個小房間裡。一籌莫展的他，發覺牠長得肥肥胖胖，於是狠下心，既然無處求援，這隻鷹也可以成為招待這樣一位女士的佳肴。所以，他想也不想，伸手就擰牠的脖子，轉手交給管家去拔毛、塗醬料，然後鐵叉上架，細心地烤。他從僅剩的幾張桌布當中，挑出最潔白的一張，鋪好之後，興高采烈來到園子，對這女士說，他就能力所及準備的一餐做好了。

這女士和她的女伴隨即起身，隨費德里戈走向餐桌。費德里戈極盡殷勤為她們夾肉，她們吃了珍貴的鷹，卻不曉得入口下肚的是什麼肉。

離開餐桌，賓主愉快交談了一陣子，這女士心想該是說明來意的時候了，於是開口，很親切對費德里戈說：「費德里戈，如果你回想你過去的生活和我的操守，你一擲千金而我卻不為所動，你或許認為我無情無義，想到這一點，我絲毫不懷疑，一旦你聽我說出我今天登門拜訪的主要理由，你勢必會為我的冒昧感到驚訝。但是，如果你有孩子，你也會從孩子身上經驗到親情的力量，想到這一點，我就覺得你一定會原諒我，至少會體諒一些。

「可是，正因為你沒有孩子，而我卻有一個孩子，我擺脫不了天下父母心，母子親情逼得我自己做不了主，不只是違背我自己的意願，也違背禮尚往來的規矩，使得我開口向你要求一樣禮物，我知道那是你

最珍惜的——這也是人之常情，因為你現在處境特殊，那是你僅有的寄託，僅有的娛樂，僅有的消遣。我說的禮物就是你養的鷹，我兒子迷上了牠，我要是沒有帶回去給他，我擔心他的病會更嚴重，我隨時可能失去他。所以，我來求你，不是因為你對我的愛，你在這方面根本沒什麼義務，而是因為你高尚的心地，這表現在你謙恭有禮的行為上沒有人可以相提並論。希望你捨得割愛，這樣我就可以說，由於你的慷慨，我救了我兒子的一條命，而且使得我兒子永生永世感戴你的大恩大德。」

費德里戈聽到這女士的要求，知道自己愛莫能助，因為他已經把鷹殺了給她吃，忍不住當著她的面失聲痛哭，無言以對。這女士起先以為他只是因為得要和愛鷹分開，悲從中來而哭，差點兒說出她不要強人所難。不過她忍了下來，等他哭過以後再聽聽他怎麼回答。

費德里戈終於答腔：「夫人，自從上帝存心使您成為我愛慕的對象，我總覺得運氣處處跟我作對。可是和剛才的那一擊比起來，以往的打擊實在不算什麼。想到妳光臨寒舍，在我有錢的時候不曾有過這樣的榮幸，如今妳要求這麼一樣微不足道的禮物，運氣偏偏又來捉弄，想到這一點，我是再也不會原諒她的[17]。理由很簡單，我這就告訴妳。

「我聽到妳一番好意來到我家作客，心想以妳的身分地位，我按自己能力所及好好款待妳是理所應該，理當準備比招待一般客人更珍貴的食物。因此我想到妳所要求的那隻鷹和牠的價值，我斷定那是值得招待妳的一道佳肴，所以，就是在今天，我把牠烤了，當作是我所能招待妳的最好的食物。但是，現在知道妳另有需要牠的方式，我卻無能效勞，悲從中來，有生之年我永遠不會原諒自己。」

說罷，費德里戈拿出這隻鷹的羽毛、爪和喙，擺在她面前，證明自己說的話。這女士聽了他說的，又看了眼前的證據，先是責備他為了招待一個女人而殺這樣的一隻好鷹，繼而暗自讚賞他的人品，不因貧窮而減少一分一毫。事到如今，獲得老鷹的希望已經破滅，她開始擔心兒子的病也許會惡化，因此謝過費德里戈的禮遇和好意，她告辭回家去照顧兒子。使得這母親悲痛欲絕的是，她的兒子，也不知道是因為沒得到老鷹而失望，還是因為病情回天乏術，幾天之後就去世了。

夫人度過守喪期，悲痛緩和之後，她的兄弟一再敦促她再嫁，因為她畢竟還年輕，又有錢。她自己雖然沒有改嫁的意願，卻禁不起兄弟

---

[17] 她：擬人格的「運氣」。

們再三的勸告，終於想起費德里戈的優點以及他最近一次的慷慨行為，為了禮遇她而不惜殺那樣的一隻好鷹，於是對她的兄弟說：「如果你們不介意，我寧可守寡。但是既然你們希望我再嫁，我可以很篤定告訴你們，除了費德里戈，我誰也不嫁。」

他的兄弟一聽她這麼說，都笑她：「妳這個傻女人，怎麼說出這樣沒見識的話！他身無分文，妳怎麼可以嫁他？」

她答道：「我當然明白你們說的；不過，與其嫁給有財無德的男人，我寧可嫁給有德無財的紳士。」

她的兄弟看她心意已定，也知道費德里戈，不管他多窮，終究是個紳士，就接受了她的心願，讓她帶著她所有的一切財產陪嫁。費德里戈娶到這樣的貴婦，不只是他愛慕已久，而且是那麼的有錢，喜出望外不在話下。他謹慎持家遠非以往所能想像，夫婦兩人幸福快樂度餘生。

喬叟（1340-1400）《卓伊樂與柯瑞襲》（中古英文）

　　喬叟（Geoffrey Chaucer）素稱「英詩之父」，這裡說的「詩」是「新詩」，使用新的格律寫的詩，而所謂的「新」則是指新近從歐陸引入的。因此，精確地說，喬叟是英國文學與歐洲文學接軌的橋梁，雖然早自一○六六年諾曼人入主英格蘭之後，孤懸海外的英格蘭就開始融入南歐的主流文化，盎格魯撒克遜人素所欠缺的傳奇精神也從地中海北岸源源注入（見〈法蘭西的瑪麗〉序）。文學傳統的奠定固然需要社會條件的配合，同樣不可或缺的是作家本身的才識，喬叟更還有個得天獨厚的條件：他有機會親炙法國與義大利這兩個源遠流長的文學傳統，不只是廣為吸收，更透過英文翻譯與創作呈現吸收所得，有興趣的讀者可參考拙譯《英國文學史略》（Evans 13-7）。他總結了中古時代的文學主題與形式，他賴以創作的倫敦方言後來成為現代英語的基礎，他的抑揚五步格和雙行體（couplet）開啟了文藝復興英詩的先聲，他所體現的生命情態依稀可見人文精神的身影。

　　喬叟最知名的作品是《坎特伯里故事集》（亦作《坎特伯雷故事》），是他文學生涯的總成果。該書不乏情慾主題，可是本選集基於選材（包括體裁與題材）多元化的考量，勢必要有所取捨，《卓伊樂與柯瑞襲》（Troilus and Criseyde；譯名與《英國文學史略》不同，因為譯詩有節奏方面的顧慮）因此雀屏中選。那是英語世界第一首呈現宮廷愛情的韻文傳奇，因為細膩的性格分析而被譽為詩體小說，當然又是拔頭籌。喬叟使用的格律是又稱作喬叟詩節的皇家韻（rime royal）：抑揚五步格（和莎士比亞一樣），每節七行，行尾韻的模式為ABABBCC。全詩五卷總共1777節，此處選譯78節，押韻形態悉依原作。長篇故事詩出現詩節的形式，意味著短鏡頭的特寫取代長鏡頭的場景鋪陳，加快的節奏比傳統史詩的體裁適合現代的口味，特寫則又增加幾分細膩。

　　《卓伊樂與柯瑞襲》雖然呈現的是中古風情，故事的背景卻是特洛伊戰爭。希臘聯軍對特洛伊展開圍城戰，特洛伊祭司卡爾卡斯（Calkas）觀察星象，預知特洛伊難逃浩劫，拋下新寡的女兒柯瑞襲，

自己投奔希臘陣營。四月某日的廟會，特洛伊王子卓伊樂初見寡婦扮裝一身黑的柯瑞襲，驚為天人，從此一改以往鄙視情侶的態度。白天他奮力迎戰敵軍，夜晚卻忙於唱情歌，悲嘆情苦。卓伊樂的好友潘達魯就是柯瑞襲的叔叔，得知他的處境，決心撮合。

潘達魯先鼓動簧舌，讓柯瑞襲明白卓伊樂的深情，然後安排他們在朋友家中幽會。大約一年過後，他認為時機成熟了，可以讓卓伊樂佔有柯瑞襲的身體。於是，他邀柯瑞襲來家裡進餐，事先讓卓伊樂藏匿家中。雷雨大作，柯瑞襲只好留宿。夜深人靜，潘達魯摸近柯瑞襲的床邊，極力說服她跟卓伊樂「親口說句話」，「以免他的心碎成兩半」，因為「妳操控他的心只要一句話」（3.130.5-7）。柯瑞襲勉為其難答應，接下來就是選譯第三卷的部分。

從那之後，他們多次在潘達魯家幽會，沒有一次不交換天老地荒的愛情誓言。白天，他是戰場騎士的楷模；夜晚，他展現情場騎士的風範。他們相聚固然歡樂，卻擺脫不了戰爭的陰影。某次交換戰俘，卡爾卡斯指名要女兒柯瑞襲。她臨行前在潘達魯家與卓伊樂辭別，傷心欲絕，當場許下諾言，十天之內設法說服她父親讓她回城。第十天，希臘勇士戴奧米（Diomede）向柯瑞襲訴衷情，也就是選譯第五卷的部分。

柯瑞襲雖然難忘舊情，卻也不拒新歡，甚至把卓伊樂在臨別時送他的一副別針轉送給戴奧米。卓伊樂寫信給她，她回信重申愛意，同時又表明她不可能回特洛伊。某日會戰，卓伊樂在戴奧米的戎裝看到他的別針禮物，終於覺悟。後續的幾天，情敵相見分外眼紅，兩人上陣就單挑廝殺，卻不分勝負。卓伊樂復仇未果，最後卻死在阿基里斯手中。

就故事而論，這部作品寫的是宮廷騎士卓伊樂的悲劇。然而，從人物刻劃來看，正如許多人注意到的，柯瑞襲的情慾心理是意趣所在。C. S. Lewis在《愛情寓言》所作的評論可謂一言而決。關於前者，他說卓伊樂「體現情人兼戰士的中世紀理想」僅次於梅樂里（Malory，指他的《亞瑟王之死》）筆下的藍斯洛（即電影《第一武士》中愛上王后歸妮薇的那位騎士），詩篇的煞尾是英國文學描寫「純粹且無從舒解的悲情（pathos）」的代表作。關於後者，他說，第三卷「其實就是一首長篇的頌婚詩（epithalamium），裡頭包含……一些舉世最優秀的情慾詩（erotic poetry）」。總的說來，「在情詩的歷史上，《卓伊樂與柯瑞襲》代表最純粹的古老的普羅旺斯情思（Provençal sentiment）無與倫比的成就」。摘譯的部分無非是希望能看出「喬叟把舊的婚外羅曼

史（romance of adultery）推向現代（或許我該說是晚近？）婚姻傳奇（romance of marriage）的邊疆地區。他本人沒有越界，可是我們知道他的後繼者很快就會無可避免跨出那一步」（Lewis 195,196,197）。

烽火情（3: 135-76; 5: 121-56）

第三卷

135

「好吧，」她說，「叔叔，隨你認為妥當。
不過，你知道，我得先下床來，
趁你還沒帶他進門，既然你倆
我都信得過，一樣的事理明白，
做什麼事都謹慎，還安排
保我名譽又安他心魂的方法。
我在這裡都是由你來當家。」

136

潘達魯[1]回答：「說得好，小可愛，
老天保佑妳明理又好心！
可是不用下床；就這樣接待，
沒必要費事，妳只要盡本分，
然後彼此安撫對方的悲痛，
維納斯啊，我崇拜您！轉眼間，
我敢說，我們將快活賽神仙。」

137

卓伊樂隨即雙膝跪在地
畢恭畢敬，就在她的床邊，
情意綿綿執禮向她致意。
可是，她滿臉通紅多麼突然；
看他在那兒，她啞口無言。

---

1 潘達魯：Pandarus，英文的「淫媒」（panderer）就是從這個名字來的。參見但丁〈為愛沉淪〉138行注。

她不會吭聲，就算他們是來摘
她的頭，那麼突然他冒出來。

138

這潘達魯，察言觀色最擅長，
看情形不妙，趕緊開玩笑：
「看，姪女，看王爺怎麼跪地上！
好紳士，不論標準是那一套。」
他跑向櫃子，拿來給他墊腳，
「現在你高興跪多久都可以，
願老天很快讓你的心安逸。」

139

她沒有要他平身。我不知道
她忘記這件事是因為悲愁，
或者她只是把慣例來遵照，
凡是有情人就得要信守。
可是，我發覺，他沒有出糗；
她吻了他，嘆口氣，最後求他
別再跪了，要他起來坐下。

140

潘達魯說：「好，你可以著手。
好姪女，讓他坐下，坐在床上
妳身邊稍微高一點，在上頭
廉子後，聽得清楚。我這就退讓。」
說著，他走的方向朝火光，
拿了燈，自己的儀容理一理，
彷彿準備注目觀賞老情戲。

141

她，卓伊樂名正言順的情人，
深情專情都有充分的理由，

雖然她認為她的騎士與僕人
應該是永遠不會對她有
絲毫的猜疑，可是他的情愁
使她動心──情癡難免不講理；
於是，她開口叱責他妒忌：

142

「你看吧，心肝，愛情無與倫比，
事情這樣發生，沒人擋得了。
而且，因為我知道你的心地
純潔善良，又看你風度好
天天殷勤伺候，我真的知道
你的心全歸我有。這種種
促使我易地設想你的不幸。

143

「說到你善良，直到這一刻
我沒得否認，模範騎士好心肝，
謝謝你不嫌棄我人微勢薄。
比起你的出身，我是高攀；
我整個人、整個心魂，全盤
對你發誓，我，有生之年，誠心
不計任何代價，當你的情人。

144

「事實將會證明，你應該知道。
可是，甜心，我們共同的前途
有必要說清楚，雖然你犯不著
因為我提起訴不平就痛苦；
到頭來我無非是希望驅除
你我心中塞滿的苦惱與重擔，
所有的不順心都能調整一番。

「親愛的，我想不透如何或為何
這一隻百毒蛇，這股醋勁，
無緣無故鑽進你的心窩。
為你除害是我莫大的榮幸！
可嘆哪這罈醋，就算是僅僅
一小滴，竟然避難在這勝地！
願周夫²把它掏空，不留涓滴！

「可是周夫啊，你是造物主，
難道這是你天神的榮耀，
非得在這許多無罪的生物
降下這創傷，罪人卻逍遙？
如果能合法向您提出控告，
竟然認可毫無根據的苦痛，
任嫉妒揚威，我的控告會多大聲！

「更傷人心的是，大家流傳
在當今『嫉妒是愛情的靈魂』。
毒藥一斤可以因情意一錢
而獲得原諒，只要世人有心
把兩者相混。高高在上的天神
理得清那是戀愛或怨懟
或無恥，凡事該正名好搭配。

「確實有一個類別值得原諒：
就是事出有因的那種嫉妒，
跟我說的不同。那一類幻想，

---

²　周夫：又稱朱比特，羅馬神話的天尊，相當於希臘神話的宙斯。

受到憐憫的高壓，不會透露。
這比較好，它很少害人或說出；
它勇敢獨吞自己的苦惱，
我諒解那種高貴的情操。

149

另有一種嫉妒來自壞心眼，
怒不可遏就想著橫加干涉。
你這顆心不至於那麼慘，
謝天謝地。至於你的困惑，
那只是幻覺，不妨這麼說，
由於你對我的愛無比豐厚，
竟使得你的心如此難受。

150

「我為你難過，生氣倒不至於。
可是我有責任，也讓你心安，
就用誓言來評斷我，抽籤也可以，
或是考驗；方法任你挑選，
上帝³垂鑒，或許這樣最妥善！
如果我有罪，這條命任你處置。
還有什麼我能做作能說的事？」

151

滾落幾滴新釀、晶瑩的淚珠
從她的眼睛，「上帝啊，一思一行，」
她突然間喊道，「您最清楚，
對卓伊樂，柯瑞襲從來不曾
不忠！」她把頭低垂，埋進
被單，連拉帶撕隨手扯，
然後嘆口氣，閉上嘴，不再多說。

---

³ 「上帝」當然不是耶和華的專稱。

152

現在上帝遣我來止悲痛！——
希望這最好是祂的本意——
我常看到霧濛濛的早晨
變成夏日帶來一場大歡喜，
還有冬天緊跟著五月綠，
我們看多了，也在書上讀到
苦戰鬥驟然贏取真榮耀。

153

這卓伊樂，聽了她的策議，
各位可以想像，睡意消退。
他聽見又看到心上人哭泣，
油生的不是鞭笞往身上揮，
而是死亡的刺痛；每流一滴淚
都讓他感到刺痛爬上他的心，
在她的床邊擰絞他苦悶的靈魂。

154

在心靈深處，他開始詛咒
自己來到這裡，詛咒他自己
出生的那一天[4]，壞事竟也搞糟；
為了伺候心上人，千方百計
一場空，他自己人神共棄。
「你的詭計，」他心想，「潘達魯啊，
對我一無是處……。哀哉奸詐！」

155

羞恥累累，他把額頭低垂，
雙膝跪地，邊嘆氣還帶唉聲。

---

4 對眼前的局面或形勢感到絕望時就詛咒自己的出生，這是上古文學常見的母題，希臘悲劇和
　《舊約》都可見到。

他能怎麼回話，除了捨命相陪？
她在生氣，這一氣正好提供
他最需要的慰藉。他出聲
在開得了口的時候：「等一切明白，
上帝知道我在這戲局無可指摘。」

156

他說著，把悲愁極度壓縮
禁閉在心中，沒有淚水流淌
舒解壓力。他覺得精神在萎縮、
暈眩、麻痺，因為心傷超量；
健忘襲擊他像小偷一樣，
淚水和感覺統統逃離而去，
他眼冒金星，突然倒地不起。

157

這災殃看在眼裡非同小可，
卻是靜悄悄。潘達魯緊急行動。
「姪女，不安靜鐵完蛋！」他說，
「別害怕！」不管怎麼樣，他畢竟
拉起他的身子，把他狠狠
摔上床，說「沒用！受不了傷？
你是男人嗎？」同時剝他的衣裳，

158

又說「姪女，如果妳不伸援手，
妳的卓伊樂就沒救，一切完蛋！」
「我會的，只要曉得怎麼伸手，」
她說，「而且頂樂意；我真悽慘！」
「姪女，妳該做的是毅然決然
拔掉他心上的刺，」潘達魯心直口快，
「就說『既往不咎』，別少見多怪。」

「那最好，甚至比最好更好，」
她說，「超過太陽底下一切的善良！」
於是她彎腰，在他耳邊話悄悄：
「我沒生氣，愛人；不計較過往！
我發誓，對你或任何人都一樣。
說話呀；是我，柯瑞襲，是我啦！」
沒用；他沒清醒也沒有回答。

他們摸他的脈博，開始軟化
他的手和太陽穴，靠她柔情輕觸
想辦法拯救他，一再吻他，
呼喚他，好鬆開他的束縛；
他們盡心解除他的暈眩苦。
到最後他終於開始呼吸，
就像從死亡的黑夜步入晨曦。

理智在他的心喚回她的魔力，
她吻得他羞愧猶帶謙卑，
隨後他嘆口氣，發覺自己
開始甦醒，張口說：「怎麼會？
妳錯怪自己！上帝慈悲！」
她接口把他的名字呼喚：
「卓伊樂，你是男人嗎？真丟臉！」

接著她擱下手臂橫跨他的胸
徹底原諒他，又吻他，在那地方
他躺過很多次。他謝謝她，話中聽
是湧現他心頭的悅耳話的榜樣，
她的回覆正搭配和藹的模樣

用來鼓舞他又討他歡喜，
把黑夜的憂愁清掃如洗。

163

輪到潘達魯說話：「依我看，
我和這臘燭不再有用武之地。
人生病，燭火也可能傷眼；
所以，為了上帝的愛，兩位既已
和樂如初，就別再讓恐懼
掛上心，但願不再有雜音。」
拿著臘燭他走去披斗篷。

164

緊接著，雖然多此一舉，
她接受他的誓言，強迫他收回
他的嫉妒。那之後，不打誑語，
她沒有理由不要他作陪，
畢竟比誓言輕微的瑣碎
將橫掃許多場合；容我猜一詞，
愛得真意味著沒有不君子[5]。

165

可是她依舊責怪他不忠厚，
質問他對誰、在哪裡、為啥
打翻醋罈子，既然沒有理由，
到底是什麼跡象刺激了他。
她逼問個不停，要他回答，
要不然（她這樣暗示），她認定
那是陰謀，設計要來抓把柄。

---

5 愛到情深處，怎麼做都是君子。

長話短說，這事還可以彌補，
他心想答得好不如時機巧。
於是，為免節外生枝，他扯出
她在某某一頓飯沒有微笑；
她起碼看了他，這假不了！
還有這一類的事。鈞藉口的場合，
幾乎人人製造像那樣的垃圾。

柯瑞襲回答：「就算這樣，我的愛，
可有什麼害處？我不會要
故意傷你。天哪，你應該明白
我心思向著你清清楚楚一條條！
你的說詞不值得識者一笑！
這就是你的孩子醋？謝啦！
你像個小孩；該挨一頓打！」

卓伊樂心傷悲，開始嘆氣唉聲，
怕她生氣，心裡越來越顛簸；
他似乎感到心就要停止跳動；
「唉，我病了那麼久，如果
冤枉了妳，妳可憐可憐我！
我答應永遠不再惹妳煩；
任憑你發落，我一概承擔。」

「只要有慈悲，罪人也受偏袒；」
她回答道，「我已經原諒你。
你心裡牢牢記錄這一晚，
以免故態復萌，不懂得抗拒。
答應我，說『心愛的，我全依你。』

可現在，你既然受到了懲罰，
原諒我的苦衷，親愛的，來親一下。」

170

卓伊樂吃一驚，天降喜緣。
他認定是神意，好有一比：
原只是好心，卻在突然間
感受到衝動，把手伸出去
抱他摟過來；潘達魯善體人意
要去睡覺，說：「你如果聰明，
可別再暈倒，免得別人驚醒。」

171

一旦陷入雀鷹狠毒的爪鉤，
倒楣的百靈鳥還能怎麼樣？
我沒得多說；可是，這小兩口，
對那些看故事不外是蜜糖
或煤灰的人，我依作者原樣，
雖然延遲了一年，得要敘明
他們的喜悅，一如訴說他們的沉痛。

172

柯瑞襲感覺到自己這樣被抓，
正如我的作者在他的古書交代，
在卓伊樂褶曲的手臂裡，她
倚著顫抖，像白楊葉在搖擺。
榮耀在卓伊樂的臉上展開，
他感謝天上所有的神明。
可見前往樂園可經由苦痛。

173

卓伊樂開始在她的手臂
努力纏她，呢喃道：「說呀，甜心，

被捉住沒？我們孤單單，只一對，
現在投降吧，沒別的途徑。」
她很快回答，一動也不動：
「親愛的，我不是早就投降？
我的甜心，我不該在這地方。」

174

想來不無道理，誰要治療
熱病或長期罹患的凤疾，
必須咬牙關喝最苦的藥，
如同大家都知道的。所以，
我們喝盡痛苦以換取安逸，
就像這對情侶在奇遇之初；
他們找到苦藥劑和長期契約書。

175

現在甜美似乎更甜更美，
因為他們已忍受過煎熬。
他們滑進極樂溜出苦悲，
這經驗打出生不曾知道。
這樣比雙雙遭到遺棄更美妙！
為了上帝的愛，讓天下的女人
必要時都像柯瑞襲一般細心。

176

柯瑞襲擺脫逃跑的念頭或憂慮，
對他有天大的理由寄信任，
藉歡情使他覺得身價無比；
就像那攀上巨木一忍冬
在樹身枝幹纏繞她細嫩
飄香的卷鬚同樣自在自由，
他們在彼此的手臂緊纏扭。

第五卷

121

暫且把話題轉回戴奧米，
碰巧就在出城之後第十天
柯瑞襲當初約好的日期，
他像五月的枝椏把新綠展，
朝卡爾卡斯的營帳來探看；
名義上他說為公事而來，
我可要對他的心意作交代。

122

柯瑞襲，容我把長話短說，
迎他入帳篷，坐在他身旁，
看來他不需要多費口舌
就可以逗留。她即時端上
酒和佐料，還有小菜一兩樣
慰勞慰勞，也算是招待一番，
這樣打開話匣子，像老同伴。

123

接著，他把話題轉到戰爭，
他的同胞和特洛伊百姓為敵，
他提到圍城戰，說他想聽聽
她的高見，說他心裡頂樂意。
隨後，他開始用玩笑的語氣，
問她是不是覺得希臘人做事
教外人一時之間難以調適，

124

又問為什麼她父親久遲延，
不找個有名望的讓她出閣。
柯瑞襲感覺到苦難在增添，
因為她愛模範騎士卓伊樂，

理愁思含悲忍苦心顛簸，
勉為其難應了答。她似乎
沒有料到他懷著什麼意圖。

125

果不其然，戴奧米這個傢伙
心裡有了譜，回話洩了底：
「說真的，如果我記得沒錯，
依我看，小姐，親愛的柯瑞襲，
是我挽韁駕車從特洛伊
接妳來的——妳可記得那光景？
從來我不曾見妳把額眉鬆。

126

「我猜不透會有什麼原因，
除非情人在特洛伊，妳誠摯
意難捨。如果妳淚水涔涔
是為哪一個特洛伊勇士，
我真會不曉得如何自持。
犯不著欺騙自己；不是習俗；
那根本就不值得妳一顧。

127

「特洛伊人，一個個，可以這麼說，
都是囚徒；想一下，妳必定
同意；希臘羅網[6]不可能躲得過，
即使擁有日海間[7]所有的黃金。
錯不了的，我的話妳最好相信。
別期待慈悲，別妄想苟且，
就算付得出十倍被征服的世界。

6　圍城水洩不通，特洛伊沒有生路。原文沒有「羅網」。

7　日海之間：天地間。

「我們的部隊會這樣子報復
海倫的劫難：在離去的前夕[8]
讓幽冥界所有的神結舌瞠目
永生不忘，因為情景歷歷，
陸上海角的男人都會知悉
凌辱王后的代價其苦難解，
復仇無情將大開世人的眼界。」

「除非令尊反折他的蹤跡[9]，
使用模稜兩可和那些狡詐
有時被說成兩面臉[10]的言語，
妳會發現我說的不是謊話，
瞧一眼妳就明白不會有假[11]，
不會拖久的；妳不會相信
那一切來得會多快，小心要緊。

「難道妳真以為令尊大人
會付給安特諾[12]把妳贖過來，
要不是他心知肚明這個城
會徹底毀滅？沒這回事！他明白，
明白得很，特洛伊人沒例外

8　原文無「夕」。

9　縱跡：線索。柯瑞襲的父親卡爾卡斯是星相家，因此「線索」是指星兆的兆象。反折：猶言走路時的「折返」，雖然是同一條路（參見《奧瑞斯泰亞》344行注釋「調轉回頭」），但方向相反；此處指根據同一兆象說出相反的解釋，暗扣下一行的「兩面臉」。

10　兩面臉：就像馬克白後來覺悟到的「說起話來兩面光戲弄我們，／聽入耳朵句句都是承諾，／接著希望落空！」（《馬克白》4.8.19-21）不過，喬叟可能是使用典故修辭，影射羅馬神話的兩面神Janus，雖然表達的意思大不相同。Janus在羅馬神話的地位僅次於周夫，其神性不難從紀念他的月份January（一月）看出來，一月為新年的開頭意味著舊年已結束。

11　妳睜開眼睛自然能夠看明白——指127、128兩節所說的事。

12　安特諾：特洛伊王的肱股大臣。

逃不過浩劫；他就是怕那樣，
不放心，所以妳在希臘營帳[13]。

131

「我的心上人，妳還想什麼？讓出
妳心中特洛伊和特洛伊人的位置；
趕走苦希望，為這容貌鼓舞，
為這悲傷臉喚回天生的麗質，
鹹淚水留下這麼深的刻蝕。
特洛伊危急，特洛伊將會屈服；
事到如今根本就回天乏術。

132

「希臘人當中，相信我，妳可能
找到更美滿的愛，不用到天黑時候，
深情不輸給任何一個特洛伊愛人，
隨時隨地更盡心為妳伺候；
好小姐，只要妳點個頭，
我就是妳的情人，快樂相隨
超過阿果斯王[14]不只十二倍。」

133

說到這裡他有一點臉紅，
說這些話他聲音微微顫抖，
他偏向另一邊把頭微傾，
陷入沉默。接著眼光朝她投，
他正襟危坐，再度提話頭：
「我──說來未必討妳歡心──
出身高貴不輸特洛伊任何人。

---

[13] 本行直譯作「他不敢把妳留在特洛伊城內，所以妳被帶到這兒來。」

[14] 阿果斯王：阿格門儂。阿果斯是邁錫尼文明的首善城邦，勢力最強大，因此遠征特洛伊的希臘聯軍由阿果斯王出任統帥。

134

「如果家父提丟斯[15]尚存一息，
我現在應該是阿果斯和卡樂登
許多城市的王，妳知道嗎，柯瑞襲！
天不從人願哪，我的美人；
更慘的是，他在底比斯犧牲，
波呂內凱也是，還有許多，
太快了，不幸。這就是烽火。

135

「可是，甜心，既然我要成為妳的男人，
既然妳是第一個讓我跪倒
在地，情願伺候妳盡我所能，
以後也一樣，不論命運壞或好，
就讓我，在離開之前，得到擔保
允許明天來探望，像今天，
向妳吐露戀情，不過更悠閒。」

136

為什麼他說的這一切我該交代？
他說得夠多，起碼就第一天來說。
事實證明管用，柯瑞襲好歹
順了他的意，接受陳情，說什麼
她會見他，只要他分寸有把握
避開某些話題，她會說分明
哪些不許碰觸，客官且聽。

137

像她這樣，全心繫念卓伊樂
牢牢靠靠好像立在地基上；

15　提丟斯：Tideus，希臘神話中七雄攻城戰（Seven against Thebes）的七雄之一。該戰的肇
　　因是伊底帕斯的兩個兒子爭奪王位，其中一個就是下文提到的波呂內凱斯，被圍功之城則是
　　下文也提到的底比斯。希臘悲劇《七雄攻城記》即是敷陳這一場戰爭，《安蒂岡妮》則是描
　　述戰後餘波。

就這樣,她冷冷淡淡對他說,
回他的話:「戴奧米,我愛故鄉
我的出生地。周夫啊,慈恩浩蕩,
天主[16]啊,快快化解它的愁苦,
為了您的榮耀,保佑它金湯永固!

138

「我知道希臘人會一意孤行,
在我們的城砦特洛伊把憤怒發洩;
可是不會像你說的那樣發生,
這是天意。家父我深深曉解;
他明理,自有盤算。如果承接
你說的他花大錢贖我,老實說,
我更應該對他感恩戴德。

139

「說到希臘男人一個個好條件,
我知道;肯定他們在特洛伊能夠
找得到地位不遜色的青年好漢,
同樣的能幹,同樣深情與優秀,
東西各地只要男人說得出口。
我相信,你大可伺候你的心上人,
贏得她會樂意接受的謝恩。

140

「可是——如果講的是愛——」她說,
「我是結過婚的人,不能否認
我的心全給了他;他死了。
天后[17]垂鑑,我沒有其他愛人,
從那以後,我心裡別無寄情。

---

16 周夫是天界之主,故稱「天主」,有時作「天尊」,如5.144.3。
17 天后:周夫之妻,婚姻的保護神。

你的人品高尚，身世非等閒，
我早有所聞，如今親眼見。

141

「所以，聽來似乎更教人驚駭，
你這樣的人竟如此笑話女人。
愛情跟我早就不相往來；
不妨讓你知道，我心意早定，
直到天年壽盡我悲苦度餘生。
今後怎麼做，我現在沒主意；
只是我沒有閒情玩那種遊戲。

142

「我苦難當頭，我提不起勁；
你戎裝在身，天天忙進忙出。
要是哪一天你贏得這城鎮，
那麼，說不定會發生大事故，
我看到什麼事情僅有絕無，
別懷疑我可能來個一了百了；
那不管對誰都一樣夠瞧。

143

「我會跟你聊，如果講明白
明天你不是來談這檔事。
要是喜歡，你想再來就來；
在你離去之前，我要說的是，
像金髮娘娘帕拉絲[18]對我扶持，
要說我對哪個希臘人懷悲憫，
那只有你，我說的話是真心。

18　帕拉絲：雅典娜的稱號。帕拉絲原是雅典娜在人間的伙伴，不幸遭女神誤殺，因此女神以死者
　　的名字作為自己的名銜。雅典娜刻的帕拉絲木雕像就供奉在特洛伊城內，作為保佑的憑證。

情慾花園
156

「我不是說我要成為你的愛人，
也沒有說不要；只是，終歸一句，
我是好意，天尊在上可以作證。」
然後，她垂落眼簾嘆口氣，
下了結論：「天帝啊，不要把心欺，
保佑我看到特洛伊祥和安寧，
要是看不到，乾脆撐破我的胸！」

事實上──我們把長話來略讀──
這戴奧米，心清神爽慾綿綿，
迫近求她施個恩，問取信物，
那之後，說故事不再拐彎，
他接過她的手套，轉手心歡。
這時候，白天結束夜幕低，
他起身告辭，一切盡如人意。

亮麗的維納斯[19]循她的天界路線
為福玻斯[20]指引降落的軌道，
昆蒂雅[21]驅趕她的馬車轉彎
繞過獅子座，如果牠們辦得到。
燭火通明一大片點亮黃道[22]，
柯瑞襲走向她的床，準備就寢，
在她父親那漂亮醒目的帳篷。

---

[19] 維納斯：金星。

[20] 福玻斯：阿波羅太陽神的稱號。

[21] 昆蒂雅：Cynthia，字義「昆土斯女神」，月神阿特密絲（相當於羅馬神話的狄安娜）的描述詞，源自狄洛島（Delos）的一座山昆土斯（Cynthus），那是阿特密絲的出生地。

[22] 黃道：黃道帶。

冒昧說那一番話，這戴奧米
攪得她心魂滾下又翻上。
他地位高，故城卻越沉越低，
她孤單無助，她非常盼望
朋友和幫手。她開始像這樣
孵育理由——這必須清楚交代——
為什麼她存心要留下來。

真話假不了，光輪送來清晨，
這戴奧米回來探望柯瑞襲——
為免各位打岔，得要趕緊——
他說得頭頭是道，分析道理
無懈可擊，她不再短嘆長吁。
坦白說，我必須承認，到末了
他卸除了她的重擔苦惱。

然後——按流傳的故事所說——
她送他禮物，是棕色駿馬，
馬的前任主人是卓伊樂，
另還有別針——這還用得著嗎[23]？——
她也給了戴奧米，原主也是他。
為了安慰他的熱情，他們相信
她要他戴上她的袖尾旌。

從其他史冊看來，好像是
有一次卓伊樂給了戴奧米

---

[23] 古希臘的衣服，其基本形制是以長方形布塊裹身，在兩肩以別針扣住；詳見《圖解服飾辭典》頁134 "chiton"和頁629 "peplos"條。伊底帕斯自殘，就是扯下王后衣服的別針，刺瞎雙眼。

一個刺擊，傷了他，因這事
她為他的傷痛哭，看傷口血在滴，
用柔情為他養傷，心細無比；
到最後，為了撫平他的刺痛，
他們說──我不曉得──她付出她的心。

151

倒是有一點我們可以保證，
她對卓伊樂不忠的時候
女人心痛沒人比她更嚴重；
「唉呀！」她說，「從今以後，以後，
我的真愛美名一去不返！噢，
我背叛了他，他風度最好
也最優秀，高尚無可比較。

152

「唉呀！直到世界末日，人家
寫我、說我或唱我必定難聽。
書本沒我的朋友，不會有好話！
我會在許多舌頭上打轉滾動；
全世界會響遍我的喪鐘；
女性同胞尤其會怨恨我；
唉，我竟然忍受這樣的墮落！

153

「她們會說『她確實是很能幹，
她讓我們蒙羞。』這一天好苦！
雖然我不是第一個用情不專，
這對我洗刷污名有什麼幫助？
既然更好聽的話我說不出，
痛心又來得太遲，如何是好？
至少對戴奧米真心我辦得到！

「既然我無法做得更如人意，
卓伊樂，雖然你我已分手，
我還是會禱告上帝保佑你，
因為自從我們交往以後，
我看的人是你最高貴最忠厚，
保護淑女的榮譽頂天塌！」
這麼說著，她兩行熱淚如雨下。

「肯定我永遠不恨你，永遠！
可是你將擁有我的是友情。
我會說你好，在我有生之年。
請相信我，我一定會很傷心，
如果讓我看到你遭遇不幸。
你是無辜的，我深信不疑；
所以我告別，一切都會過去。」

不過，坦白說，把她放棄他
到接受戴奧米的期間作個評估，
我無能為力；我讀過的作家
沒人告訴我；取書下架來閱讀，
你找不到日期，因為沒人記錄。
雖然他追得快，要不輸穩贏
他發覺許多事有待完成。

二、文藝復興文學

佩脫拉克（1304-1374）十四行詩（義大利文）

十四行詩（sonnet，或音譯作「商籟」）可能起源於十三世紀西西里島的宮廷詩人，十四世紀在佩脫拉克筆下臻於成熟。他以二十餘年的時間寫三百六十六首詩，剖陳自己因愛情經驗而激發的強烈心理反應，從他對羅拉（Laura）一見鍾情，熱情單戀，直到心上人去世後回到他的夢中。像這樣由一個主題貫串一系列詩篇的作品，構成一個聯套（sequence），是歐洲文藝復興詩壇極其醒目的一種體裁。他使用這種體裁刻畫一個理想化的愛人，這個女主角的名字本身就有寓意：Laura引人聯想到月桂樹（英文laurel，義大利文是陽性的lauro，佩脫拉克在第五首利用拉丁化的Laureta大玩類似拆字法的文字遊戲），而月桂樹是聖樹，是阿波羅愛之不可得的心上人變成的（見《情慾幽林》選譯奧維德〈月桂情〉）；佩脫拉克在第三十四首就是把自己的情場經歷和阿波羅的相提並論。再者，拉丁文的「月桂樹」（laurus）兼有桂冠和凱旋的意思，恰如英文的「桂冠詩人」（poet laureate），是源自同一個神話典故。

薄伽丘《十日談》的楔子，有段文字可引來說明佩脫拉克苦心孤詣的用典。為了躲開瘟疫而避居鄉間的年輕人，決定輪流講故事打發時間，每天分由不同的人主持。遊戲規則訂好之後，Filomena立即摘來月桂枝葉，編成「一頂漂亮的榮譽花圈」，因為「她一向聽說月桂樹葉值得讚美，而且賜給戴上桂冠的人莫大的榮耀」：桂冠是他們共聚一伙時「莊嚴的規則與權威的明確象徵」。佩脫拉克讚美羅拉，不只是美化、神聖化心目中的理想情人，同時也是以「桂冠詩人」自居，這在第六十一和三三三兩首有跡可尋。他奉至情無悔為桂冠，他的十四行詩也被有情之輩奉為一種愛情典範的桂冠。

情詩自古即有，佩脫拉克卻開發出一片新的領域，為後代無數的抒情詩人提供一個共通的觀照視野。他和卡圖盧斯的七情六慾都是現代人所熟悉的經驗，但是他不像卡圖盧斯那樣秉筆寫當下，而是透過回憶觀照自我。他用三菱鏡反射自己的戀愛心理：他對愛情的渴望，從現世出發，即worldliness（相對於中古時代強調來生來世的基督教觀點），而

歸結於肉體，即sensualism（相對於強調靈性價值的柏拉圖觀點），可是本於這樣的基礎，他卻要追求精神的價值（包括基督教的救贖觀和柏拉圖的道德觀），而且認定自己的詩藝能夠在有生之年帶來名聲與榮譽。僅此一事即可看出他如何體現文藝復興的時代精神。說到他在西洋文化史上的地位，或許可以打這樣的比方：在抒情詩的領域，佩脫拉克出於傳統、反映現在又繼之以指引未來，有如基督教神學的聖奧古斯丁。因其如此，佩脫拉克體成了義大利十四行詩的同義詞。

如果僅僅把心上人理想化，那只不過是拾但丁牙慧。佩脫拉克推陳出新之處，主要在於突破傳統的格局，以探究性愛（sexual love）為旨趣所歸，包括性愛所潛藏的一切苦惱與歡樂，因而深化讀者對於愛情本質的體會。這一來，帶來靈感給佩脫拉克，使得他神顛魂倒甚至「誤入歧途」（第一首和本書沒有選譯的第三六五首都是以此為主題）的羅拉所具現的意義，其實近於人生本身，「可愛卻無常，令人痴又令人喜，對於靈性卻是險象環生」（Bergin xiv-xv）。英國浪漫主義詩人濟慈在〈幽鬱頌〉（Keats, "Ode on Melancholy"）詩中所寫「蜜蜂啜飲當下變成毒藥」，「只待有緣人得識聖容顏／能勁舌抵顎擠破快活果」，或可引來旁注佩脫拉克所呈現的愛情心理。尤有進者，佩脫拉克呈現他的「羅拉經驗」所流露的自戀與虛榮，使我們得以辨認出「戀愛人」（Everyman in love）的身影，不論是透過回憶或體驗或憧憬。結合個人的閱讀經驗（如典故的運用）、現實體驗（對愛情的想像）與宗教情懷（基督教信仰），三合一化作基督教世界的一種集體意識，這是佩脫拉克可以面無愧色頂著「第一個現代人」、「第一位人文主義者」等光環的原因之一。

從佩脫拉克的押韻形式不難領略他的美學意境。他的十四行詩由前八行和後六行組成：前八行包含兩個四行段（quatrain），描寫一個情境（可能是一個事件或一個意象），或提出一個問題，或表達一種緊張的情緒，押韻模式為ABBA ABBA；後六行包含兩個三行段（tercet），陳述後果，或提出答案，或緩和緊張的情緒，以CDE CDE為標準模式，但也可能出現其他變體，包括CDC DCD（如第六十一和二九二首）和CDE DCE（如第九十），但不論如何變化，絕對不可能出現可以在莎士比亞十四行詩見到的煞尾對句（兩行一韻）。押韻形態的變化呼應全詩以轉折分隔前八後六這個大體結構，此一轉折可以從語義的表達看出來。前八後六的結構並非始自佩脫拉克，他卻利用這個舊形式多方探索對稱與對比的形式美感，以之呼應主題的表達，因而創造獨特的意境。筆者的

譯文雖然傳達了以上所述的體裁結構，包括忠實反映義大利原文的押韻模式，然而正如有人指出的，佩脫拉克最令譯筆怯步的地方，並不在於「他有什麼話要說」，而是在於「他是怎麼說的」，這也是他和但丁的一大差異（Bergin xvi）。

關於佩脫拉克的創意，我們還可以有所補充。卡圖盧斯也是透過一系列的詩篇呈現個人的情海歷險記，不過他是按照格律和篇幅編排次序，這也是傳統的詩集的作法，雖然卡圖盧斯在那個傳統的格局中展現出人意表的美學形式（Martin 32-6, 172-85）。佩脫拉克卻是呈現一部虛構的編年史，使得他的愛情經驗能夠呼應外在時間的流逝與內在心理的轉變。但丁也寫過十四行詩聯套，他在《新生》集中的每一首十四行詩前面都加上一篇散文體敘事，說明寫作的緣由和感想，詩本身表達的則是最私密的經驗，至於經驗所彰顯的意義，那是詩作完成之後的領會或體悟。佩脫拉克寫十四行詩聯套卻是在追憶前塵之際，同時也陳明意義所在，因此時間的流逝成為構篇的原則和主要的題旨。「省略散文敘事意味著詩與詩之間沒有思索的空間，讀者必須自行填補敘述與心理方面的指涉」（Durling 10）。

選譯的十一首詩全部出自題為 *Rime sparse* 的詩集，副標題都是中譯附加的。該詩集包括不少以「坎章體」（canzone）寫成的詩篇，不過此處所選僅限於商籟體。這個標題，筆者在第一首譯成「散韻」，其實就是「零散的詩篇」，影射完整的經驗有賴於集散成章，令人想起但丁《神曲・天界》所描寫的愛之為用：

> 我看到在那光源的深處
> 宇宙間四散飄零的飛葉
> 由於愛而裝訂成一本書；（33: 85-7）

但丁表達的觀念是柏拉圖式的：萬物的本質盡在於上帝的心念，那一「念」具現為兜攬萬象（裝訂飛葉成冊）的愛。佩脫拉克所體驗到的愛，本質雖然不同，作用是一樣的：把雜亂無章的經驗變形為清晰可辨的形式。佩脫拉克追求愛慾，一切體會都在他個人一「念」，他的「慾念」使他成為現代愛情的第一代代言人。

變形是佩脫拉克抒情詩的一個主題。這個主題開啟一扇窗，讓我們可以看出他如何成就西洋文化史上承先啟後的地位，上承奧維德的神話

世界而下啟文藝復興以降的心理旨趣。第一首破題之後，佩脫拉克在第二首和第三首都是以丘比德為主題動機，寫自己中了小愛神的箭。第五首再一次採用奧維德的典故，是阿波羅追達芙妮的故事（又見於選譯第三十四首）。根據奧維德的說法，阿波羅是中了丘比德的箭才死心塌地愛上達芙妮。佩脫拉克的遭遇和阿波羅如出一轍：阿波因為愛情落空而使得所愛變形為象徵詩國榮耀的月桂樹，佩脫拉克也是由於同樣的經驗使得所愛化身為他詩名所繫的情場紀念碑，或屹立詩國的常青樹。「變形為月桂樹是昇華作用的喻象，慾望因而接受非其本相的對象，有情人得到的不是羅拉，而是象徵詩境造詣的月桂」（Durling 27）。奧維德的《變形記》呈現生命形態的可變易性，佩脫拉克使得lauro（月桂）和Laura（羅拉）具有同樣的可變易性卻不僅只於外形的改觀而已，而是以愛慾為觸媒，進一步呈現自我的變化，是有如卡夫卡的《變形記》所見證的現代意義的「變形記」，這意味著「有情人心理上的不穩定，人處在時間之流面對死亡時，人性本體上的有所不足」（Durling 26）。

　　佩脫拉克在慾海情岸變形的微言大義是基督教文化必然的結果，而傳統基督教的情慾觀不難從聖奧古斯丁的《懺悔錄》探出究竟，特別是1:13、2:1-3和3:1等節（我們不該忘記，聖奧古斯丁深受新柏拉圖主義的啟迪）。總的說來，聖奧古斯丁認為人性如草而慾念如風，時間流變等同於風吹草偃，唯有上帝慈恩扶持才能臻於恆定而不動如山。這種人性觀對情慾的看法當然是負面的，佩脫拉克卻在接受這種人性觀的同時，又想擺脫附帶而來的情慾觀，因此無可避免地躓踣於恆定與流變之間，欲期安身立命唯有求助於幻覺。他和羅拉四目交接的那一瞬間，可以比擬為亞當接過夏娃手中的知識樹的果子，結果是，他一見鍾情也同時為自己打下了「原罪」的烙印。他頂著這一個烙印，躓躓躑躑於有情天地間，以抒情調唱出新時代的懺悔錄。

之一：散韻串成套

　　　　散韻串成套[1]，一字一嘆息，
　　　　客官請聽，那是我年少輕狂

1　原文影射佩脫拉克詩集的標題"Rime sparse"，譯文隱含「散套」。零散的詩篇合成題旨一貫的詩集，可能指涉但丁的《神曲·天界》33: 85-7（見小序的摘譯）。

難自棄，不容情寶空浪蕩，

比起現在的我，有同有異：　　　　　　　　　　　4

用變體我源源訴說又悲泣

希望一再落空，平白悲傷，

如有人從中見證愛，我希望

尋得憐憫，而不只是將心來比。　　　　　　　8

現在我自己可清楚得很

為什麼長久受人說長道短，

自知之明常使我引以為羞；　　　　　　　　11

說到痴狂，結果就是羞恥心[2]，

一番懊悔，以及澄明的洞見——

歡樂世間的是無常夢一宿[3]。　　　　　　　14

之三：太陽無光

就是那一天[4]太陽昏暗無光

懷憂傷悲憐他的造物主[5]，

而我毫無防備成為俘虜，

姑娘妳的眼神把我緊捆綁。　　　　　　　　4

那個時機並不適合我提防

愛神[6]出手，因此我跨大步

往前走，就這樣揭開序幕，

普天同悲的戲碼由我上場[7]。　　　　　　　8

---

[2]　如300: 14寫的自形殘穢，參見62: 5-8。

[3]　「無常」是奧維德《變形記》的主題。宿：念作「朽」，夜晚。

[4]　佩脫拉克在第二一一首提到，他第一次見到羅拉是一三二七年四月六日耶穌受難紀念日。「哪個情人不是一見就鍾情？」（Marlowe, *Hero and Leander* 1: 176）。

[5]　太陽因耶穌受難而悲傷，以烏雲蔽日比喻罩面紗致哀。

[6]　愛神：Amor，即小愛神丘比德。

[7]　基督徒因耶穌受難而同悲，佩脫拉克取來類比個人的愛情悲劇。本詩節可以看到典型的佩脫拉克式巧喻（Petrarchan conceit）。巧喻是以匪夷所思的類比方式表達機智而靈巧的概念。佩脫拉克通常使用誇張和矛盾兩種修辭法（前者如以耶穌受難比喻自己的愛情苦難，故云「普世同悲」，後者如5-6心防洞開卻大無畏），把現實經驗和文學母題聯想在一起（情場如戰場）。參見鄧恩〈封聖記〉的形上巧喻。

愛神看我繳了械，發現

眼路洞開直達我的心，眼睛

現在是我淚水的門戶兼通道[8]：　　　　　　　　　　11

依我看這不算什麼光榮，

趁我不備就射出無情箭，

看妳全副武裝卻收弓遁逃[9]。　　　　　　　　　　14

之三四：阿波羅，甜蜜的慾望

阿波羅，甜蜜的慾望曾經

點燃你的情火在塞水畔[10]，

如果還在燃燒，如果歲轉

時移，那頭金髮你尚未忘情，　　　　　　　　　　4

請保護那聖樹廣受尊崇

先後網住[11]你我的綠葉，避免

久霜和嚴厲狠心的時間

隨你長久沒露臉[12]而因循；　　　　　　　　　　8

8　眼睛是靈魂之窗。以眼睛為通往心（heart，主感性，有別於主知性的mind）的出入口，這
　　在但丁之前就是常見的意象，如聖奧古斯丁《懺悔錄》6: 8：「他睜開眼睛，結果靈魂被捅
　　出一個傷口，比他急於看一眼的角鬥士身上所受的傷更要命」）。正如3-4行所述，詩人陷
　　入羅拉的「秋波陣」不能自拔（參見但丁《神曲・冥界》5: 130-2），因此比喻為愛神之箭
　　從他的眼睛射入，命中紅心，還害他淚流不止。結合個人的情苦與耶穌受難的宗教情操，又
　　以剛猛的軍事意象對比溫柔的情場經驗，這是本詩巧喻的核心：前者直指佩脫拉克從愛情尋
　　求救贖之道的主題，與但丁《神曲》的出發點相同；後者反映俠骨柔情的傳統，吻合中古傳
　　奇所揭櫫的宮廷愛情的理念。然而鮮明的感官意象使得佩脫拉克和舊傳統分道揚鑣，同時也
　　注定他的愛情戲是一齣悲劇，因為肉體的誘惑使他開脫無方。

9　寫活小愛神丘比德欺軟怕硬的負面形象。說白一點就是，愛神對於陷入情網的人箭下無情，
　　對於無情人則自動偃旗息鼓。就修辭手法而言，這是文學譬喻詞推果成因的一個例子；就邏
　　輯思惟而言，這是希臘神話視已然之事皆為必然的遺緒。

10　佩脫拉克根據奧維德《變形記・月桂情》所述阿波羅對達芙妮的情意，以之比擬自己對羅拉
　　的摯愛。達芙妮的父親是個河神，她應女兒的祈求，把她變成月桂樹，以逃避阿波羅的追
　　逐。身兼醫藥、詩歌與雄辯術等神，同時也是太陽神（第8行）的阿波羅撫桂葉（6）而傷
　　悲，宣稱月桂樹就是他個人的象徵，故稱「聖樹」（5）。

11　網住：喻象參見《情慾幽林》選譯的〈埃及情詩：誘餌〉6-9和〈雅歌〉7: 6c。

12　沒露臉：見3: 1-2，因為阿波羅是太陽神。

你熬過生苦有賴愛的希望，
請你藉那一股力量消除
年老、陰霾和悲傷的氣息。　　　　　　　　　　　11
這一來，我們將同時看到異象——
我們的心上人坐在草鋪
展臂為自己造一片綠意。　　　　　　　　　　　　14

之六一：那一天有福

那一天、那個月、那一年有福[13]，
還有那季節、時辰與瞬間[14]，
還有我遇襲的鄉村好地點[15]，
在那兒一對明眸把我束縛[16]；　　　　　　　　　4
有福的是初戀甜蜜的痛苦，
那是愛神使得我心銘感，
還有弓和貫穿刺我的箭，
還有深入我心的傷無數[17]。　　　　　　　　　　8
有福的是這些綿綿話語
我四處散播[18]呼喚她的芳名，
還有我的慾望、淚水和嘆息；　　　　　　　　11
有福的是我為她博得名聲
的所有冊頁[19]，還有長相憶
只歸她，沒有其他人的分。　　　　　　　　　　14

13　那一天：見注4。有福：原文出現於句首，以此破題引人聯想到《新約・馬太福音》5:
　　3-10，耶穌的山上寶訓以至福條舉「得賜歡喜」的人品。
14　季節：春天。時辰：日出時分（見第二一一首）。瞬間：見3: 3-4。
15　亞維儂（Avignon）的聖克萊爾教堂。
16　束縛：即3: 4的「捆綁」，原文是同一個字。
17　箭傷無數，參見3: 9-13。
18　四處散播：呼應1:1「散」。
19　冊頁：佩脫拉克的詩集。

之六二：每度過落魄的一天

天上的父，每度過落魄的一天，

入夜我熾情痴狂等閒過，

熾情在心中已炙熱起火

照見那些表情因我神傷而增艷；　　　　　　　4

因此容我在您的慈光下迴轉

朝向更美好的行為與生活，

這一來縱使他[20]緊抓不捨，

我的死敵佈羅網[21]或許難如願。　　　　　　8

我的上主，第十一年[22]將盡，

自從韁繩牢牢把我套住[23]

狠狠重壓最柔順的頸項。　　　　　　　　　11

請憐憫我日暮途窮的處境；

引我徬徨的心思回到更高貴處[24]；

讓它明白這一天您在髑髏崗[25]。　　　　　14

之七八：賽蒙接受高尚的建議

當賽蒙[26]接受高尚的建議

為我施妙手落筆寄丹青，

如果他賦給這尊貴的作品

形相之外還有聲音和智力，　　　　　　　　4

---

[20] 他：指下一行的「死敵」丘比德。稱小愛神為「我的死敵」，修辭的筆法直追但丁《神曲》破題的詩行同時出現複數和單數的第一人稱，不著痕跡把個人獨特的經驗擴大為基督徒普遍的經驗。

[21] 佩脫拉克陷入丘比德張羅的情網。

[22] 一三三八年。本詩是繼第三十首之後再度出現的周年紀念詩。

[23] 馬韁的意象，一如牛軛，自上古希臘即用於表達人生面臨無從逃避的壓力。然而，下一行帶出典型的佩脫拉克式對照修辭格（antithesis）翻出新義，其中含攝的戲劇張力正是這一齣愛情悲劇散發強烈的現代感的一大線索。本行承3:3的意象，佩脫拉克成為丘比德的俘虜。

[24] 更高處：基督教意義的精神層面。

[25] 髑髏崗：耶穌受難地，參見拙譯《馬克白》1.2.41注釋。

[26] 賽蒙：Simone Martini，名畫家，十四世紀中葉活躍於亞維儂。本詩取材於他所畫的羅拉像。

他將化解我心中許多嘆息，
使得別人的讚美令我可憎[27]，
因為她的外表看來謙恭，
她的表情使我可望安息；　　　　　　　　　　8
於是我上前對她把口張，
她似乎仔細聆聽頂和藹：
但願她能回答我說的話！　　　　　　　　　　11
皮格馬利翁[28]，你對自己的雕像
該有多得意，因為你開懷
一千次的，我只求那麼一下[29]！　　　　　　14

之九十：她金髮飄逸放蹁躚

她一向金髮飄逸放蹁躚
任風扭纏千千結又帶調戲[30]，
眼睛的光芒亮麗難比擬，
現在卻難得有往日的燦爛[31]；　　　　　　　4
她的眼神在我看來是愛憐，
是對是錯我也沒主意：
愛的火苗在我胸膛累積，
情火燒得旺不也是當然？　　　　　　　　　8
她走起路是天使的姿態，
不像凡人，她一旦把嘴張，
聽起來絕對不只是人聲[32]：　　　　　　　11

---

[27] 「讚美」是因為7-10所述「形相」栩栩如生，「可憎」是因為11不可能實現的願望。

[28] 奧維德《變形記》寫皮格馬利翁愛上自己雕刻的象牙女像，真情感動維納斯把雕像變為肉身（見《情慾幽林》選譯的〈神雕情緣〉）。

[29] 後半行是歇後語，沒寫出來的是「竟然不可得」。

[30] 就像維吉爾《埃涅伊德》描寫愛神維納斯，以斯巴達女獵人的扮裝出現在埃涅阿斯面前，「頭髮在風中飛揚，裸露兩膝，／飄垂的衣褶撩起來穩穩打成結」（1: 319-20）。

[31] 可見美是主觀的判斷。

[32] 9-11也是仿《埃涅伊德》。埃涅阿斯初見以扮裝現身的維納斯，說：「我該怎麼稱呼妳，姑娘？妳的容貌／不像凡人，妳說話聽來不像是人類」（1: 327-28）。稍後，他從步態認出了她的身分：維納斯「走起路來就是個女神」（405）。不過，早自荷馬就是以女神的美貌和男神的威儀稱頌人中極品。

我看見的是仙子，是活太陽，
即使她現在不是那神采，
藏弓收箭也治不了我的傷痛。　　　　　　　　　14

之一八九：我的船滿載遺忘

我的船滿載遺忘，在嚴冬，
在絲庫拉和卡瑞伯狄斯之間[33]，
在半夜，橫渡無情海，舵輪邊
坐的是我的主人，是敵人[34]；　　　　　　　　4
每一支槳都由思想在操控，
快又狠，似乎嘲笑暴風和終點[35]；
潮濕、方向不變的風扯破帆，
是嘆息、希望和慾望匯流成風。　　　　　　　8
哭泣的雨水和鄙夷的霧氣
把疲累的繩索淋濕鬆綁，
那[36]是無知和錯誤絞纏配對。　　　　　　　　11
我甜美非凡的雙星[37]被遮蔽；
理智和技巧在波濤中死亡；
我對港口開始意懶心灰。　　　　　　　　　　14

之二九二：我對自己感到陌生

使得我對自己感到陌生[38]，
把我從人群熙攘的步道

---

[33] 絲庫拉（Scylla）和卡瑞伯狄斯（Charybdis）都是神話海怪，奧德修斯和埃涅阿斯先後渡過他們所盤據的危險海域。此一典故，詳見拙譯奧維德《變形記》13: 733-14: 74。

[34] 指愛（神），見注20。佩脫拉克任憑愛情擺佈，有如主僕關係；愛情處處與他作對，無異仇敵。船體比喻佩脫拉克的身體，由理智擔任船長，理智操控船舶有如靈魂主宰形體，這是肉身靈魂（靈肉一體或身心合一）的傳統譬喻；參見注43。

[35] 可見理智莽撞，不自量力。

[36] 那：指繩索。無知與錯誤兩股合纏成帆索。

[37] 雙星：羅拉的眼睛。

[38] 用心理學術語來說，佩脫拉克經驗到心理的疏離（alienation，亦作「異化」）。

情
慾
花
園

1
7
2

阻絕隔離的肢體與容貌[39]，
我如此熱情讚揚的眼睛，
閃亮的金黃鬈髮，笑盈盈
天使的目光把神采一拋

　　　　　　　　　4

在人間成就天堂的奧妙，
如今全無知覺，剩一撮塵[40]。
而我仍然活著，活得悲傷

　　　　　　　　　8

憤怒，在大風暴中被遺棄，
折了船桅，沒有我深愛的光[41]。
於是，不再有戀歌，戀歌已矣；

　　　　　　　　　11

一貫的靈思不再顯鋒芒，
我輕觸抱琴只聽到淚滴[42]。

　　　　　　　　　14

之三百：我羨慕大地

我多麼羨慕你，大地，看你
貪婪把她摟進隱形的懷抱，
美嬌容卻不許我瞧一瞧，
害我在戰鬥中找不到安息！

　　　　　　　　　4

我多麼羨慕蒼天貪心無比
能夠從可愛的居留所引導
那魂魄[43]，佔為己有鎖牢靠，
留下世間多少人血在滴！

　　　　　　　　　8

---

[39] 2-3揉合「愛情是個封閉的世界」和「情人眼裡出西施」這兩個傳統的母題。關於前一母題，請參見本書選譯法蘭西的瑪麗三篇敘事短詩。

[40] 塵：骨灰。基督徒採火葬。羅拉於一三四八年四月六日在亞維農去世；第二六七首以下都是悼亡羅拉。

[41] 見第一八九首。

[42] 「我的抱琴也轉為哀傷，我的管風琴彈出哭泣聲」（《舊約·約伯記》30:31）。

[43] 靈魂的居留所即是肉體。稱其為「居留所」，因為肉體只是靈魂暫時寄居的處所；肉體死亡之後，靈魂不論上天堂或下地獄（但丁《神曲》告訴我們，在煉獄山的靈魂都有希望上天堂），那才是永恆的歸宿。佩脫拉克使用「可愛」這個描述詞，一如他耽於感官意象，正見他熱愛人世，這和他謳歌心上人的肉體美感是相呼應的。他和但丁一樣瞭解到性靈之美，不一樣的是，他甚至在羅拉屍骨已朽仍無法忘情她的肉體美。這種靈肉的衝突是佩脫拉克十四行詩的根本張力。

我多麼羨慕那些靈魂得報賞，
在和煦的天堂和妳作伴，
那是我望藍天夢寐所求！　　　　　　　　　　11
我多麼羨慕刀法奇快的死亡[44]
帶走她，我的生命[45]，只一轉眼
卻從她的眼睛笑我，讓我出醜！　　　　　　　14

之三三三：悲愁詩，走向那硬石碑

去吧，悲愁詩，走向那硬石碑，
那兒藏有我的珍寶在土中，
去求她從天界回答我一聲，
雖然她屍身所在低又黑。　　　　　　　　　　4
去告訴她，我這一生已疲憊，
疲於奔波這濤浪的航程，
四處蒐羅她飄散的葉常青[46]，
在她身後我仍然步步追隨，　　　　　　　　　8
提筆落筆都是她不論死活
（該說是仍然活著如今不朽），
好讓她為世人所知受人愛。　　　　　　　　　11
但願她注意到我來日不多；
但願她與我相見歡，伸手
拉著我在天界與她同在。　　　　　　　　　　14

[44] 死亡：和「大地」同樣是擬人格。

[45] 她：羅拉，即「我的生命」。

[46] 散：即1:1的「散」；參見第61:12-14。葉常青：見34:2注。

納瓦拉的瑪格麗特（1492-1549）《七日談》（法文）

　　無治國之才可言的法國國王查理八世（1470-98, 1483即位），在一四九四年做了一個決定，影響南歐政局垂五百年之久：遠征義大利，揭開法國染指義大利領土的序幕。此一軍事行動，加上民間行旅往來，促成法國「發現」義大利。自中古時代即以歐洲學識之都自豪，又以領土完整、獨立自主與中央集權傲視群倫的法國，赫然發覺因城邦並立而分崩離析的義大利，竟然擁有鄰邦無法望其項背的文藝傳統與社會價值，因此亟思跨國移植（附帶一提：法蘭西的瑪麗和《奧卡桑與尼可烈》都是產生於中古法國的邊陲地區）。此一文藝復興大發現足可比擬公元前二世紀羅馬發現希臘，效尤之心激發的創造力兩相輝映。納瓦拉的瑪格麗特（Marguerite de Navarre）在這一番新氣象中扮演了舉足輕重的角色，以一人之身具現法國文藝復興一個時代。

　　瑪格麗特從小就接受多語文教育，拉丁文、義大利文、西班牙文與德文無不通曉，長大後又學了希臘文與希伯來文。她依照統治階層政治聯姻的習俗，十七歲時嫁給文學素養遠不及她的阿隆頌（Alençon）公爵。一五一五年，她小兩歲的弟弟接續路易十二的遺缺，繼任為法蘭西斯一世，瑪格麗特終於有機會多方面大展長才，政治、外交、文化、公關等領域，都有她著力之處。法蘭西斯一世的宮廷最受人津津樂道的是為當代知名藝術家提供工作的機會，達文西即是其一。一五二七年，新寡的瑪格麗特改嫁Henri d'Albret，成為納瓦拉王后。納瓦拉地跨西班牙北部與法國南部各一個省份，在中古時代和近代初期是個獨立王國。不過，瑪格麗特的丈夫只是虛擁王銜，因為納瓦拉大部分的領土早在一五一六就被西班牙併吞了。他們的獨生女就是後來的法王亨利四世的母親。

　　就是在十六世紀的上半葉，法國開始建構以王室為中樞的國族認同，在政治與文化方面開始要跟義大利、西班牙與英國爭雄。傳統的貴族開始面臨商人、法律與官僚等新興社會階層的競爭。由於男人投效義大利遠征軍，女人因為擁有獨當一面的機會而自主性漸增，辯論女人的

地位蔚成文壇新興議題。宗教改革席捲歐洲，法國無法倖免其衝擊，影響最深者在於重視內心的信仰超過外在的儀式，以及強調個人的良知重於教會的權威。總的說來，那是個文化激盪不已、價值面臨重整、既有的假定受到質疑，而且視野大開的一段時期——不只是地理大發現拓廣具體的視野，發現上古非基督教文明的價值更是拓廣兼加深心靈的視野。

這樣的一個時代正是瑪格麗特在文學史上賴以垂名的《七日談》（*Heptameron*）的大背景。該書以一篇楔子呈現小背景，交代故事緣起：出身於傳統貴族的五男五女，各自從溫泉勝地賦歸，途中遭逢天災（河水暴漲）與人禍（盜匪打劫），不約而同避難於隱修院——此即《七日談》的框架。框架故事（frame tale）早見於《一千零一夜》，也是以說故事為辟災化劫之道。但是《七日談》在故事間穿插的對話，人物刻畫的效果與喬叟的《坎特伯里故事》在仲伯之間，反映對話者的人際關係則更富戲劇效果，尤其是涉及兩性戰爭的意識形態差異。雖然故事中兩性的形象以及女人的理想仍然是傳統的刻板類型，說故事者卻無不勇於陳述自己的看法，對於好色男與機伶女的評價尤其彰顯價值與觀點的對立。決定要說什麼故事的一大考量就是反駁別人以證明自己的看法。從說故事演變為短篇小說（nouvelle）這個具備美學價值的文學形式，在法國可以上溯到中古時代，法蘭西的瑪麗所寫的敘事短詩、傳教士用於陳明道德論點的證道故事（exempla）以及喬叟〈磨坊主的故事〉所代表的粗鄙故事（fabliau）都是先驅。不過，短篇小說成為重要的文類畢竟是十五與十六世紀的事，薄伽丘的《十日談》是最主要的範本。

瑪格麗特原本也是打算分十天講一百個故事，可是來不及完成。除了傳抄本，該書最早的印刷本是一五五八年，版本問題雖多，但學界咸認書中反映瑪格麗特在學識、社會與宗教等方面的背景與興趣。揆諸事實，《七日談》本身就是法國向義大利文藝復興取經的縮影。楔子提到「薄伽丘的故事百篇，新近從義大利文譯成法文，深受法蘭西斯一世……和瑪格麗特夫人的嘉許」（Marguerite 68）。雖然效法薄伽丘的說故事遊戲，卻特別強調「有一點不一樣——不是真實的故事不寫」，而且不讓學者或文人參加說故事的行列，因為「修辭美文難免使記述的真實性打折扣」（Marguerite 68-9）。計議已定，就要開始講故事，大夥兒來到如茵碧草地，「芳草如此鮮美，得要有薄伽丘的文筆才形容得來」（Marguerite 69）。

從前面的引文不難看出，《七日談》雖是仿作卻另出機杼，大有鬥陣打擂台之意。薄伽丘安排三男七女因為城裡爆發瘟疫，結伴前往不識都市苦難的鄉間清淨地，說故事打發時間，純粹以文筆遊戲人間。瑪格麗特雖然也是安排在與世隔絕之地避難說故事，「人禍」為《七日談》抹上濃厚的寓世、警世與醒世意味，使得隱修院不可能「不食人間煙火」。只就一事而論，七十篇故事中多的是僧袍俗心與華冠醜慾的衣冠禽獸。比較《十日談》的楔子還可以看出，相對於薄伽丘深深仰賴古典神話作為修辭的依據（參見〈佩脫拉克〉小序的引述），瑪格麗特質樸的語調，在美學品味上少了一份自覺意識，卻也因此多了一份親切感。此一差異也是這兩部故事集在文體上不同之處。語言反映了說故事者的身份：這五男五女過慣了自由自在的宮廷生活，言而有據是上流社會磕牙閒扯淡時必須展現的品味。瑪格麗特偏好的文體特色顯示現實經驗凌駕文學典故，其間的差別有如十四行詩這個文類的莎士比亞之所以有別於佩脫拉克。

　　情慾是《七日談》與《十日談》共通的一大主題。在後者，性是男歡女愛的事，是人生嘉年華必不可少的節目。瑪格麗特不像薄伽丘那樣對性慾保持超然的態度，倒是比較接近奧維德視兩性關係如政治場域的態度。《七日談》一如《變形記》，性暴力俯拾可得，強暴、拐誘乃至於亂倫是常見的形態。相隔十五個世紀的兩位異性作者，以各自的方式展現了共同的情慾模式，這類故事透露一個強烈的訊息：在他們分別反映的那個時代與社會，兩性與婚姻關係顯然問題重重，雖然問題的本質不相同。《七日談》甚至出現社會地位較高的女性因為不屈從低階層男性的獸慾而以死明志（如第二個故事）。不過最常見的母題非男性的武德與榮譽觀莫屬。奧維德雖然也運用到軍事意象，但是他的修辭策略大大淡化了性暴力的殘酷本質，甚至在某個程度上把殘酷的事實給美化了。反觀瑪格麗特，由於軍事征服與性暴力的類比關係，此一母題在《七日談》令人觸目驚心。P. A. Chilton指出，《七日談》呈現強暴，主要有兩個作用：「證明女人的價值，以及證明男人的侵犯意圖」（Chilton 17）——正是女性主義者所稱「性，成了權力的一種形式，並且由男性將其具體化」（Stanko 119）。如果再考慮到施暴者和拐誘者以僧侶和托缽修士為大宗，故事不乏丈夫偷腥與紅杏出牆，以及處處可見男性對於戴綠帽的恐懼這三件事實，應該可與前文所提十六世紀上半葉的歷史背景互相印證，特別是兩性關係隨女性的自主意識的提升而趨於緊張一事。

論者常說《七日談》呈現種種不同形態的愛，這話聊供參考尚可，不能當真，除非像說故事的那些人一樣，把性慾跟情愛畫上等號，如注7提到的，把「遭受性侵犯」說成「情場失意」。第四個故事〈天花板的陷阱〉把老孃孃描寫成智慧的化身；聽到她說「大多數的人會辯稱，要不是女方示意在先，一個男人要做〔強暴女人〕那種事談何容易」，具備女性意識的人肯定齊心跳腳，雖然那樣的說法即使在今天還是常聽到。性在《七日談》少有趣味可言，第四十九個故事是難得的例外，那可是多少男性付出了面子（或尊嚴）的代價！即使在第三個故事〈頭角爭雄〉，表面上看來皆大歡喜，可是在爾虞我詐或自欺欺人的情境中，苦澀必定難免。第三十個故事〈伊底帕斯的兒子〉自然就更別提了，那或許是性慾最赤裸裸的暴露。一旦兩性關係不再有情可言，慾大行其道的結果必定是情慾場淪為名副其實的戰場——佩脫拉克筆下「情場如戰場」的比喻，如今竟成了活生生的現實。

　　選譯四個故事，所有的主標題都是中譯附加的。其中「伊底帕斯的兒子」，靈感來自Martin Mueller的論文集*Children of Oedipus and Other Essays on the Imitation of Greek Tragedy 1550-1800*（Toronto:U of Toronto P, 1980）和Lowell Edmunds所撰*Oedipus: The Ancient Legend and Its Later Analogues*（Baltimore and London: The Johns Hopkins UP, 1985），雖然這個故事不在他們討論的範圍內。或許有人會質疑那個故事的真實性或可信度，而語言與真相的相互關係正是晚近評論《七日談》的焦點。不妨看看朱立民提到的蘇州一則民間傳說：「『蘇州郊外有一座『七子山』。『七子山』的故事講一位寡婦扶養一個兒子長大。兒子十六歲那年，家裏的丫鬟跑去向太太報告，說少爺約她，當晚要去她房間。女主人聽了，想怎麼可能？才十六歲的小孩子，他會懂什麼？於是她就對丫鬟說，這樣好了，今晚妳就睡到別處去，我住你房間來處理問題。結果那天晚上母子就發生了性關係，在此後的歲月裏共生了六個男孩。跟丈夫生的兒子以及跟她兒子生的六個男孩，總共七個兒子，後來都葬在一座山上，後人稱之為『七子山』。這個故事算不算戀母情結？我聽人講，『七子山』故事確有其事。我想即使不是真實事件，那麼有人虛構就表示在弗洛依德與瓊斯〔Ernest Jones〕理論出現之前，古希臘神話和中國民間故事早就異源同流」（朱143）。

頭角爭雄（第三個故事）

那不勒斯王后為了報復丈夫阿豐索王對她不忠，勾
搭其情婦的丈夫，餘生情緣不斷，國王始終不知情。

各位女士，我常有這樣的念頭，希望能分享我要說的故事裡頭那個
男人的好運。請聽吧。

阿豐索王[1]的好色無人不知，好色簡直可以說是他賴以統治的權杖。
他在世的時候，那不勒斯城住了一個貴族，英俊、正直、人見人愛。一位
老紳士看他人品高尚，把女兒許配給他。這小姐的美貌與風韻，配她丈夫
正是天作之合，夫妻鶼鰈情深，過著琴瑟和諧的生活，一直到出事為止。

事情發生在一場嘉年華會，國王本人也化裝參加。他走遍城內各
戶人家，家家戶戶爭相招待，輸人不輸陣。他來到我剛提過的那個貴族
家，受到最豪華的款待。吃的有珍饈，看的有雜耍，聽的有音樂，樣樣
不缺呈獻在他面前，尤其賞心悅目的是女主人的現身，那是國王所見過
最漂亮的女人。宴會結束時，這夫人為了賓主同歡起見，親自唱了一首
歌，甜蜜的歌聲更襯托出她的美貌。國王看到這樣完美的體態，再也無
心領會主人夫婦美滿的結合，開始設想怎樣才能破壞他們的婚姻。眼前
最大的障礙是，這一對夫妻一望可知彼此心心相印，於是他暫時盡可能
隱藏熾熱的情火。但是，為了舒解自己的情緒——即使只是一分一毫
——他接二連三舉行宴會，廣邀那不勒斯的貴族及其夫人，當然沒有遺
漏我說的這紳士和他的妻子。

大家都知道，男人看見的和相信的只不過是他們想要的。國王認
為他在這女士的眼神捕捉到好預兆——如果她的丈夫沒擋在路上就好辦
了。為了確定自己的第六感是對是錯，他指派這丈夫去羅馬出差兩三個
禮拜。在這之前，這妻子從來不曾讓丈夫離開過她的視線，怪不得他走
出家門的時候，她的心都碎了。國王趁機安慰她，有空得便就來報到，
逢迎奉承外加五花八門的禮物傾盆而下。結果是，她終於得到了慰藉，
而且不只是慰藉，她甚至對丈夫不在家感到滿足。

---

[1] 阿豐索：Alfonso，阿拉貢（Aragon）的阿豐索五世（1396-1458）。阿拉貢王國在西班牙
境內，其轄地約當今日西班牙的阿拉貢自治區。

三個星期還沒結束，她已經深深愛上國王，想到丈夫即將返家就渾身不舒暢不下於他出門的時候。於是，為了確保丈夫回到家不至於使國王進不了門，這對情侶講好，每一次她丈夫出門去視察產業，她都會讓她的國王情夫知道。這一來，國王可以放心來看她，不會有任何風險，而且來得神不知鬼不覺，怎麼說也為害不到她的名節——說到名節，她可是看得比良心還重。

　　沉浸在盼望國王來訪的喜悅中，她熱情迎接丈夫歸來。她的心情是那麼的愉快，竟至於她丈夫雖然耳聞他出門期間國王曾經特別關照她，倒也沒有丁點兒疑心事情發展到什麼樣的地步。然而，情火不可能隱藏太久；隨時間推移，火焰開始露頭。他自然而然開始揣測實情，密切監視妻子，務必要看個水落石出。不過他打定主意不露聲色，因為他擔心萬一事跡敗洩，說不定在國王面前會比這一向更有得受。總之，他認為唾面自乾勝過為了一個看來不再愛他的女人冒生命的危險。話是這麼說，他畢竟又是生氣又是悲痛，決定以其人之道還治其人之身，只要辦得成。

　　他深切明瞭這樣的事實：悲痛與嫉妒可以迫使女人做出單單靠愛心所做不出來的事，這對於情感強烈又崇尚名節的女人特別真切。於是有一天，他在跟王后談話時，放膽對她說他看出國王並不怎麼愛她，忍不住為她感到委屈。王后早聽說國王和這紳士之妻的風風雨雨，只是這麼回答：「我不敢奢望我的地位有幸結合名節和歡樂。我完全明白，我獲得名節並受人尊重時，擁有全部的歡樂的人是她。話又說回來，我也知道，她或許擁有歡樂，卻得不到名節與尊重。」

　　他當然知道王后指的是什麼人，於是答道：「娘娘，您生來就配享名節、受人尊重。您畢竟出身不凡，即使當上皇后或皇帝也難能添增您的高貴。而且，您漂亮、嫵媚，也有教養，值得擁有您自己的歡樂。那個女人，她剝奪原本歸您所有的歡樂，事實上帶給她自己更大的傷害——因為她一時的榮寵到頭來將會變成恥辱，她未來會喪失的歡樂將超過她或您或那不勒斯王國境內任何一個女人所能夠擁有的。恕我冒昧說一句，娘娘，就帶給女人歡樂這件事來說，國王如果不是有一頂王冠戴在頭上，他根本佔不到我的便宜。再說，我非常確定，為了滿足像您這樣一個有教養的人，他真該希望能夠跟一個比較像我的人交換體格。」

　　王后笑道：「國王比你來得嬌生慣養。即使如此，他對我的愛帶給我相當的滿足，我非常珍惜。」

「娘娘，如果您說得沒錯，那我不會為您感到那麼委屈，因為我知道，如果您在內心所感受到的純情能夠有國王的純情相匹配的話，您會獲得更大的快樂。可是，上帝不作美，為的就是不讓您從他這個人得到您所要的一切，不讓您在有生之年仰賴他。」

「我承認，」王后說，「我對他一往情深，你怎麼找也找不到可以相匹配的。」

「恕我直言，」這紳士說，「這個世界還有心扉您尚未敲響愛的回聲。請容我斗膽告訴您，有一個愛您的人，他對您的愛是那麼的深、那麼的執著，相較之下，您對國王的愛根本不值得一提，您可相信？他的愛有增無已，增長的程度在他看來就相當於國王對您的愛遞減的程度。所以，如果娘娘您不反對，如果您有意願接受他的愛，那麼您所得到的補償將會超過您所失去的。」

從他說的話，還有從他臉上的表情，王后心裡有了譜，知道他說的是肺腑之言。她想起沒多久以前，他有意當她的扈從[2]，因為渴望殷切而患得患失。當時她以為那是由於她太太的關係，不過現在她確信真正的原因在於他愛她本人。愛情勢大難擋，只要不是虛情假意就會觸電，現在就是這一股大勢使她確信整個世界都給蒙在鼓裡的事。她再度正眼瞧他。他無疑比她的丈夫更吸引人。他被太太遺棄了，就像她被國王遺棄一樣。一方面有嫉妒與悲痛的折磨，另一方面有這紳士熱情的勾引，她嘆了一口氣，淚水奪眶而出。她說：「噢天哪！迫使我做出愛心本身永遠無法逼我下手的，難道非得靠報復之心？」

這紳士沒有錯過王后的話，他說：「娘娘，如果不至於鬧出人命，而且還使得真心的情人得到生命，這種復仇甜蜜無比。愛上對妳無情的人，那是蠢愛；依我看，讓真相把妳從蠢愛解放出來的時刻已經到了。讓公平合理的愛從妳身上驅逐這些根本配不上嫻淑烈女的恐懼的時刻已經到了。娘娘，幹嘛三心兩意？我們這就把階級地位擺一邊去，好好看看對方，用男人和女人的身分，世界上最受冤屈的一男一女，全心付出真愛反遭對方背棄又嘲笑的兩個人。娘娘，我們這就來報復，不是為了罪有應得而懲罰他們，而是為了善待我們的愛。我對妳的愛重得一個人

2　根據《七日談》所呈現的常例，已婚貴婦有權利維持若干名個人專屬的騎士。該貴婦與其專屬騎士的關係乃是宮廷愛情的遺跡，因此可以和忠實的婚姻和平共存。然而，揆諸實際情況，緊張關係在所難免（Chilton 18-9）。關於宮廷愛情，參見〈法蘭西的瑪麗〉小序。

背不起來，如果得不到回報，我會以死明志。我心頭的這一把情火，越是想要悶熄就燒得越旺，除非妳的心像鑽石或石塊那樣硬，妳不可能感受不到幾許火花。我愛死妳了！即使這不能感動妳對我生出憐憫而付出妳的愛，起碼妳對自己的愛也一定會逼得妳沒有其他的選擇，因為妳，那麼的完美，值得全世界所有可敬可佩的男人拜倒石榴裙下的妳，已經被妳死心塌地愛慕的那一個男人看得一文不值，被他拋棄了！」

王后聽了這些話，內心翻騰不能自己。為了避免臉部的表情洩露心思，她牽起他的手，引他進入緊鄰她房間的花園。過了好長的一段時間，兩人走上走下，一句話也沒說。但是他知道征服在即，因此他們走到小徑的盡頭時，在沒有人能看見他們的這個地方，他以明顯不過的方式表達他隱藏已久的情意。兩人終於齊心。於是，可以這麼說，他們承受不起情難，因此攜手演出一場復仇劇[3]。

分手之前，他們說好以後這丈夫要下鄉時，如果國王人在城裡，他就要直接到城堡去見王后。這樣，他們要愚弄試圖愚弄他們的那兩個人。現在總共有四個人參加這場遊戲，而不是只有自以為不涉及第三者的兩個人。事情一經說定，王后回她的房間，紳士回他的家，兩人一樣滿面春風，全忘了先前的苦惱。國王去探望紳士的妻子這件事再也煩不到他們。

憂慮退位而慾望進階，這紳士開始進行下鄉之旅，次數頻繁遠超過以往。不管怎麼說，城鄉之間不過一里格[4]之遙。國王每一次聽說紳士下鄉去了，就長驅直入情婦家。同樣的，這紳士每一次聽說國王離開城堡了，就守候到夜幕低垂時長驅直入王后寢宮——去擔任，可以這麼說，國王的代理人。他處理得天衣無縫，保密到了家，任誰也察覺不到蛛絲馬跡。他們這樣進行好一段時日。國王可就不一樣。他畢竟是公眾人物，要想滴水不露隱匿他的婚外情，困難多了。事實上，是有一些好事之徒開始笑話這紳士，說他是縮頭烏龜，趁他轉背時把手指頂在頭上裝成綠帽先生的崢嶸頭角[5]。任何一個有風度的人都會為這紳士感到難過。他當然知道他們在說些什麼，不過他自有大樂在其中，而且認為他的頭角，比起國王的王冠，毫不遜色。

3　影射神祕劇（mystery plays）的典故。神祕劇是中古時代以《聖經》故事為本的宗教劇，其中取材於《新約》四福音書的部分，鋪陳耶穌受難與復活之後，復仇的劇碼總是描寫為基督之死復仇一事。耶穌受難即Passion，小寫則是「情火」譯文的「情難」試圖一語雙關。

4　里格：league，長度單位，大小因地而異，每一里格約為3.9到7.4公里不等。

5　俗傳妻子紅杏出牆，丈夫頭上會長角。

有一天，國王在這紳士夫婦家中作客，注意到一對鹿角高掛在牆上。他爆出笑聲，忍不住說頭上的角非常適合這個家。這紳士可不是省油的燈，他和國王真是棋逢對手。他在鹿角刻上一副對聯：

有人崢嶸頭角人人見，
有人頭角崢嶸不自知。

國王又一次來作客，看到這銘文，問他什麼意思。這紳士輕描淡寫說：「如果國王不對他的臣民說出他的秘密，那麼他的臣民沒理由非要讓國王知道他們的秘密不可。就頭角來說，陛下您應該牢記，它們不見得總是直挺挺撐開頭上的帽子。有時候頭角軟趴趴，戴頂帽子蓋過去就沒事了，甚至不曉得頭上長角！」

從這些話，國王聽出這紳士知道他和他太太有染的事。但是國王從來不曾起疑心，不曾想到這紳士和「他的」太太會有樣學樣。在王后這方面，她小心翼翼假裝不高興丈夫的行為，雖然私底下她高興得很，而且她越是高興，就裝得越不高興。這種善意的安排使得他們的桃色關係能夠維持到往後許多年，直到老年帶他們回歸常軌。

*　　　*　　　*

「好啦，各位女士，」撒飛單[6]結論道，「希望這個故事帶給大家一個心得。丈夫要妳戴鹿茸的時候，記得回敬他雄鹿的大叉角。」

「撒飛單，」翁娜綏特笑道，「我敢說，如果你還是像以前那樣，是個熱力四射的情人，你大概不會在意頂著一對和橡樹一樣高的叉角，只要你興頭一來能夠回敬他旗鼓相當的一對。不過，你的頭髮也開始花白了，你自己知道，是該讓胃口休息的時候了。」

「我說小姐，」他答道，「即使我愛上的女士不給我希望，即使年紀使我熱力大減，我的慾望可是和以往一樣強烈。不過，既然妳反對我停泊在這種高尚的慾望，我倒要請妳講第四個故事，讓我們看看妳能不能舉個例子來反駁我說的。」

6　講這個故事的撒飛單（Saffredent）是同伙當中比較年輕的，性喜呼朋引伴尋歡作樂。

口舌交鋒的當兒，有個女士笑了起來。她知道剛才回敬撒飛單的那個女士壓根兒就不是他樂意忍受頭角崢嶸的屬意對象。撒飛單看到她在笑，知道她明白他的意思，好不得意，就讓安娜秀往下說。她是這麼說的：

　　「各位女士，我有個故事要說，這故事會讓撒飛單和在座的其他人明白，並不是所有的女人都像他告訴我們的那個王后，也不是所有的男人都那樣不分青紅皂白耍手段以遂所求。這個故事應該昭告天下，講的是把情場失意[7]看得比死亡更嚴重的一個女士。相關的人，我姑隱其名，因為事情發生才沒多久，我擔心會觸怒他們的近親。」

天花板的陷阱（第四個故事）

> 某少爺認識主人的妹妹，是佛蘭德地方身世比他高貴的一名女士，知道她兩度守寡且個性隨和，心想她在情場上大概就是那種隨隨便便的人。料想不到碰了釘子，他決定霸王硬上弓，她堅拒不從，後來接受貼身女僕的建議，不張揚糗事，但是逐漸跟他疏遠，結果非分的妄想使他連原先近水的樓台也保不住。

　　佛蘭德[8]住了一個身世高貴的女士，出身之高貴真的是舉目無四。她沒有孩子，兩度守寡。第二任丈夫去世後，他和哥哥住一起，這哥哥非常喜歡她。他自己是家財雄厚的尊貴大爺，娶的是國王的女兒。這駙馬爺的生活多彩多姿，喜歡周旋在紅粉妝當中，打獵或自娛總能樂在其中，正是年輕人所該有的樣子。他的妻子可就孤僻了，不像他那樣享受人生，所以他總是帶著妹妹一道，因為她通情達理，是最有人緣又最討喜的伴侶。

　　話說投靠這家族的一個紳士，個子非常高，迷人的風采和俊俏的容貌使得他在同伴當中出類拔萃。他細心觀察，注意到這家主人的妹妹很

7　這裡說的「情場失意」，用現代話來說就是「遭受性侵犯」。

8　佛蘭德：Flanders，中世紀的公國，在低地國家的西南部，地處今法國、比利時和荷蘭接壤處，是織布業的中心。

活潑，也喜歡自得其樂，心想或許值得試試看家教良好的紳士的愛情攻勢是否對得上她的品味。他找機會向她求愛，徒然發覺她的答覆和他的預期有落差。雖然她給他的是適合名門淑媛的那種回答，她倒也毫不困難就原諒這個家教良好的美男子的冒昧。說真的，她的意思很清楚，她根本不會在意他對她說話，雖然她也一再提醒他必須說話謹慎。為了持續享受有她為伴的榮譽和歡樂，他承諾不重拾先前輕浮的舉止還高興得很。

可是，他的戀情與日俱增，到後來把自己的承諾全忘光了。倒不是他膽敢冒險打開這話題——他已經領教過她利口銳舌送出錦心繡語的滋味不好受，不會重蹈覆轍。他別有主意。只要讓他找對時間和地點，難道她不會因憐惜而縱容他一些，同時也放縱一下自己？她畢竟是寡婦，年紀輕輕的，身心健全而且個性朗爽。目標已定，他向主人提議，說他家附近有上好的狩獵地，並且保證只要他前去打獵，在五月捕獲一、兩隻鹿，必定是快樂似神仙。

部分是因為喜歡這紳士，部分是因為打獵成迷，這王親接受了邀請，而且在他家留宿。這紳士住家非常漂亮，維護非常妥善，簡直是當地首富的派頭。他把親王伉儷安頓在翼廂房的一邊，另一邊則安頓他熱戀鍾情超過熱愛生命的那個女士。她住的房間裝潢非常豪華，從上到下掛滿了壁毯，地板鋪上厚厚的墊子——這一來勢必看不出床邊通往樓下臥室的暗門。這紳士的母親通常睡在那一間臥室，但是年紀大了，患有黏膜炎，晚上咳不停，因此和兒子換房睡，以免打擾公主安眠。這老婦人每個晚上都帶著蜜餞上樓，由兒子作陪，因為他跟公主的哥哥關係密切，自然容許他在她就寢前寒暄問暖。這樣的機緣，不用說也知道，對於他的戀情是不斷在煽風點火。

於是，一天晚上，他陪她到深夜，直到看她入睡才離開她的房間。他回到自己的房間，穿上他最華麗又最芳香的內衣，頭上戴著各位所曾見過裝飾最華麗的夜帽。他對著鏡子孤芳自賞的時候，自信滿滿認定世界上不可能有哪個女人抗拒得了如此俊美俏麗的景象。他滿心歡喜，預期自己的小計畫馬到成功，接著上床去。慾火焚身的他可沒打算在床上待太久，他有把握很快就可以在比自己睡的那張床更喜樂而且更尊貴的床上佔有一席之地。

僕人一經打發，他立刻起身，把房門上鎖，細心傾聽樓上公主房間的聲響。他確定靜悄悄，開始動手。他輕輕慢慢放下暗門。這暗門做

工結實，上頭又覆蓋厚布墊，發不出丁點兒聲音。他爬上這扇機關門，溜進樓上的房間。公主睡得正熟。他乾脆得很，想也不想自己的階級和立場，也無暇顧慮自己對她的責任和尊重，甚至顧不得對方的意願，二話不說就跳上床跟她同睡。她還沒來得及看清是怎麼一回事，他已經躺在她的臂灣裡。可是，她不是手無縛雞之力的女人。她掙脫他的擁抱，奮力要看清他的面貌，手打腳踢還又抓又咬的。他怕她會呼叫求救，覺得有必要用床單塞住她的嘴巴，卻功虧一簣。她知道他會使盡吃奶的力氣對她非禮，所以她也使盡吃奶的力氣不讓他得逞。她尖聲叫喊貼身的女僕，是個品格高尚的老婦人，就睡在隔壁房間。貼身女僕一聽到求救聲，立刻衝進女主人房裡，救人要緊，連睡衣也來不及換。

這紳士知道自己插翅難飛，唯恐被公主識破身分，急忙打退堂鼓，從暗門遁逃。他回到自己的房間，神情實在是有夠落魄。對一個慾火已經燒上身，滿心以為意中人會展臂接待他的男人來說，這種經驗不輸給粉身碎骨。他拿起桌上的鏡子，就著燭光端詳自己。他的臉上血跡斑斑，是她連抓帶咬造成的。他身上那一件鑲繡錦睡衣，血跡比金線還多。

「好看又怎麼樣！」他呻吟道。「你這是活該。對自己的外表不應該抱那麼高的期望。就是因為迷信外表，我竟然癡心妄想一開始就知道沒指望的事。豈只是弄巧成拙，根本就是自作孽。她要是發現是我幹出這件荒唐事，把自己承諾的事當兒戲，我知道以後我即使心胸磊落、光明正大也見不到她的面。都是自己虛榮惹的禍！要盡量展現自己的風采和美貌，要贏得她的心和她的愛，我不應該摸黑鑽地洞。我不應該霸王硬上弓考驗她的貞節！我應該誠心服侍她，謙卑為懷又任勞任怨才對，應該認命等候愛心凱旋[9]。一個男人如果沒有愛心，空有勇氣和體力，這有什麼好處？」

他就這樣坐一整個晚上，哭也哭了，咬牙切齒，恨不得這事沒發生過。到了清晨，他再一次攬鏡自照，看著臉上滿是抓痕，只好躲進被窩，假裝病重，受不了室外強光。他就這樣守在床上，直到客人回家。

那時候，公主得意揚揚。她知道在他哥哥的宮廷裡，唯一膽敢對她做出如此令人髮指的事，就是已經向她大膽示過一次愛的那個人。換句話說，那個罪犯就是她的東道主，她清楚得很。在貼身女僕幫助之下，她找遍房裡可能藏身的地方，當然是一無所獲。她怒不可遏。「我知道

9　一個句子濃縮宮廷愛情的理念。

是誰幹的好事！」她火冒三丈說，「就是這房子的主人！除了他，不可能會是別人。我說了算數，天亮我就跟哥哥講這件事，我要他的頭顱來證明我的貞節。」

看她氣成那個樣子，貼身女僕淡淡地說：「夫人，我很高興看到妳那麼重視名節，甚至要他賠上老命來驗證妳的清白──他因為使用暴力愛妳，吃的苦頭也夠多了。不過，我看多了，世人為了強調名譽，往往適得其反。所以，夫人，我希望妳一五一十告訴我事情的始末。」

她聽了龍去脈，問道：「你跟我保證他從妳這兒得到的就只是拳頭和抓痕？」

「我保證，」回答很乾脆，「他得到的就只是這樣。除非他找得到神醫，天亮我們就會看到他臉上的記號。」

「那好辦，」老婦人接腔道，「這麼說來，我想妳應該考慮好好感謝上主，而不是說什麼報仇的話。妳知道嗎，做這樣的事非同小可，得要有相當的勇氣，因此這時候他必定是因為功敗垂成而痛不欲生，因此死亡對他來說反而好受多了！如果要的是復仇，那麼妳應該讓他保留他的情火和恥辱──自我折磨的痛苦遠超過別人施加的折磨。再說，如果妳在意的是名節，那更要小心，別像他那樣掉進自己設的陷阱。他設想各式各樣的歡欣和娛樂，以為伸手可得，結果得到的卻是紳士所能忍受的最難堪的下場。所以，千萬要當心──如果妳尋求名節過了頭，說不定到頭來適得其反。如果妳向官方控訴，妳得要當眾把整個事情和盤托出，而那些事情現在還沒有人知道，他當然也不會去張揚。更糟糕的是，假設妳一意孤行，大爺，妳哥哥，開庭審理，這個可憐的人被判死刑，到那個時候，人家會說他必定得逞了。大多數的人會辯稱，要不是女方示意在先，一個男人要做那種事談何容易。妳年輕又有姿色，個性活潑又為人隨和。宮廷裡沒有一個人沒見過妳跟妳在懷疑的那個人談笑風生。這不就坐實了多數人的看法？他們只好得出這樣的結論：如果他真的做了妳說的事，那麼妳自己多少也有不是的地方。妳的名譽到現在為止還是潔白無垢，使得妳不論走到什麼地方都能抬頭挺胸；要是把事情鬧開了，那麼不管事情傳到哪裡，妳的名譽就會在那兒受到懷疑。」

公主傾聽貼身女僕明智的析理，知道她說的沒錯。想到她一向跟這紳士有說有笑的親密關係，她真的有可能遭受批評與指責。於是，她問貼身女僕怎麼做才妥當。

「妳聽得進我的勸告，」這老婦人回答道，「那是我的榮幸。妳知道我對妳的關愛。在我看來，妳心裡頭應該感到高興，因為那個人，雖然他是我這輩子所見過最英俊、最有教養的紳士，還是沒辦法使妳失身，雖然他愛你那麼深，雖然他對妳使用體能暴力。單是為了這一點，妳就應該對上帝謙卑，並且承認使妳脫困的並不是妳的美德。是有許多女人，她們潔身自愛不輸給妳，失身的對象卻遠比我們說的這個男人不值得愛。從今以後，妳更應該警覺跟你妳交往的男人，隨時提醒自己，有許多女人逃過了第一次的魔爪，卻逃不過第二次。夫人，不要忘記愛是盲目的，老是用偷襲的，受害人往往以為安全穩當的路，其實處處害人滑跤絆倒。我還想到，這件事妳一定要守口如瓶，不論是對他或是對任何人都一樣，就算他自己提話頭，我認為妳也應該假裝不明白他在說些什麼。這一來，妳可以避免雙重的危險。首先可以避開的危險是得意忘形。第二個危險是，妳可能回想肉體的歡樂而變成回味。即使是女人當中最貞潔的，也無法預防這一類的事情點燃歡樂的火花，不論她們怎麼樣設法避免。最後，夫人，為了不讓他以為妳或多或少喜歡他的行為，我奉勸妳慢慢減少跟他見面的機會。這一來，他會明白妳瞧不起他蠢不唧噹的惡行。同時也讓他知道妳如何與人為善，對於上帝賜給妳的勝利感到心滿意足，不至於非要報仇不可。但願上帝保佑妳，夫人，好好把握祂賞賜給妳的節操，從今以後更敬愛祂，信奉祂更虔誠，牢牢記住一切的善源源不絕都是從祂而來。」

公主決心遵照貼身女僕明智的勸誡，蒙頭睡了個香甜的覺，樓下那個慘不忍睹的紳士卻是折磨得一夜不能成眠。

第二天，公主的哥哥準備打道回府，問起他是不是可以跟屋主辭行。他很驚訝聽說他病了，無法忍受白天的強光，因此不見客。他打算前去探望，卻被告知他在睡覺，所以決定不打擾。就這樣，他帶著妻子和妹妹離開這戶人家，想要打聲招呼也沒辦法。他的妹妹，就是那個公主，聽到東道主不接受辭行的藉口，她斷定他就是使她無比苦惱的人。顯然他的臉上抓痕纍纍，沒臉出來見人。他甚至回絕了後續一切進宮的邀請，這情形一直持續到他所有的傷都痊癒──這裡說的傷當然沒有包括他的心和自尊所受的傷害。等到他終於回宮廷面對贏得勝利的敵人，沒有一次不是面紅耳赤。在宮廷裡一向以大膽著稱的他，如今在她面前毫無自信可言，神離心碎、魂飛魄散的。這徒然讓公主愈發確信她當初的懷疑是有根據的。她維持一貫的風度，同時慢慢地疏遠他──保持風

度還是有個限度，他不可能不注意到她的所作所為。因為擔心還有更糟糕的事降臨在身上，他一個字也不敢吐露口風。他只好在心坎裡悄悄呵護那一股戀情，默默忍受他罪有應得的那一次挫折。

＊　　　＊　　　＊

「各位女士，這個故事應該可以讓妄求非分的男人知所警惕。公主的德操和貼身女僕的明理對所有的女人應該都有砥勵的作用。所以說，萬一遇上這種事，各位現在應該知道如何亡羊補牢。」

「依我看，」依賀康說，「故事裡的那個高個子少爺沒膽量，不提也罷。平白錯失大好的機會！他應該不眠不休，不成功誓不罷休。如果他的心還有容得下怕死和怕丟臉的餘地，那麼說真的，他的愛根本沒什麼大不了的。」

「有兩個女人跟他作對，這個可憐的男人還能怎麼樣？」諾美菲問道。

「他該先殺了那個老的，等到那個年輕的知道不會有人幫她出點子的時候，他就勝利在望了。」

「殺她！」諾美菲叫了出來。「這麼說來，他鬧出命案你也不會在乎囉？如果你真的這麼想，我們可得要張大眼睛，千萬不能落入**你的**魔掌。」

「如果走到那樣的地步，」他答道，「我會認為如果我沒有得手，那才是名譽掃地。」

翟布洪接口道：「所以，一個出身高貴的公主，在校風嚴謹的榮譽學校長大，竟然使得男人吃不了兜著走，你覺得奇怪？果真如此的話，讓你聽到寒門出身的女人千方百計擺脫**兩個**男人，那不是更奇怪了？」

「翟布洪，這就請你講第五個故事，」翁娜綏特說，「因為聽你的口氣，好像你有窮苦人家卻毫不沉悶的故事。」

「既然妳指明要我說，」他說，「我就來說一個，我知道是確有其事，因為我在事發的地點追查過始末。各位將會明白，不是只有公主才腦筋明理而心地純潔。而且，愛和機智不見得總是在我們預期的地方出現[10]。」

---

[10] 翟布洪接著講第五個故事，摘要如下：方濟會（見注25）兩名修士打算強暴Coulon河上載他們渡河的女船夫，可是她智德兼備，反將他們一軍，兩人雙雙被綁進法庭，受到應得的懲罰。

伊底帕斯的兒子（第三十個故事）

> 某貴族青年，十四、五歲，以為和他上床的是他母
> 親的丫鬟，結果和母親發生關係，九個月後生下一
> 個小女孩，十二、三年後這女孩和這青年結婚，他
> 完全不曉得自己既是她的父親也是她的哥哥，就如
> 同她完全不曉得自己既是他的女兒又是他的妹妹[11]。

　　路易十二在位其間[12]，駐阿維尼翁的教廷使節[13]是當布瓦茲家族的
人，其實就是駐法蘭西教廷使節喬治・當布瓦茲[14]的姪兒。就是在那個時
候，朗格多克[15]有個女士，為了她家族的名譽，我姑隱其名。她的收入
超過四千金幣，很早就守寡，只有一個兒子。不知是由於喪夫之痛，還
是由於愛子心切，她發誓不改嫁。為了避免破壞誓言，她堅持不和別人
來往，除非是忠心可靠的人。她認為迎來送往是罪惡孳生的溫床，沒想
到恰恰相反，其實是罪惡製造機會。這個年輕的寡婦全心全力奉獻給聖
事，過著與世隔絕的生活，甚至連參加婚禮和聽教堂的風琴演奏也認為
事關良心問題。

　　她兒子七歲的時候，她聘請一位聖風亮節的人當這男孩的家庭教
師，期待耳濡目染有所薰陶。但是，在他已滿十四而未及十五歲時，自
然[16]這個最令人難以理解的老師發覺，發育良好的這少年什麼也沒學到，
於是開始教他新課程，和家庭教師所教的大大不同。他的眼光開始逗留
在他認為是美的東西，看了不算數，他還想佔為己有。其中一樣是睡在
他母親房裡的一個貼身丫鬟。沒有人會多心，因為大家都認為他還小，

---

11 「伊底帕斯的兒子」這個標題是隱喻的說法。

12 1498-1515。

13 教廷使節：奉派代表教皇個人執行宗教或外交使命的天主教神職人員。阿維尼翁：
　　Avignon，法國東南古城；一三〇九至一三七七年間，教皇迫於政治形勢，不駐在羅馬而駐
　　在阿維尼翁（史稱阿維尼翁教廷）。在一七九一年法國國民會議佔領該城之前，阿維尼翁並
　　不屬於法蘭西領土，而是直屬教廷的藩臣領地。

14 喬治・當布瓦茲：George d'Amboise（1460-1510），法國樞機主教，曾任路易十二的首
　　相；教皇亞歷山大六世於一五〇三年逝世時，他希望成為教皇，未能如願，被任命為駐法蘭
　　西教廷使節。

15 朗格多克：Languedoc，位於普羅旺斯之西，是法國南部擁有特殊文化傳統的一個地區。

16 自然：擬人格，亦可作「天性」。

而且不管怎麼說，在這個家中整天聽到的就只是基督上帝的事。

於是，這少年多情郎開始偷偷摸摸糾纏這女孩。這女孩向她的女主人告狀。這男孩的母親因為愛子心切，而且對他評價很高，總認為丫鬟的抱怨是在挑撥離間。但是這女孩抱怨不停，最後她的女主人說：「我會看看妳說的是真是假，如果妳說的是真的，我會處罰他。但是，如果妳信口雌黃，受罰的人是妳。」

為了確定事情的真假，她教這女孩和她的兒子幽會，要他半夜來她女主人臥室門邊她自個兒睡的那張床會她。這女孩畢恭畢敬從命，但是入夜以後，睡那張床的是她的女主人。如果這丫鬟的指控是真的，她決心好好處治他，讓他有生之年和女人上床永遠記得這件事。她氣在心頭這樣想著，就在這時候，她兒子出現了，爬上她睡的那張床。雖然他真的上了床，她還是不相信他會做出什麼不名譽的事。所以她什麼話也沒說，一直等到跡象明白顯示他意圖不軌，她還是認為證據不夠充分，不能據以認定他有犯罪的慾望。她等著看他會幹嘛。

她等的時間那麼長，而她的天性那麼脆弱，結果她的怒氣一變而為歡愉，歡愉得教人嫌棄，以至於忘了自己是為人母親。就像水壩蓄阻的急流比水路順暢的溪流來得湍激，這可憐的女士就是這樣，強用禮教禁錮自己的身體，一旦踩下貞操階梯的第一步，馬上就給衝到河床去了。當天晚上，她懷孕了，懷的是她一心一意要預防和別人藍田種玉的人的孩子。

大錯已鑄，她悔恨交加，懊悔之深得要她花上一輩子時間去後悔。她從兒子身上爬起來——這兒子一直以為跟他睡的是那個丫鬟——痛心縮回另一個房間，心思翻來覆去想著一片善意落得這樣不堪的下場，整個晚上獨自在那兒哭，咬牙切齒。

可是她並沒有虛心悔悟，也沒有明白除非上帝助以一臂之力，我們的肉體要想避免犯罪實在不可能，反倒嘗試用自己的方法彌補過去的行為，用眼淚和謹慎避免重蹈覆轍。她為自己犯的罪找了個下台階：那是情勢使然，她沒有絲毫的犯意，這種情形只有仰賴上帝的恩典才能補救。她想，未來是有可能避免失足陷入類似的不幸，而且，彷彿能使我們一失足成千古恨的罪就只有一種，她卯全力要避免這獨一無二的罪。可是傲性——這是罪行就應該治好的——兀自增長盤根，結果是避免一種惡行卻陷入更多的其他惡行[17]。

---

17 驕傲是罪的根源，形於外則是（種種不同形態的）罪行；故事中的母親已經犯了罪，理當明白自己的傲性闖了禍，如此則謙卑之心能使人免於一錯在錯。可是她顯然不明白這個道理。

第二天早上，天才剛亮，她找來兒子的家庭教師，對他說：「我兒子現在長大了，是該出去創業。我有個親戚追隨肖蒙的大將在山的那一邊[18]。他的名字叫蒙特松隊長[19]，他會很樂意接受我兒子入伍。所以，立刻帶他去，告訴他不用跟我道別，免得我離別之苦。」

　　說著，她給了他一路上需要的盤纏。當天早上這年輕人就從軍去參戰，心裡頭還想著已經和小情人度過春宵，可以死而無憾。有很長的一段時間，這女士沉溺在深度的悲傷和憂鬱之中。要不是她對上帝心存畏懼，她好幾次高高興興希望肚子裡的不幸珠胎毀於無形。她假裝生病，這樣可以穿外衣隱藏過錯。

　　分娩的時候到了，她求助於可以信賴的一個男人，是同父異母的弟弟，欠她一屁股的人情債。她把自己的遭遇說給他聽，絕口不提自己的兒子，要他幫忙挽救她的名譽。他很爽快同意。生產的前幾天，他過來邀請她換個環境，說如果到他家住一陣子，會有助於恢復健康。因此，在一小批陪從作伴之下，她到他家去。等候他們到來的是個接生婆，她以為待產的人是這同父異母弟弟的妻子。

　　一天晚上，這女士生下一個漂亮的小女嬰，產婆還是不知道產婦的真實身分。她弟弟找了奶媽來撫養，假稱那是他自己的孩子。這女士住一個月，完全復原了，這才回家。她從此過著比以往更刻苦的生活，又是齋戒又是修行。

　　義大利的戰爭結束了，這女士的兒子如今已經成年，寫信給他母親，問她是不是可以回她的家。她害怕會犯同樣的罪，回絕了。這兒子一再要求，她再也辦不出理由拒絕。不過，她傳口信給他，他不許出現在她的面前，除非他和一個他所深愛的人結了婚。對方是什麼人無關緊要，財產也不重要，只要是家世清白的女孩就好。

　　這期間，這女士的同父異母弟看到自己收養的女兒已經長得婷婷玉立，決定把她安置到遠方的人家，沒有人會知道她的身世。在她母親的建議之下，她給送到凱瑟琳那兒，就是納瓦拉的王后[20]。才十二、三歲，這女孩就有她自己的風韻，很討王后喜歡，老想著幫她撮合好人家。但是，雖然這女孩有許都多男人追求她，只因為她沒錢，沒有一個成為她的丈夫。

---

[18] 意即投效肖蒙（Chaumont，法國東北古城）的部隊在義大利參戰。

[19] 蒙特松：Montesson，路易十二時代以驍勇善戰知名於軍界。

[20] 凱瑟琳：即《七日談》作者瑪格麗特的婆婆。

有一天，她不知道就是她父親的這位男士從前線回來，來到王后的家。他看到他的女兒，一見鍾情。由於已經獲得母親允許娶他喜歡的人，他只要知道這女孩是否家世清白就可以了。一經探聽，果然如此，他向王后要求允婚。王后知道他家有錢，又看他長得俊，而且高貴又善良，歡歡喜喜同意了。

　　婚禮過後，這青年寫信給他母親，說她再也沒有理由不接納他，因為他可以帶個人人求之不得的媳婦回去。他母親進一步探問這樁婚事，明白他兒子的太太就是他們的女兒，絕望到了極點，心想自己的末日近了。她越是努力在窮途末路上橫加阻撓，越是成為惹禍上身的幫兇。她方寸已亂，不知如何是好，只好前往阿維尼翁的教廷使節，懺悔自己的重罪，同時討教因應之道。為了安撫她的良心，教廷使節召集幾位神學博士，他先說明事情的始末，不過沒有透露當事人的名字。他在會議上結論說，這女士什麼也不應該告訴她兒子，因為他們不知情，也因此沒有犯罪。但是她，也就是他們的母親，沒有給他們絲毫指示，要贖罪終其餘生。

　　這可憐的女士回到家，沒多久她兒子和媳婦也到家，一家團圓和樂融融。不曾有人像他們這樣夫妻恩愛，也不曾有人像他們這樣夫妻緊密，因為她是他的女兒、妹妹和妻子，他是她的父親、哥哥和丈夫。夫妻相愛不渝，而這可憐的女士，他們的母親，悔不當初無以復加，只能縮到一旁獨自飲泣，根本沒有福氣享受他們的恩愛。

＊　　　　＊　　　　＊

　　「看吧，各位女士，有的女人自視太高，強要憑自己的力量和美德克服愛情和天性以及上帝安排的一切勢力，落到這樣的下場。最好是承認自己的弱點，最好是不要和這樣的敵人抗爭，而是歸順唯一的真愛，跟著〈詩篇〉的作者一起禱告：『上主啊，求你解除我的患難[21]。』」

---

[21] 引文其實出自《舊約·以賽亞書》38:14。講這個故事的人是伊賀康（Hircan），帕拉萌特（Parlamente，論者普遍認為就是瑪格麗特的化身）的丈夫。他為人精明卻定性不足，喜好感官之樂，說起話來語帶挖苦而且粗俗。他的名字顯然取自Hircania，羅馬作家普林尼的《博物誌》（Pliny's Natural History）說該地位於裏海之南，傳說產猛虎（參見莎劇《馬克白》3.4.100），古典文學一向視為化外之地；其字根與hircus同源，即拉丁文的「公山羊」，而公山羊在希臘神話經常使人聯想到色慾，正如英文的hircine（羊騷、好色）所表達的。

「沒有比這更奇怪的故事了，」瓦姿漪[22]說，「我認為每一個人，不論男女，都應該對上帝心存敬畏，常保謙卑，好好體會為善反為惡的後果，免得弄巧成拙。」

「切記，踏出師心自用的一步就是背棄上帝的第一步」，帕拉萌特說。

「承認除了自己別無敵人，」瞿布洪[23]說，「而且不論自己顯得多麼善良與聖潔，千萬不能自行其是，這種人才稱得上明理。」

「動機再怎麼善良，」龍噶痕[24]說，「女人無論如何不應該冒險和男性親屬上床，關係再怎麼親密都一樣。無遮無掩的火焰擺在易燃物旁邊就是不安全。」

「毫無疑問，她就是那種又傻又虛榮的女人，腦袋瓜子塞滿了方濟會[25]的無稽之論，」翁娜綏特說，「而且還認為自己是聖人再世，不可能犯罪。這種人當中，有些人還想說服我們相信什麼有為者亦若是，那當然是大錯特錯。」

「龍噶痕，妳說說看，」瓦姿漪說，「他們當中真有人傻到相信那樣的看法，可能嗎？」

「還有更絕的哪！」龍噶痕答道，「他們甚至說，堅守貞操是必要的，而且為了接受考驗，他們故意去找最漂亮的女人聊天，找來的都是他們特別喜歡的女人。然後透過愛撫和親吻來考驗自己，看看是不是達到了羞辱肉體的目的。如果發覺這些動作產生了些微快感，他們就開始閉關齋戒苦修。一旦克服了肉體的慾望，聊天和親吻都不再能夠帶來刺激，他們就嘗試最後的誘惑，和女人上床，清清純純擁抱入懷。固然有人通過考驗，卻也有許多過不了關的，後果不堪設想，米蘭大主教就是這樣不得已區隔男女，男修士和女修士各有各的隱修院。」

---

22 瓦姿漪（Oisille），聚會人士中最年長的女士。後續的對話顯然是反映當時熱門的爭論議題，即宗教教育以及對於所謂天主教在實務上的神學辯證立場，後者在世俗男女看來不是流於天真，就是淪於假道學。

23 瞿布洪（Geburon）在這場聚會中也是屬於老生代，說話明理簡潔。

24 龍噶痕（Longarine），能言善道的年輕寡婦，她的名字可能取自langue orine（「金舌頭」）。瑪格麗特就有個貼身丫鬟就叫Longrai。

25 方濟會：Franciscans，天主教修會，由聖方濟（St. Francis）在十三世紀初創辦，傳教之餘，以懺悔修行和持守神貧為基本戒規。天主教會的許多習俗是由方濟會倡導的。《七日談》中有幾個故事是以方濟會為反教權的諷刺和批評的對象。

「說真的，」瞿布洪說，「靠個人的努力把自己抬舉到比罪惡還重要，然後實際去尋找可能犯罪的情況，那是愚不可及！」

「也有人反其道而行，」撒飛單說，「盡量避開那樣的情況──不過，即使這樣，他們的貪慾還是形影不離。大聖人聖傑洛姆[26]甚至在自行鞭笞並隱居荒野之後，承認他無法擺脫在骨髓中燃燒的那一把火。所以說，我們應該把自己託付給上帝，因為如果不是祂緊緊抓住我們，我們就會跌倒，做錯事還樂在其中。」

說了老半天，你們都沒聽出我的重點！」伊賀康打斷他們的對話。「我們在講我們自己的故事，僧侶們卻躲在籬笆後面偷聽！他們甚至聽不見晚禱的鐘聲，可是我們一開始說到上帝，他們立刻跑開，敲起第二次鐘響！」

「我們就好好跟上去，」瓦姿游說，「為度過了這麼愉快的一天去感謝上帝。」

說著，他們一個個站了起來，魚貫上教堂，去聆聽晚課。接著，晚飯過後，他們討論了白天說過的話，也說了許多各自的見聞，為的是看看有沒有什麼值得記下的。這樣快快樂樂打發一個晚上，全都就寢去了，期待明天繼續大家都覺得愜意的消遣方式。第三天就這樣結束。

囚徒樂（第四十九個故事）

> 幾個法國貴族，眼看國王受到某外籍伯爵夫人
> 的垂愛，想有樣學樣，大膽向她求歡，卻分別
> 上了她的當，誓言報仇，偏又惹了一身腥[27]。

在查理王的宮廷──為了當事人的名譽，我不說是哪個查理，也不稱呼那位女士的本名──有個伯爵夫人。她出身高貴的家庭，卻是外國人。新奇總是吸引人，因此這女士初抵宮廷，大家的視線就離不開她，

---

[26] 聖傑洛姆：Saint Jerome，早期西方教會中最博學的教父，通俗拉丁文本《聖經》（Vulgate）就是他翻譯的。他鼓吹隱修，和主張禁慾的教會人士關係密切，譴責羅馬神職人員，抨擊行為不檢的修士和修女。

[27] 這個故事也是伊賀康（見注67）說的。

原因部分在於她衣服的款式開了他們的眼界，部分在於她一身珠光寶氣價值連城。倒不是她的姿容舉世無匹，可是她有一種特殊的氣質，搭配各位所能想像最傲慢的神情，說起話來威儀十足，氣勢懾人，因此宮廷裡沒人敢跟她打招呼——除了國王，他非常喜歡她。為了獨佔她，國王指派她的丈夫伯爵出差相當長的一段時間。這期間，國王本人和她過從甚密，獨享歡樂。

　　話說國王手下有幾位紳士，他們知道國王跟她有一腿，想如法泡製，於是大膽向她求愛。其中一個叫阿斯梯勇，舉止優雅又富膽識。她的第一個反應是尊嚴自持，威脅說要告訴國王。可是面對人間第一勇士依然毫無懼色的阿斯梯勇不為所動，執拗不屈，女方無奈，終於同意單獨會他，還說出進她房間最穩當的方法。他依照指示，但是為了避免國王起疑，他事先向國王請准了假。於是，他辭別宮廷，可是隔天就和隨行的人分手，趁夜走回頭路，去接受公爵夫人承諾的心意。她果然守信，阿斯梯勇心滿意卻不知足，樂得夜以繼日要多待七、八天，天天關在她的穿衣間，靠著雖營養卻清淡的食物維生。

　　在那個禮拜期間，他的一個同伴，名叫杜哈烺，也前來對公爵夫人採取攻勢。她跟上次如出一轍，也先是拒人於千里，幾天過後才軟化凌人的盛氣。就在她打發第一個囚徒離去的那一天，她緊接著適時安排第二個侍候她的人，接替第一個囚徒的位置。

　　他還在那兒的時候，又來了第三個。這一次是名叫瓦那崩的，也和前兩個經歷同樣的儀式。跟在他們後頭還有兩、三個前來渡他們絲毫談不上不快樂的囚期。整個事情進行了好一段期間，公爵夫人安排得天衣無縫，竟然沒有任何一個男人知道其他男人的任何事。他們當然彼此知道大家都同樣熱戀同一個女人，可是每一個人都以為自己得天獨厚遂所願，每一個人都在偷笑別人沒能得獎。然而，有一天，這幾位紳士參加一場宴會，碰巧湊在一塊兒，說呀說的，話題扯到戰爭期間被囚禁的奇遇和經驗。瓦那崩覺得自己有話如鯁在喉，從天而降的幸運不吐不快，於是開口道：「我是體會不來各位被囚禁的經驗啦，至於我自己的部分嘛，成為囚徒的經驗使我回味無窮，恨不得餘生都用來讚揚那一次的經驗。我認為人世間沒有任何樂趣可以拿來跟成為囚徒的樂趣相提並論的！」

　　可是，阿斯梯勇在那一批「囚徒」名單拔頭籌，深深瞭解他所謂的「囚禁」，答道：「瓦那崩，是哪個獄卒給你這麼好的待遇，竟然使得你喜歡被囚禁？」

瓦那崩說：「不管獄卒是什麼人，囚禁就是樂無窮，只希望我能夠在那裡待久一點，因為我不曾受到如此的優遇，永遠不滿足！」

　　至於杜哈燧，他一向不是健談的人，非常懷疑他們說的那種「囚禁」也是他親身經歷的，就對瓦那崩說：「在你讚揚備至的那個監牢，你吃的是什麼樣的伙食？」

　　「什麼樣的伙食？」瓦那崩答道。「國王本人吃的也不會更好，營養更不在話下！」

　　「可是我還要知道，」杜哈燧說，「把你囚禁的那個人是不是要你工作換取麵包？」

　　瓦那崩猜到他們已經看穿了他，忍不住脫口而出：「我的天哪！難道這件事我有同志不成？我還以為我是獨一無二的人選！」

　　眼看自己就要跟別人一樣捲入一場爭執，阿斯梯勇笑道：「我們都服侍同一個老板。我們從年輕時候就是死黨，是長期的同志。所以啊，在這件不幸的遭遇上，我們如果也是有志一同，那可真是大笑話。為了確定我的懷疑是不是真的，請各位容許我提問，也請各位據實回答。如果事情真的就像我相信的那樣，我想方圓千里[28]之內找不到更好笑的笑話了。」

　　於是他們發誓實話實說，是事實就不否認。

　　「我先說我自己的遭遇，」阿斯梯勇說，「然後你們再說是不是也經歷同樣的事情。」

　　大家都同意這麼辦，於是阿斯梯勇說：「我先向國王請准了假。」

　　其他人異口同聲說：「我們也一樣！」

　　「然後，離開宮廷大約兩里格的地方，我和隨從分手，心甘情願去當囚徒。」

　　「我們正是那樣！」

　　「我逗留了七、八天，睡在穿衣間，除了雖營養卻清淡的食物和必需品，什麼也沒有，滋味倒是沒話說。一個星期結束了，我的獄卒放我走，我離開的時候比我進去的時候虛弱了許多。」

　　每一個人都說經歷了相同的遭遇。

　　「我在那一座監牢是從某某日開始的，在某某日獲釋，」阿斯梯勇說，還明確指出他獲釋的日期。

---

[28] 里：里格，見注51。

「我的徒刑正是從你結束的那一天開始的，」杜哈熾說，「直到某某日！」

瓦那崩再也按捺不住脾氣，開始詛咒。「憑基督的血！這麼說來，我是第三個自以為是第一而且也是僅有的一個，因為我就是在那一天開始服刑的！」

他告訴他們他獲釋的日期，同桌另外三個人發誓說他們也是跟隨在後，一個接一個排隊。

「好啦，」阿斯梯勇說，「既然是這樣，恕我冒昧透露我們的獄卒的情況：她已婚，丈夫出門在外。」

他們齊聲說：「沒錯，就是那一個！」

「現在，為了讓大家脫離苦海，」阿斯梯勇繼續說道，「既然我忝列排班名冊的第一個，就由我率先說出她是誰：就是伯爵夫人——眼睛長在頭頂上，眼前看不到半個人的那個伯爵夫人，想到她那一副德性，我以為我贏得她的愛的時候，那種感覺簡直就像是我征服了裴力斯·凱撒本人！跟魔鬼同夥的可惡女人，事前讓我們費盡了吃奶的力氣，事後還讓我們覺得高興得不得了！沒見過女人這麼居心巨測的！她把一個男人藏起來的時候，同時也在引誘下一個目標，所以她永遠不愁沒有消遣！沒讓她受到懲罰，我死不瞑目！」

大伙兒問阿斯梯勇，她應該受到什麼樣的懲罰，並且保證只要他說得出口，他們會齊心協力成人之美。

「依我看，」阿斯梯勇答道，「既然國王當她是女神，我們應該告訴他。」

「不，報仇的方法太多了，犯不著把老板也扯進來。我們可以約好明天一起等她去做彌撒。我們全都在脖子掛上鐵鍊，然後趁她上教堂的時候，用恰當的方式跟她打招呼。」

大家都覺得這得點子不錯，於是分頭回家去準備鐵鍊。第二天早上，他們一個個身穿黑衣，脖子掛鐵鍊，一起在伯爵夫人上教堂的路上等候。她一看到他們這麼奇怪的裝扮，當場笑出來，說：「這些扮相慘兮兮的人，上哪兒去呢？」

「夫人，」阿斯梯勇說，「我們是您可憐的囚徒，您的奴隸，伺候您是我們應盡的本分。」

伯爵夫人假裝聽不懂，答道：「可是你們不是我的囚徒，我不懂你們有什麼比其他人更充分的理由該伺候我！」

瓦那崩走上前，說：「可是，夫人，我們長期吃您的麵包，如果不伺候您，未免太不知感恩。」

然而，她擺出一貫的風度，心想威儀或許會讓他們收斂些。可是他們毫不退讓，她因而明白這整個事情已經揭開了。於是，她很快找到一個使他們知難而退的辦法，因為她名譽已失，良心涓滴不存，肯定不會任他們擺佈而使自己受辱。沒那回事，她這個女人喜歡享樂更甚於人世間一切榮譽，並不生氣，還是一樣若無其事。反倒是一群男人一個個自己感到難為情，羞辱她不成，反倒是把羞辱堆疊在自己身上又銘刻在自己的心裡。

＊　　　＊　　　＊

「好啦，各為女士，如果妳們不覺得**那個**足以說明女人跟男人一樣壞，我還有一大堆故事可以說給妳們聽。不過嘛，依我看來，我剛說的那一個應該足以說服各位，女人一旦無恥，她的行為比男人壞上千百倍。」

聽完伊賀康說的，在場的女人沒有一個不是開始畫起十字，不知情的人還以為她們突然看到地獄所有的魔鬼同時出現。可是瓦姿漪對她們說：「各位女士，聽了這件恐怖的事，我們該懂得謙卑；我們這麼做是因為被上帝拋棄的人就會像跟她結合的那個人一樣。依附上帝的人會散發上帝的靈，同樣的道理，依附上帝的死敵的人會感染魔鬼的魂。沒有比被剝奪上帝的靈的人更像衣冠禽獸的了。」

「不論這個可憐的女人做了什麼事，」翁娜綏特說，「那些男人誇口說什麼『被囚禁』有多好，對於他們，我是不會說什麼好話的。」

「依我看，」龍噶痕說，「要一個男人對於他的所得守口如瓶，困難不下於當初費勁追求。男人在捉到獵物吹響號角的時候，沒有一個不是樂在心頭；有情人在征服得手的時候，沒有一個不是榮耀齊天。」

「那種說法，」席蒙托說，「在基督教國家所有的宗教法庭的法官面前，我都會主張是異端！能夠謹言慎行的男人遠比女人多，而且我知道是有這樣的男人，如果他受到女人的好待遇就得讓別人知道，那他寧可不要。這就是為什麼教會──不愧是好母親──規定接受告解的是司鐸，而不是女人，因為女人什麼事都藏不住。」

瓦姿漪接口道：「那不是真正的理由。真正的理由是，女人對壞行為深惡痛絕，不會像男人那樣輕易赦免，而且她們要求的懺悔式嚴厲許多。」

「如果女人要求的懺悔式跟她們的答覆一樣嚴厲，」達古桑說，「那麼被她們丟進絕望的深淵的人數會遠遠超過被她們拉拔而獲得救贖的人數。所以，不論實情如何，我們的好母親教會的做法很妥當。不過，話雖這麼說，我可不想寬恕吹噓自己的『監牢』經驗的那幾個紳士，因為說女士的壞話的男人永遠不值得尊敬。」

「既然同病相鄰，」伊賀康說，「他們彼此安慰，我想也是人之常情。」

「可是，」翟布洪說，「為了顧全名譽，他們根本就不應該吐露口風。圓桌武士的故事告訴我們，騎士征服不相稱的對手並不值得尊敬。」

「我倒驚訝，」龍噶痕說，「那個可憐的女人，看到她的『囚徒』出現在她面前，竟然沒有羞愧而死。」

「失去羞恥心的女人，」瓦姿游答覆道，「得要花大功夫才能失而復得，除非有什麼深情大愛使她暫時遺忘無恥。為了愛而失去羞恥心的女人當中，我見過不少迷途知返的。」

「我相信，」伊賀康說，「妳確實見過戀愛中的女人回歸正道。大愛不容易在女人身上找到。」

「我不同意你的說法，」龍噶痕說，「因為我相信有殉情的女人。」

「我倒很想聽聽妳的故事，」伊賀康說，「所以就請妳接著講下一個故事，也好開開我的眼界，讓我們見識見識戀愛中的女人。」

「你聽了這個故事自然會相信，」龍噶痕說，「也會同意愛是最強烈的一種感情。愛使人化不可能為可能，為的無非是獲得幸福的人生。可是，同樣的道理，一旦心想不能事成而失去希望，比其他感情更會使男男女女陷入絕望的，也是愛——你們聽了我的故事自然明白[29]。」

---

[29] 第五十個故事摘要：Messire Jean-Pierre追求某女士徒勞無功，得了憂鬱症，醫生為他放血，女方深受感動，以愛回報，男方卻已回天乏術，她隨後殉情。按法文Messire之稱，猶如閩南語稱「先生」，是對傳統專業人士或紳士的尊稱。

斯賓塞（約1552-1599）《仙后》（英文）

　　納瓦拉的瑪格麗特於一五四九年去世，斯賓塞（Edmund Spenser）緊接著出生；其後第六年（1558），伊麗莎白一世登基；第十四年（1564），莎士比亞出生。正當英國從歐洲邊陲開始要登上世界舞台的中心時，斯賓塞和莎士比亞分頭秉筆挺進，在非戲劇詩和戲劇詩各擅勝場，合力把英國文學推向前所未見的高峰。但是，有別於莎士比亞無心插柳而柳成蔭，斯賓塞的名山事業完全是宏圖毅力苦心孤詣所致。

　　非戲劇詩（non-dramatic poetry）是中古時代那種史詩、傳奇（romance）、寓言（allegory）三合一的聯套作品，在文藝復興以更精煉的形式呈現出來的結果。騎士的時代固然一去不返，騎士的理想卻以宮廷的理念留傳在貴族階層——卡斯逖柳尼的《朝臣書》（Castiglione, *The Book of the Courtier*, 1528）起碼說明有人盡心於此道。然而，任何一種風範都有它賴以生根苗長的社會土壤，土壤之不存，理想將焉附？塞萬提斯的《唐吉訶德》（第一部1605）正是要回答那樣的問題。面臨同樣的問題，斯賓塞的反應大不相同：他緬懷一去不返的理想，試圖以古典哲學包裝封建制度的行為規範，然後將之移植到民族國家的土壤，盼望尚古風範有助於界定個人與國家的相互關係——個人與國家是在文藝復興才開始形成實體的兩個新觀念。因此，他把義大利的浪漫史詩寓言化，以中古寓言為媒介，藉一系列的騎士歷險呈現理想的道德風範，寫出《仙后》（*The Faerie Queene*）。

　　斯賓塞原本計劃寫十二卷，各卷分別記述一位騎士冒險犯難的事蹟，藉以表揚亞理斯多德拈出的十二種德操之一。十二位騎士的經歷雖然各自獨立，卻有一位理想的騎士貫串其間，即兼備所有德操的亞瑟王子，也就是後來的亞瑟王。中古寓言文學的一大母題是基督以騎士的造形出現，斯賓塞筆下的亞瑟王子正是基督的化身，他也有使命在身：他愛上夢中情人仙后Gloriana（「榮譽」），在追尋美夢的過程必須經歷每一種德操的考驗，具體的表現在於幫助各個騎士完成任務。仙后則是促成道德操守具現為行為楷模的關鍵角色：她會宴眾武士，為其十二天，

每天有人因遭受惡勢力（包括巨人與惡龍）的欺凌而前來求援，因此每天有一位騎士銜命出征。斯賓塞只寫到第六卷，每卷十二章，每章平均超過五十個詩節。雖然只完成一半，卻足以證實他創作之初的信念：英文具有可長可久的文學潛能，不讓希臘文、拉丁文、義大利文和法文專美於前。

莎士比亞在《仲夏夜之夢》以諧擬手法（降格模擬的修辭策略與顛覆性別角色的表演策略）呈現仙后Titania癡戀驢頭人身的織工Bottom，這是像斯賓塞那樣講求文以載道的詩人做不來的。《仙后》第二卷寫蓋恩爵士（Sir Guyon）奉仙后之命，前去摧毀極樂園（the Bower of Bliss）。蓋恩代表節制，亦即古典倫理所稱的「中庸」，也是奉行克己復禮的斯多噶哲學的化身。極樂園則是女巫阿克蕾希雅（**Acrasia**）的孤島花園，提供聲色味嗅之娛以惑人心志，被囚的人無一能倖免於變成野獸的下場。庭園入口是象牙門，門上雕有傑森和米蒂雅（即希臘神話的伊阿宋和梅黛雅）的故事，園內鮮花芳草終年恆春。迎迎的是衣衫不整的俏佳人，見來客隨即奉上金杯，杯中物是她親手搾的葡萄汁。飛泉下方有個幽靜的小湖，以鑄鐵雕花仿蔓藤裝飾得美輪美奐，湖中兩名裸體佳麗在沐浴，又有其他姑娘嬉戲招引。蓋恩情不自禁放慢腳步，幸虧有良師益友提醒他任務在身。他們一行終於來到阿克蕾希雅的花房，悅耳的旋律沁入心脾，看到薄紗下胴體隱隱誘人的阿克蕾希雅狂歡之後疲累入眠，她的新歡則卸盔解甲，裝備就掛在附近的樹上，猶如他把所有的煩惱憂慮和榮譽念頭擺在一邊涼快。蓋恩俘虜阿克蕾希雅，解救「啟慾念被圍巴刀陣」（《鏡花緣》第九十八回目）的威爾丹，把整個宮殿庭園夷為平地，並將一干被害人變回人形——只有葛瑞爾（Grill）還念念不忘先前的「囚徒樂」。在收煞第二卷的12章87節，蓋恩有感而發：可嘆這獸人（"beastly man"），這麼快就喪失靈性，良知涓滴不存。

斯賓塞詩心立命要表彰的是貴族的德操和紳士的修養。貴族的德操是荷馬史詩《伊里亞德》刻畫的特洛伊王子赫克托（Hector）歷經希臘哲學、羅馬政治與基督教信仰三重文化的洗禮，最後在中古歐洲的封建體制塑造竟成，紳士的修養則是中古末年由騎士蛻變而來，適合社會新秩序的人品典範。他心儀的德操與修養呼應他的詩篇賴以表達的美學形式，那種形式具體而微展現在他為《仙后》所獨創的格律，即論者通稱的斯賓塞詩節（Spenserian stanza）。此一格律每節有九行，前八行是抑揚五步格（每行十個音節五個拍子），末行為又名亞歷山大體

（Alexandrin）的抑揚六步格（每行十二個音節六個拍子），押韻模式為ABABBCBCC。獨創的美學形式意味著獨樹一幟的世界觀：一個詩節構成一個圓滿自足的表達單元，藉著強烈的音樂性可以綿綿延展，有如珍珠串接成為項鍊。C. S. Lewis說，斯賓塞能夠博得「詩人中的詩人」之美譽，乃由於「下述的歷史事實：大多數的詩人都非常喜歡他」（320），以音樂性見長的斯賓塞詩節疑是一大關鍵。中譯以一個漢字對應一個音節，押韻模式悉依原文，雖然保留了詩節的形式，遺憾的是，珠玉落盤的聲韻之美根本無從翻譯。順便附帶一提，中譯稱「仙后」，后未必是王者之妻，如民俗信仰以「天后」稱女性的天尊，並不是天王或天皇的配偶。

極樂園一景（2卷12章72-75節）

七十二

音樂似乎是從這兒傳出，
　美貌的女巫[1]正陪伴新歡
　排憂遣愁，藉著魔法巫術[2]
　她從遙遠處帶來開心伴[3]：
　久經縱情譴綣貪[4]歡，目前　　　　　5
　任他樹蔭遮蔽[5]酣睡安詳：
　許多美貌姑娘與調情漢

---

[1] 女巫指阿克蕾希雅，代表放縱無度，她的美貌是一項利器，使受害人疏於防範，稍一失察就淪為獸性的俘虜。

[2] 阿克蕾希雅雖然貌美，卻得要仰賴人工的手段，而無法只憑其美貌吸引男人上鉤——邪不勝正固然是天理，但正道的力量往往有鬆馳的時候。「魔法巫術」是一種藝術（art，本義「技巧或技術，權力」），而藝術是與自然（nature）相對的人為手段，為的是改變造化的本然面目。事實上，極樂園的造園理念就是以人工取代天工，讀者不難從小序介紹極樂園看出端倪。「極樂」之稱當然是反諷。

[3] 開心伴：威爾丹：Verdant，「綠色」，可能指年輕人正值「戒之在色」的年紀。

[4] 貪：wanton，本義「欠缺教養」，有「任性」之意，正是蓋恩所代表的「節制」的反義。

[5] 遮蔽：secret，本義「篩開（以便隔離）」。「遮蔽」一詞所隱含／透露的窺視意圖，足以說明極樂園的本質：病態的歡樂。園中雖然堆砌重重的淫歡，卻激不起性感或情慾。正如C. S. Lewis（332）一針見血指出的，這島上「有的只是男性的色慾和女性的挑逗」，春色無邊卻毫無「色慾蠢動」（莎士比亞十四行詩129:2）的跡象，只能說是性無能。與之對比的是阿多尼園（Garden of Adonis, III.vi.29-54）：在自然的林園，丘比德和賽姬而生下歡樂（參見《情慾幽林》選譯阿普列烏斯〈尋愛記〉結尾）。

圍繞他倆快快樂樂歌唱，
　歌聲夾雜歡笑一派輕浮淫蕩[6]。

七十三

在那當兒，她腰彎背也拱
　緊緊盯他瞧，雙眼煞迷魂，
　像是找尋藥方療傷止痛，
　或不勝貪婪把歡樂吞飲[7]：
又時時俯身對他輕輕吻，　　　　　　　　　　　5
　怕驚醒他，露沾唇點珠玉，
　從他濕潤的眼睛吮青春，
　沉浸淫歡中盡情享色慾；
一聲輕嘆，彷彿對他也懷憐惜。

七十四

同時有人吟唱可愛的歌[8]：
　「看哪，青春容貌比美花嬌，
　看如此天生尤物心歡樂；
　看哪處女玫瑰，她多麼俏，
　探頭乍窺[9]卻嬌羞帶害臊，　　　　　　　　　5
　少看一眼，嫵媚似添一分；
　看她轉眼間放膽又爽豪，
　坦然展露酥胸春色不盡；
看她轉眼間褪光澤，色消形隱。

6　淫蕩：licentious，本義「准許」，但破例之事往往一發不可收拾。園稱極樂，並不是專指淫慾，而是泛指旁門邪道的歡樂。「阿克蕾希雅代表的確實不是特定的性之為惡，而是一般的惡性歡樂」；斯賓塞所選定的淫歡，看似意有所指，其實主要是因為「只有那一種〔淫歡〕能夠在嚴肅的詩篇中使用大篇幅處理」。園中沒有小愛神丘比德立足之地，僅此一事便知「極樂園唯有以歡樂為媒介才跟性扯上關係」（C. S. Lewis 333, 339）。

7　這兩行（3-4）使用的是「病態」（參見注5）的意象。

8　歌頌「即時行樂」（*carpe diem*），這是文藝復興詩歌常見的主題。

9　窺：參見注80釋「遮蔽」。

去匆匆，隨白日時光倉促，
　一季浮生，綠葉、蓓蕾、花光
乍枯萎不再翠藹罩錦簇，
　想當初找來鋪床飾花房，
　多少的姑娘多少的情郎：
　勸君採集玫瑰，趁花正開，
　光陰催老，花謝徒添惆悵；
　採集愛情玫瑰，趁情仍在
趁情濃付出愛可望回收癥[10]愛。」

---

[10] 癥：crime，「罪過」，仍然是病態的意象。

馬婁（1564-1593）《希蘿與李安德》（英文）

　　性觀念既已解放，庭園不再封閉，文藝復興的土壤終於有機會凝結出情慾文學雙璧，此時距薄伽丘的《十日談》已超過二百年。這雙璧是馬婁的《希蘿與李安德》（*Hero and Leander*, 1593）和莎士比亞的《維納斯與阿多尼》，同樣在一五九三年問世，都是微形史詩的精品，在不同的面向展現奧維德無遠弗屆的影響力。這兩部詩篇也同樣使用抑揚五步格，也都用到對句這兩種格律。這兩種格律都是喬叟從歐陸傳入英格蘭。可是喬叟寫的是中古英文，他逝世後的英文又經歷一番蛻變，拼字、發音和字彙來源使得英文開始現代化，英國詩人卻還是使用喬叟引進的格律。經過百餘年的摸索與嘗試，新的格律終於在現代英文內化成功，馬婁是這一番內化過程的關鍵詩人。

　　馬婁在生前就是個傳奇人物。早年在劍橋接受神學教育，可是還沒畢業就開始寫起劇本。初識啼聲的《帖木兒大帝》（*Tamburlaine*）使英國觀眾見識到使用英語竟然可以寫出迴腸盪氣的無韻詩（不押韻的抑揚五步格），因此被稱為「馬婁的雄渾詩行」，後來成為英詩的主流格律。六年後，他捲入雙面間諜案，在酒館中被刺身亡。短短的六年創作期間，留下的經典作品包括廣為人知的《浮士德博士》，充分發掘源於中古德國民間的浮士德傳說，使得浮士德成為歐洲文化的共同記憶。

　　馬婁去世那一年，倫敦城內因瘟疫而關閉劇院，他無法寫劇本，陰差陽錯讓我們有機會讀到霍普金斯（Hopkins）口中「伊莉莎白時期文學最清爽怡人的喜感詩篇之一」。由於「清爽怡人的喜感」這樣的特色，也有人說馬婁寫出的是一首「戲仿史詩」（mock-epic）。不過，現代讀者或許有人會覺得海神藉權力與「海利」之便進行性騷擾，這其實離色情不遠。《希蘿與李安德》確實把情慾文學的尺度推到了極限。

　　換另一個角度來看，《希蘿與李安德》寫的是跨國戀愛的悲情故事。說「悲情」而不說悲劇，因為心理的描寫付諸闕如，光彩因為少了陰影而顯不出深度。這是他刻意的選擇，看下面幾行就知道：

愛或恨，我們沒有權力作選擇，
因為我們的意志在命運手中握。
……
只要兩情相悅，談情說愛就輕鬆：
哪個有情人不是一見就鍾情？（165-66, 175-76）

所以，一切都是那麼的理所當然。

這個故事，奧維德提過，但是非常簡略。馬婁主要是根據五世紀的希臘詩人穆塞烏斯（Musaeus）。可惜他英年早逝，只寫了818行，未完成的遺作卻和《維納斯與阿多尼》齊名，同樣展現豐富的想像和機智的筆鋒這兩個如假包換的奧維德風格。比起莎翁，馬婁另又多了令人心酸的反諷這個奧維德式的世故筆調，濃烈的色調和大塊天成的氣勢充分展現晚期文藝復興近似巴洛克風格的特色，誇飾修辭則是他獨有的手法。這兩篇情慾微形史詩，就像當代取材於神話的美術作品，名為故事詩，故事其實都很單薄，作家只是取為縱情想像和展露詩才之用，甚至連文字遊戲也極力兼顧意趣與意境，對肉體的謳歌則是整個時代的風尚。以下的譯介（譯文和原文同樣是兩行一韻的雙行體）有助於讀者瞭解，在政治意識不至於鋪天蓋地的年代，解放通常是以身體的解放揭開序幕。

海戀（37-44, 83-90, 651-676, 731-736）

希蘿和李安德是分別住在赫蕾海[1]兩岸的美女與俊男。美女的一頭秀髮甚至使得阿波羅動情，不惜讓出自己的寶座好讓希蘿得以廣受瞻仰。用了28行（9-36）描寫她的美貌、衣飾和儀態之後，詩人寫道：

有人說丘比德為她相思成疾形枯槁，
兩眼灼瞎是貪看光芒四射美容貌。
假不了的，天界人間兩美色相頡頏，
竟使他以為希蘿是自己親生的娘，
盲目飛行經常誤闖美少女的酥胸，

40

---

[1] 赫蕾（Helle）為逃離後母，騎金毛公羊飛越海峽，途中在特洛伊附近墜海身亡，落水處因此稱為赫蕾海（Hellespont），今稱達達尼爾海峽，分隔歐亞兩洲。

兩臂徒手環抱她無遮無掩的粉頸，
童稚頭顱倚在她雙峰夾谷的乳溝，
氣喘吁吁享受搖籃樂，休息個夠。

這樣的絕代佳人卻是是維納斯的女祭司，誓願守貞，名為「維納斯貞女」（45）。

比起希蘿，李安德的美貌只有過之而無不及，所以馬妻也用了28行（55-82）加以鋪陳，卻充斥神話典故，然後結論道：

> 有人發誓說他是男人衣罩在女兒身，
> 因為看到他的長相，沒有男人不動情：
> 容貌笑盈盈賞心悅目，眼神嬌滴滴，　　　　　　　　　　85
> 愛情舉行豪華宴有前額提供好場地；
> 知道他是男兒身的人會這麼說：
> 「你是天生情種萬人迷，李安德，
> 怎麼不談戀愛，把有情眾生一起渡？
> 絕美被美誤，可別成了自己的俘虜。」　　　　　　　　　90

在希蘿居住的塞斯托（Sestos）一年一度的阿多尼節慶，李安德邂逅希蘿，驚為天人，一見鍾情。後來希蘿也被丘比德的情箭射中。情緣看似天造地設，希蘿卻因為貞女的身分而有忌憚。李安德鼓動簧舌，說守貞不是服侍維納斯之道，只是辜負自己的青春，因為「銅器經常用手撫摸才會閃閃發亮」（231）。希蘿不為所動，兀自回到她住的塔樓。

李安德悵悵然回到阿比多（Abydos）。他的父親看他失魂落魄，知道他在談戀愛，罵了他幾句，希望澆熄兒子的情火。「可是愛情受阻只會愛得更熱情，／情人最討厭的莫過於苦口婆心」（623-24），於是李安德逃離家門。他站在海邊的岩石上，凝目遠眺希蘿的塔樓，受不了隔海峽相思之苦，衣服一脫就跳下水。他要游回希蘿身邊續情緣。

李安德深情可感，他的美胴體卻吸引了海神轟普吞。轟普吞誤以為海中裸男是他垂涎已久的特洛伊美少男噶尼梅德。他知道噶尼梅德早被周夫帶到天庭當他的酒僮並獲賜永生，卻想利用這機會把他偷為己有。他強押李安德到海底神宮：

海神色瞇瞇抱住他，「我的愛」聲喃喃，
發誓絕不會放他回到周夫的身邊。
後來他發覺美少男險些命喪水波，
這才知道他根本不是嘎尼梅德。
他舉起俊男，對清秀的臉細端詳， 655
把三叉戟插在海床上壓制猛浪，
三叉戟卻反彈要偷吻嘎尼梅德，
落海時因為吻了空而水珠滴滴落。
李安德浮出水面，開始游泳，
回頭看到後邊緊跟隨的轟普吞， 660
心驚魂魄飛，可憐的人開始呼叫，
「等我拜訪過希蘿再向死亡報到！」
海神把赫蕾的手鐲套在他的手臂上，
保證汪洋惡水對他毫髮無傷。
他拍他豐滿的臉頰，同時把玩 665
他的頭髮，笑波淫浪透露深情款款。
他盯著他，趁他划水把手臂伸張，
逮住間隙鑽進他的兩隻臂膀
偷一個吻，然後溜出來，手舞足蹈
轉個身，回頭把色瞇瞇的眼神往他拋， 670
丟給他討歡心的小禮物也算漂亮，
然後潛下水窺視他的胸膛、
大腿，還有他身上的每一個部位，
然後浮出海面，緊挨著他一起划水
邊說情話。李安德受不了，回他話： 675
「我根本不是女兒身，你上當啦！」

海神卻在一旁癡笑。

　　李安德終於掙脫海神的性騷擾，上岸敲開心所屬的房門。希蘿乍見眼前赤身裸體濕漉漉的男人，轉身就跑，李安德展現阿波羅看到妲芙妮時的追功。希蘿又躲又逃，最後倒在床上，李安德趕緊在床邊坐下，氣若游絲懇求希蘿：

我的愛啊，如果妳不愛我，也請顯慈悲，
讓我在妳的床上和姑娘的胸懷歇一會，
至少讓這一雙手臂有個棲息的空間，
它們為了擁抱妳，與沖沖游過海灣。
這顆頭顱也挨了洶濤猛浪無情的打擊，　　　　　　　　735
所以拜托妳讓她在妳的枕頭休個息。

　　於是李安德「雙手撲在她身上像羅網」（743）。他雖是情場老手，
卻是性事的生手，不過一番折騰終究換來兩相纏綿。馬婁的詩篇在朝曦
初現時結束。

　　馬婁的遺作後來由查普曼（George Chapman, 1559-1634）在1598年
接續完篇，因此而有一般讀者所熟悉的結局。李安德夜夜泅水渡海幽
會，兩人約好希蘿在塔樓上高擎火把為他引路。一個暴風雨的夜晚，火把
熄滅了，李安德溺水而死。希蘿看到他的屍體悲痛萬分，跳水自殺身亡。

莎士比亞（1564-1616，英文）

維納斯與阿多尼

　　一五九三年，莎士比亞在倫敦劇壇已展露頭角，樹大難免招風，彷彿為了證明他那只懂「有限的拉丁文和更少的希臘文」的學歷不只是會編「戲本子」，而且還會寫詩，他出版了第一部長篇敘事詩《維納斯與阿多尼》。故事所本就是《情慾幽林》選譯的奧維德《變形記‧愛神也癡情》。奧維德用了215行，從維納斯迷戀人間美男子寫到阿多尼死後變成銀蓮花。莎士比亞寫同一個故事，卻把把它敷衍成1194行，說是落筆驚風雨也不為過。浪漫派詩人如濟慈和柯律治（Coleridge），特別推崇莎士比亞在詩中表現的機鋒、豐富的想像、華麗的風格和活龍活現的細筆工描。莎士比亞證實了他編劇的才華的的確確建立在寫詩的功力上。

　　莎士比亞不只是承襲故事。以奧維德〈月桂情〉為例，情慾惱人，追求的人困擾，被追的也同樣困擾。這同樣的困擾，《維納斯與阿多尼》也少不了。《維納斯與阿多尼》詩中洗鍊的筆法和橫生的趣味，也是奧維德式的風格特色。甚至通俗的母題，如視愛情為狩獵的意象，或是後現代的議題，如對於性騷擾是政治問題的認知，乃至於深刻與詼諧兼而有之的機智筆鋒，也不例外。然而，莎士比亞把身體的狩獵轉化為柔性尋獵，妙趣因此帶出別開生面的意境。這一點，透過比較阿普列烏斯的〈丘比德與賽姬〉不難看出。

　　阿普列烏斯的〈丘比德與賽姬〉也是呈現情慾史的一個關鍵階段，可是這位羅馬作家筆下的維納斯是因為美感（對美產生賞心悅目的感受）取代性愛（情意動而起慾念）成為欣賞異性的新標準，自己受到冷落而惱羞成怒。她的怒氣在人間與神界同樣有作用。莎士比亞的維納斯進一步發現客觀的形勢根本超乎她的掌控，使她苦惱的不是羞愧，而是痛心，這或許是她對愛情下詛咒的根本動機。這一位新時代的性愛美神，如今徒擁詛咒這一項超現實的本事。因其為超現實，所以在現實界

的影響力，就像宗教，只對信者有用，對不信者恆無作用可言。因此性愛原則從此讓位給情愛原則，兩性情慾關係史從此進入新階段。

莎士比亞開門見山，一落筆就寫多情維納斯劍及履及推出鳳求凰的劇碼，偏偏阿多尼不解風情，只想當個真正的獵人，不要成為愛神的獵物。一個軟硬兼施，另一個不解風情，維納斯氣壞了，口不擇言罵她：

> 呸！你是圖畫人，只掛著好看，
> 一尊石像，無趣的形體冷冰冰，
> 精緻的雕刻不中吃，只用來養眼，
> 看你人模人樣，卻不是女人所生！
> 　徒有男子漢的相貌，卻不是男人，
> 　因為男人不必教也懂得接吻！（211-16）

於是，維納斯耍了個小技倆，假裝暈倒，阿多尼不免憐香惜玉，吻了她。維納斯得逞，一心要打鐵趁熱，緊纏著他的脖子不放，女神和男人貼成一體，沒想到阿多尼依舊不動如山。

折騰了一天，薄暮降臨，維納斯要無情郎定個時間，以便明天繼續未了的情緣，阿多尼一口回絕，因為他要去獵野豬。女神一聽如受雷擊，苦心婆心勸不消他的念頭，說出她的預感：

> 恐懼指引我這顆癡心有先見之明：
> 　如果你明天跟野豬做死對頭，
> 　我預言你死亡，我永生悲愁。（670-72）

阿多尼堅持立刻離去，莎士比亞寫道：

> 他說：「我和幾個朋友有約要赴，」
> 　現在天黑了，我怕走路會跌倒。」
> 　她說：「情慾在黑暗中視力最好。」（718-20）

接著她假借阿多尼的立場說出她自己身為性愛美神的生育原則。這倒給了阿多尼據理反駁的立足點，他說：

「不是愛，是妳的情場策略使我討厭，
遇到陌生人就熱情擁抱也不管張三李四。
　妳說是為了繁殖，好奇怪的藉口，
　分明是理智做淫媒，淫慾任橫流！」（789-92）

維納斯無奈，只有芳心寂寞過一夜。

　一夜悲歌在嘆息聲中結束。又是天亮，獵犬與號聲齊鳴。維納斯尋聲而至，果然是去送終：野豬一撞，阿多尼當場斃命。她毫不留情詛咒愛情：「既然死亡把我的愛英年篡奪，從此最深情的人休想永浴愛河」（1163-64）。聊堪自慰的是，愛人的血泊長出紅白相間的花朵，她折下花莖，要讓這花「長在她的胸膛裡面」（1173）。塵世不再值得留戀，她打算回出生地塞普路斯隱居，「不再露面」（1194）。

　莎士比亞整部詩篇採用六行段的詩節，兩組隔行押韻之後以對句收尾（ABABCC），中譯忠實反映此一格律。

愛神絕配（《維納斯與阿多尼》1-258, 463-600）

太陽剛露出紅中帶紫的面孔，
就此揮別含淚欲滴的清早，
阿多尼兩頰似玫瑰趕路興沖沖；
他熱愛打獵，對愛情覺得可笑。
　維納斯單戀成疾擋在他眼前，　　　　　　　　　5
　為了把他追到手不怕丟臉。

她說：「你的美貌勝過我三倍，
原野上鮮花競妍無法跟你比，
使仙女自形慚穢，好漢空雄偉；
玫瑰嬌美、鴿子潔白都比不過你。　　　　　　　10
　造化孕育你是在跟自己拼命，
　說你死了，世界也同歸於盡。

「世間珍寶啊，聽我說，下馬來吧！
別擔心馬首昂然，只要把韁繩繫好。

如果你賞我情面，我一定有報答，　　　　　　　　　15
任憑你體驗濃香甜蜜的奧妙。
　　下來坐坐吧，這裡沒有嘶嘶的蛇聲，
　　我用親吻死命纏住你，只等你坐定。

「我的吻不會撐到你反感倒胃口，
卻會讓你的嘴唇大呼過癮鬧饑荒，　　　　　　　20
陣陣紅又陣陣白，千變萬化沒盡頭，
一口氣十個吻，一吻比二十個還要長。
　　像這樣開心遊戲把光陰消遣，
　　夏天漫漫長日也照樣嫌短暫。」

她說著，抓住他的一雙手汗津津，　　　　　　　25
流汗表示他精力充沛血氣旺，
她風情激盪卻說他流的是香精，
為女神治病提神在人間藥效最強。
　　熱情一鼓作氣，慾望如虎添翼，
　　她奮勇一拉，他從馬背著地。　　　　　　　30

一條手臂挽住那駿馬的韁繩，
另一條狠狠鉤住年華嬌嫩美少男，
他漲紅了臉，又惱又怒嘟嘴唇：
情竇未開，要他談情說愛可真難。
　　她臉紅心熱像火炭紅熱發光，　　　　　　　35
　　他羞紅了臉，心頭卻降雪結霜。

看愛情多神速！她手腳敏捷
在粗樹枝拴緊綴滿飾釘的韁繩；
馬已繫牢，她蠢蠢欲動不能歇，
迫不及待籠絡騎馬的少年人：　　　　　　　　40
　　她推他，恨不得自己這樣被推倒，
　　色慾不能使他就範，體力越俎代庖。

他一倒下，她箭步跟上不耽擱，
同樣用手肘和屁股撐起半邊身。
她撫摸他的臉頰，他眉頭深鎖   45
正要責怪，她及時堵住那嘴唇，
    親吻時斷斷續續把情話說出來：
    「你要是開口罵，我讓你有口難開。」

他羞得滿臉通紅，她靠淚泉盈眶
把他少女般火熱的臉頰努力澆灌；   50
陣陣嘆息輕輕飄，撥撩秀髮滿金黃
為他搧風，要把他臉上的淚痕吹乾。
    他說她不夠端莊，怪她輕佻，
    還沒說出口的話頭被一吻斬攔腰。

饞涎欲滴，像老鷹饑腸轆轆，   55
用尖喙撕小鳥的羽毛、骨骼和肉，
鼓翼助威，恨不得一口吞下肚，
非要撐飽胃口或吃光獵物才罷休——
    她就這樣從額頭到下巴吻不停，
    吻到終點又從頭開始往上吻。   60

他無可奈何，絕不是甘心從命；
他躺著喘息，氣噴在她的臉上。
她飽食氣息彷彿把獵物生吞，
說那是天降甘霖，天恩任品嚐，
    恨不得自己的臉是一座花園，   65
    氣息凝玉露正好來滋潤養鮮。

看小鳥怎樣纏在羅網裡動彈不了，
阿多尼就這樣在她的臂灣淪陷；
他又是羞澀又不敢抗拒，心懊惱，
薄面含嗔卻添增美色在他的容顏。   70
    河水滿位又遇上大雨滂沱，
    必定氾濫成災把兩岸淹沒。

她還在求情，花言巧語猛求情，
因為要對善聽的人深情訴衷曲。
可他依舊陰沉沉，蹙額鎖眉不開心，　　　　　　　　　　75
羞得臉發紅，轉眼間發白生悶氣。
　　她最愛他臉羞紅，輪到發白
　　她愛上加愛禁不住笑逐顏開。

看他流水無情，她照樣不自禁動情，
舉起永生的纖纖玉手鄭重發誓說　　　　　　　　　　　80
她永遠不離開他那溫柔的酥胸，
除非他跟對他奮戰的淚珠談和──
　　淚珠如雨下，老早淋濕她的兩腮，
　　給個甜吻足可勾消算不清的情債。

他果真抬起下巴回應這樣的承諾，　　　　　　　　　　85
卻像水鳥從浪花裡探頭在窺伺，
一發覺有人張望，趕緊往水底躲，
他就這樣回應她的焦慮苦思：
　　她嘟起嘴唇準備接受他還債，
　　他卻閉眼鎖嘴唇把頭顱轉歪。　　　　　　　　　　90

旅客即使奔波在夏天酷熱中，
也不像她這漾渴求清涼的飲料。
救命丹在眼前，伸手卻落空，
她浸在水裡，卻必須慾火中燒。
　　她喊道：「狠心的少年，你怎麼捨得？　　　　　　95
　　我只求一個吻，你竟然這麼吝嗇？

「我曾經像現在求你這樣被追求，
他是凜凜威風堂堂的兇煞戰神，
昂昂然挺立在戰場不曾低過頭，
東征西討無對手，有戰必勝，　　　　　　　　　　　100
　　卻也甘心當俘虜做我的奴僕，
　　向我乞求你不求自來的鴻福。

「在我的祭壇上，他高高掛起槍矛，
還有傷痕斑斑的盾和所向無敵的羽盔；
為了我，他學習打情、罵俏和舞蹈，　　　　　　　　　105
玩耍、放蕩，調情、逗笑也樣樣會：
　　他不屑聽戰鼓粗獷、看旌旗鮮紅，
　　卻把我的床帷當營帳，在臂彎衝鋒陷陣。

「他以威勢服人，照樣被我擺平，
一條玫瑰鏈束縛他乖乖就範；　　　　　　　　　110
百煉鋼在他的手臂下俯首聽命，
可是我欲擒故縱耍得他團團轉。
　　你呀別驕傲，別誇自己力量大，
　　竟這樣無情捉弄降服戰神的她！

「用你的朱唇碰一碰我的嘴唇——　　　　　　　　115
我的嘴唇比不上你的紅潤卻也香甜——
這吻夠我享受也讓你有收成。
幹嘛把眼光投在地上？來跟我對看，
　　看我的明眸，你的倩影在裡面深藏，
　　既然眼藏眼，何妨嘴唇相印湊成雙？　　　　120

「吻一下你也害羞？那就乾脆閉眼睛，
我也閉眼睛，這樣白天看來像夜晚。
愛情狂歡無非是孤男寡女暢幽情，
放膽盡興玩，你儂我儂沒人來窺探。
　　脈絡青青的紫羅蘭供我們把身躺，　　　　　125
　　不饒舌也不會懂你我相倚心舒爽。

「你誘人的嘴唇上嫩髭柔鬚顯春意，
透露你稚氣未脫，卻已秀色可餐。
良辰稍縱即逝，時間靠自己打理，
天生麗質不該自暴自棄任枯乾。　　　　　　　　130
　　好花如果不趁它盛開即時採，
　　轉眼間枯萎凋謝在土裡埋。

「假如我容貌醜陋滿臉生皺紋，
沒有教養、身殘體缺、粗裡粗氣、
年老色衰、風濕病痛、冷漠無情、
視力模糊、枯瘦乾癟、沒有精力，
　　那你大可踩煞車，因為我不配；
　　可我完美無缺，你幹嘛轉背？

「我的額頭妳看不到一絲皺紋，
我的眼睛水汪汪，風情在顧盼間，
我的美貌像春天歲歲皆更新，
肌膚柔軟富彈性，春潮像火焰。
　　我玉手含汁，你要是伸手摸一下，
　　會在你掌心融解，眼看要溶化。

「讓我陪你談心，我會對你灌迷湯，
或像仙姑款步輕盈在綿綿綠草地，
或像仙女任披肩的秀髮隨風飄揚
在沙灘翩翩起舞卻看不到足跡。
　　愛是精靈，裡裡外外都是火組成，
　　不會沉重下墜，只會輕巧往上升。

「看我躺身的山坡這一片報春花，
雖然嬌柔卻像大樹把我的身子撐托，
一對弱小的鴿子馳越天際拉我的車駕；
從早到晚任勞任怨送我去逐樂。
　　小帥哥呀，愛情如此輕盈，
　　莫非你誤以為它無比沉重？

「難道你的心只喜歡自己的容貌？
你的右手能夠抓住左手談情結心鎖？
那你只好向自己求愛，把自己甩掉；
陷入自己的情網，卻報怨不得解脫。
　　就這樣納基索斯把自己逼到絕境，
　　在溪邊吻自己的倒影直到命終。

135

140

145

150

155

160

「火炬就是要照明，珠寶就是要佩戴，
青春美貌供享用，山珍海味供品嚐，
聞香該有芳草，結果纍纍該有植栽，　　　　　　165
生長只為自己是暴殄天物濫生長。

　　種子孕生種子，麗質繁衍麗質，
　　你出生長大，努力生產是天職。

「大地為什麼生生不息任由你果腹？
還不是要你在世間儘量繁殖多創生！　　　　　　170
你注定要生育，自然的法則該領悟，
這一來你死了，你自己不會絕種；

　　你在死亡中求生，死亡無可奈何，
　　你的形像就這樣世世代代永存活。」

正說著，病相思的女神開始流汗，　　　　　　　175
陰影已經偏離他們躺身的地方；
太陽神因為正午的熱氣感到疲倦，
兩眼冒火朝這蠢男痴女投熱光，

　　但願阿多尼上來接管他的馬車，
　　好讓自己依偎在維納斯的心窩。　　　　　　180

這時候，阿多尼懶洋洋精神萎靡，
他的眼神沉甸甸，陰鬱還攙雜厭惡，
低垂的眉宇平白斷送他神色秀麗，
像天空被彌漫的雲霧給攔腰隔阻。

　　他扳著臉叫嚷：「呸，談什麼戀愛！　　　　185
　　太陽曬到我的臉，我一定要離開。」

維納斯說：「哎唷，年紀輕可真狠心，
你有什麼無理的藉口非離開不可！
我嘆一口仙氣，化作輕風一陣陣，
把熱氣搧涼，讓太陽輕鬆走下坡。　　　　　　　190

　　你要遮蔭，我有頭髮烏黑又濃密；
　　如果髮絲也著火，我用淚水澆熄。

「太陽從天上照耀，恰恰好溫暖，
你看，陽光並沒有把我曬傷，
雖然我躺在太陽和你的中間，　　　　　　　　　　195
倒是你眼神發光發熱害得我發燙：
　人世天界雙陽夾攻，幸虧我永生
　超凡，否則我老早在黃泉喪命。

「你又冷又硬像鋼鐵一樣冥頑不靈？
滴水可以穿石，你比頑石更頑固！　　　　　　　200
難道你不是女人生養，所以不懂愛情，
無法領略缺少愛會帶來多大的痛苦？
　要是尊娘也像你這副硬心腸，
　她一輩子單身不可能把你生養！

「你把我當成什麼，竟然這樣鄙視？　　　　　　205
還是我向你求愛帶給你什麼大災禍？
區區一個吻，你的嘴唇有什麼損失？
你說，要嘛說中聽，不然甘脆沉默。
　給我一個吻，我當場熱情回敬，
　如果你要湊成雙，另一吻算利潤。　　　　　　210

「呸！你是圖畫人，只掛著好看，
一尊石像，無趣的形體冷冰冰，
精緻的雕刻不中吃，只用來養眼，
看你人模人樣，卻不是女人所生！
　徒有男子漢的相貌，卻不是男人，　　　　　　215
　因為男人不必教也會接吻！」

說著，心煩氣燥絆了她的簧舌，
熱情高漲挑激她一時有口難言，
紅腮火眼把她滿腹的委屈盡情烘托：
性愛女神無法為自己仗義伸冤。　　　　　　　　220
　她時而嚶嚶啜泣，時而吞吞吐吐，
　時而嗚嗚咽咽又把話頭圍堵。

有時她搖搖頭，一下子卻揮揮手，
現在盯著他痴望，瞬間卻頭低低。
有時她像纏緞帶張開兩臂把他摟，　　　　　　　225
恨不得臂彎困住他，他卻不願意。
　　每當他奮力掙扎要從臂彎脫身，
　　她的百合手就指扣指發揮鎖功。

她說：「傻孩子，我已經把你圍住，
把你軟禁在這象牙白的柵欄裡，　　　　　　　230
我是林苑，你是我放養的小鹿。
那裡有青山和溪谷，任由你棲息；
　　到我嘴唇來吃草，如果小丘嫌乾燥，
　　順步往下蹓，下面有清泉供逍遙。

「進這苑囿好暢懷，足夠你散心，　　　　　　235
幽谷芳草萋萋，高原賞心悅目，
翠阜圓鼓鼓，繁茂茸茸是草叢，
擋暴風又遮豪雨，為你提供庇護：
　　當我的小鹿吧，既然我有這林園；
　　你不會受驚，縱使獵犬齊吠數成千。」　　　240

阿多尼當作耳邊風，只微微一笑，
兩頰笑出一對漂漂亮亮的小酒窩，
那麼精巧，原來是丘比德特地營造
以防自己遇害起碼有個安葬的處所——
　　其實他早知道，那裡不會是墳墓；　　　　245
　　他在哪裡安息，愛就在那裡長駐。

這雙可愛的洞窟，誘人的圓坑陷阱，
張口要一股腦兒吞下維納斯的讚賞。
她早已意亂情迷，現在更神智不清；
當頭一棒已傾倒，怎麼會需要第二棒？　　　250
　　可憐的性愛天后，妳竟然作法自斃，
　　面對目中無女神的容貌如此癡迷。

現在她何去何從？還有什麼話可說？
好話全都說透，徒留苦惱有增無已；
時候不早了，她鎖定的對象強要掙脫，　　　　　　　　　255
要從她糾纏緊繞的手臂掉頭而去。
　　她喊道：「可憐我吧！賞個臉溫存一下！」
　　他一躍而起，匆匆忙忙奔向他的馬。

　　〔接著描寫阿多尼的馬，有人稱美莎士比亞下筆不是栩栩如生，而是「栩栩勝
於生」。可是在這節骨眼，駿馬偏偏不聽使喚。阿多尼一肚子悶氣，席地而坐。維
納斯仍不死心，及時把握有利的時機乘虛而入。阿多尼正要破口大罵，維納斯不待
他開口，已看穿他的心思，趕緊先發制人。〕

一看他的神色，她及時來個倒僵屍——
神色殺死愛，愛也因神色起死回生。
皺眉造成傷，嫣然一笑把創傷根治：　　　　　　　　　465
有福的是情場破產卻當場得挹注的人。
　　這傻男孩，以為她真的命喪黃泉，
　　趕緊拍她臉頰，直拍到紅暈浮現。

他心慌意亂，改變本來的意圖，
原打算痛痛快快臭罵她一頓，　　　　　　　　　　　　470
狡猾的愛先發制人搶了個箭步，
急中生智摔得妙，護駕馬到成功！
　　她躺在草地上，看來不再有氣息，
　　卻等他對嘴吹氣進入她的美胴體。

他扭她的鼻子，他拍她的臉龐，　　　　　　　　　　　475
他彎她的手指，他按她的脈搏，
他揉她的嘴唇：他百計千方
要彌補自己無情惹出的災禍。
　　他還親她的嘴，她也真會領情，
　　心想永遠不起身，好讓他吻不停。　　　　　　　　480

悽慘的黑夜現在轉成了白天：
她有氣無力輕輕開啟兩扇藍窗，
像明媚的朝陽，盛裝無比耀眼，
鼓舞清晨使大地全面獲得解放；
　　像燦爛的太陽光耀天空，
　　她的眼神照亮她的面容。　　　　　　　　　485

她的眼光凝在他白淨無鬚的臉上，
彷彿從那兒借來這一片光明。
這樣的四盞明燈不可能交輝爭光，
要不是他的苦惱在額頭罩上烏雲；　　　　　490
　　她的明眸透過晶瑩的淚珠發光，
　　像月亮入夜倒映在水中的景象。

她說：「我在哪裡？人間還是天堂？
是沉溺在海洋？還是陷身在火焰？
現在什麼時辰？是早晨還是晚上？　　　　　495
我是一心求死，還是依戀塵寰？
　　我活著，生命帶給死亡憂悒；
　　我死了，死亡帶來極樂的生趣。

「你呀殺了我，再殺我一次吧！
你的眼睛受壞老師調教，狠心腸　　　　　　500
教它們玩鄙夷的把戲，傲慢自大
把我這番可憐的苦心愛心殺光光；
　　我這雙眼睛引導情場天后最忠心，
　　要不是追隨你的多情唇，老早自盡。

「救苦又救難，但願它們長相吻！　　　　　505
但願它們的紅袍華服永遠鮮艷！
它們只要長久相親就永保清新，
在多苦多難的年頭辟邪保平安。
　　仰觀星象的術士預卜死亡之後，
　　會說瘟神已經被你的氣息吹走。　　　　　510

「你的香唇，曾壓在我唇上的甜印，
如果要這樣持續壓著得立什麼字據？
哪怕要我賣身，我也可以答應，
如果你願意出價購買公平交易。
　　成交以後，如果擔心偽幣生糾紛，　　　　　　　515
　　不妨把你的甜印蓋在我漆紅的嘴唇。

「一千個吻就把我的心買去，
別急，你不妨一個一個分期還。
接觸一千回，對你是輕而易舉，
難道不是很快結清很快數完？　　　　　　　　　520
　　就算到期未償付，債務加倍，
　　兩千個吻對你怎麼會勞累？」

他說：「美天后，如果您落花有意，
請思量我年紀輕輕，尚未通人情。
我還沒有自知之明，深交不必急；　　　　　　　525
漁夫總是把還沒長大的魚苗放生。
　　梅子熟了就落地；青梅結蒂牢，
　　如果太早摘，嚐起來酸得不得了。

「看撫慰萬物的太陽已步調疲倦
在西方結束一天熱炎炎的辛勞；　　　　　　　　530
夜的前驅貓頭鷹在催促天色已晚；
羊群進入羊欄，眾鳥回到鳥巢，
　　遮蔽天光是烏雲煤黑，
　　催促我們分手說再會。

「現在我對你說聲晚安，你還個禮；　　　　　　535
如果你首肯，我會樂意賞你一個吻。」
她果真說「晚安」，卻等不及還禮
臨別甜蜜的報酬已降臨他的香唇：
　　他的脖子陷入兩臂圈成的溫柔灣，
　　兩個身體二合一，紅顏緊貼紅顏。　　　　　　540

他喘不過氣，奮力把頭向後仰，
吮回櫻桃小口美妙的瓊漿玉露，
那滋味，她饑渴的朱唇早已品嚐，
早撐過頭卻抱怨塞牙縫無法飽足。
　　她用豐滿重壓，餓得昏頭脹腦，　　　　　　545
　　於是朱唇黏柔唇一起往地上倒。

急切的慾望捕獲了歸順的獵物，
她狼吞虎嚥，填不滿無底洞；
她的朱唇獲勝，他的柔唇屈服，
任憑加害者開口也只好照付贖金：　　　　　　550
　　猛鷹的念頭把價碼推到齊天高，
　　她要從他的柔唇搾光金銀珠寶。

既已領略戰利品甜美的滋味，
她聽任盲目的暴戾氣乘勝追擊，
她的紅顏熱氣騰騰，熱血滾沸，　　　　　　　555
莽撞的調情把絕命的神勇激勵，
　　把理智驅逐，只記得忘掉一切，
　　不管害羞臉紅，不計名聲碎裂。

她的擁抱那麼緊，既悶熱又疲困，
他像飛腿小鹿被追得筋疲力竭，　　　　　　　560
也像野鳥被玩弄太久變溫馴，
又像拗脾氣的嬰兒被哄得伏貼。
　　他現在任由擺佈，不再違抗，
　　她予取予求，雖不能盡如所望。

凝固的蠟經過揉捏怎麼會不軟化？　　　　　　565
到頭來輕輕一按怎麼會沒有印痕？
絕望的事往往因大膽進取而擒拿，
尤其是情場，得寸進尺不計較分寸。
　　熱情不像懦夫臉發白就昏厥，
　　意中人越畏縮，追求越猛烈。　　　　　　570

如果當初看他皺眉就把手縮，
她無緣從他的柔唇吮吸玉醴。
玫瑰雖然有刺也照樣被採折，
疾言厲色不可能逐退懷春女。
　　美即使二十道鎖重重禁錮，　　　　　　　　　575
　　愛連關關卡依舊長驅直入。

可惜她現在再也無法留住他，
可憐的傻瓜想離開，向她求情。
她下定決心不再把他強扣押，
跟他話別，囑付他看好她的心；　　　　　　　580
　　她指著丘比德的弓賭咒，
　　她的心在他的心窩被幽囚。

她說：「甜心肝，今晚淒涼難排遣，
我的心抱病交代兩眼通宵不能閤。
請問愛的主人，明天能否再見面？　　　　　　585
你說行嗎？行嗎？能不能把時間訂妥？
　　他說不行，就算訂時間也無法履約，
　　明天他打算和朋友一起把野豬捕獵。

「野豬！」她驚聲尖叫，慘白撲面
侵犯她的臉頰，像薄紗輕籠　　　　　　　　　590
罩在嬌紅的玫瑰上；她渾身打顫，
一伸手兩臂如軛把他的脖子套緊緊。
　　她整個身體癱瘓掛在他的脖子
　　仰跌在地，他呢，坐在她的肚子。

現在她當真踏進愛的決鬥場，　　　　　　　　595
她的勇士提槍躍馬準備肉搏戰。
結果證實這一切只是空幻想，
他騎在她身上卻不想策馬揮鞭：

她的苦難連坦塔洛斯[1]也不能比，

空擁抱仙境樂土，沒半點樂趣。

十四行詩

佩脫拉克藉由十四行詩所引領的風騷，兩百年後在莎士比亞筆下展現新氣象。此一境界的開創或可比擬為玻璃鏡取代銅鏡，或是寫實小說取代傳奇故事。

十四行詩傳到英國，體裁丕變。英雄體（heroic verse，抑揚五步格詩行）和雙行體（couplet，連續兩行押行尾韻）這兩種體裁，由英詩之父喬叟（Chaucer, 1340-1400）首開風氣之後，文藝復興時代的英國詩人極力經營。影響所及，十一個音節的義大利體詩行變成十個音節的英國體詩行，詩篇結構則由前八後六的形式變成以對句收煞三組四行段（quatrain），正如ABAB CDCD EFEF GG這樣的押韻模式所反映的。由於莎士比亞的成就，十四行詩的莎士比亞體又稱作英國體。

煞尾對句使得莎士比亞體十四行詩特具警句或箴言的趣味，而對句拈出的結論乃是前面三組四行段自然發展的結果。在莎翁筆下，絕大多數的詩行是段落行（end-stopped line，即個別詩行的文法結構和語意表達是完整的，相對於佩脫拉克習以為常的跨行句run-on line），每一個四行段都具有一個完整的意念，各自陳述一個命題，連續三個相關命題鋪陳一個完整的意境，最後兩行推出結論。此處所述的結構與押韻模式都可以從選譯看出，其中第十八與七三兩首尤其是莎士比亞體裁美學造詣的極致。他總共寫的一五四首當中，前面一二六首寄情於一個美少年；第一二七至一五二寫半路殺出的程咬金，論者通稱為黑夫人（Dark Lady），不但是有夫之婦，而且橫刀奪詩中說話者的所愛；最後兩首寫愛神丘比德。

這一五四首當中，雖有工整如第七十三首，但也有**類似**佩脫拉克體的結構，如第十八。最絕的是反佩脫拉克成規（anti-Petrarchan convention）的第一三○首，詩中羅列當時十四行詩作者用於稱美心上人的譬喻（譯注將會一一指出，不過所舉之例僅限於本書的選譯），然後

---

[1] 坦塔洛斯偷吃神食仙飲，又殺害親生子，在陰間被罰站在水池中果樹下，卻喝不到水，也吃不到果子。

唱反調，以幽默的筆調嘲諷或調侃歐洲文藝復興時期「虛擬情場」的虛擬情人。莎翁這麼做，是有充分的理由，引他自己的詩來說就是「忠於愛，就忠實寫真」（21：9）。他的主題也是「愛」，卻一舉揚棄余光中所稱「和中國的閨怨成了對照」的「苦情記」傳統（余23），直探血肉之軀的紅塵經驗，也就是見美生情而動慾這兩性關係的三部曲。鑑於「同性戀」是十九世紀才出現的名詞，實無必要去刻意強調詩中的性別意識；在莎翁所建構的愛的世界體會萬象人生，並品嚐其美學意境，此一樂趣本身就令人回味無窮。試以第二十首為例，詩中透露性別以難以界定的幽微地帶，正是當代醫學的主流觀點；但是，我們不該忽略，第4行沿用的是因因相襲的女人形象。該詩押陰性韻（feminine rhyme），即押韻的詩行最後兩個音節一重一輕同韻，如前四行的韻眼依次是painted、passion、acquainted和fashion；這裡說的「陰性」是稱美之詞，指其輕快優雅的聲情效果。又如，第一○六首的主題、結構與意象三者緊密結合，絲絲入扣，允為十四行詩這個體裁的精品。論述最豐的則非一二九莫數，對讀過該詩的人來說，理由不言自明。有時候，意境的領會甚至有賴於文學史的背景，例如傳統描寫人體美是以神話典故為主流，取材於自然界的意象則往往充斥暴力，莎士比亞在第十八首卻以自然景象為烘托人體美的背景。

　　起自希臘田園傳奇，歷經中古騎士傳奇，南歐文學業已奠定一個深厚的傳統，允為自然學派情慾觀的基本信念：春之美在於觸動生機，夏之美則在於激動情慾，如《達夫尼斯與柯婁漪》所體現的。文藝復興時期雖仍保有這樣的信念，可是人與自然的分殊終究引出了歧路。夏日美則美矣，卻有美中不足之處，無法比擬所愛之人的永恆美。因此第十八首申論美之不朽，破題就提出設問句：如果以夏日之美比擬你的美貌，將會如何呢？可是，一如但丁寄意而佩脫拉克鋪陳過的，美之永恆有個先決條件：詩之不朽，這是文藝復興時期極其醒目的文學信念。第二十首與第一○六首承襲在小說與戲劇源遠流長的「驚艷」母題，卻一舉打破性別的迷思，強烈對比第一二九首，兩者分別描寫情與慾。情慾經驗一旦刻骨銘心，重生的母題往往是由死亡的意象引出來的。同樣取死亡為主題，七一和七三兩首構成一對「詩聯」，表面上的豁達掩飾不了對於死亡的焦慮，寫實的筆觸足與第一二九相輝映，雖然修辭策略大不相同。

　　有必要預為提醒的是，舉凡譯文所見的重出字或詞，無不是忠實反映原文的修辭——忠於原作的修辭格是筆者譯詩力求堅持的一個原則，雖然破格難免。但是行尾韻的押韻模式悉依原作。

之十八

我該[2]拿你和夏天作比較[3]？

你更為可愛也更為溫煦：

狂風搖落五月疼惜[4]的花苞，

太短的是夏季分租的約期[5]；　　　　　　　　4

有時候天眼[6]照耀太炙熱，

他燦爛的容顏也常被遮掩[7]；

每一種美都難免從美[8]隕落，

褪繁華不外厄運或天道變遷[9]：　　　　　　8

但是你長夏[10]永駐不凋萎，

你擁有的美也不會淪喪，

死亡無從誇口你在他陰影下徘徊[11]

當你在不朽的詩行與時共長[12]。　　　　　　12

　　只要人能呼吸，或眼睛能看，

　　只要這詩永生，你就長生久傳。

---

[2] 該：shall，隱含假設意味，意即「如果應該」（Evans）；本行不是真正的疑問句，而是設問句，詩人省略了的後半句是「會有什麼樣的結果呢」，由此順勢引出下一行，即把「你」的「氣色」比擬夏季的天氣所得出的結論。

[3] 比較：compare，在莎翁全集通常作「比擬」解；因此，本行使用的是明喻修辭格。

[4] 疼惜：原文（darling）為形容詞，「深受或值得疼愛憐惜」之意，因為花苞展現春天（「五月」）的徵候。

[5] 以法律意象陳明夏季所分配到的期間太短暫。把季節比喻為向「自然」租借而來的一段期限（"date"，即「約期」），參見《馬克白》4.1.99以同一意象比喻壽命。

[6] 天眼：太陽。

[7] 太陽的「金」（"gold"，「燦爛」）顏常因烏雲而失去光彩。臉的顏色即是「氣色」，咸信其反映人的性情或情緒。

[8] 前後兩個「美」依次指美的性質和具備該性質的人或物。

[9] 美不復為美（「隕落」）無非是遭逢不測（「厄運」）或物性使然（「天道變遷」即自然代謝），分別為外在或然與內在必然的因素。

[10] 長夏：此一措詞與前八行所述相矛盾，除非意思是「你」的「夏天」在詩中歷久長青，因此「長」是以伏筆提示10-14行。

[11] 徘徊於死亡的陰影，意即遭世人遺忘。

[12] 與時共長：和時間「共生」而同時「成長」，因為「你」在詩中已經「接枝於」（grow'stto，園藝意象）時間——以樹隱喻時間是本詩行的修辭旨趣所在。說自己的詩永垂不朽，這是莎芙最早提出，經羅馬詩人賀瑞斯（Horace）和奧維德發揚光大，又由歐洲文藝復興加以承襲的一個母題，表達的不是自誇，而是對於詩藝的信念。

之二十

我情獨鍾的郎君情婦[13]，你

有一張造化手繪[14]的女人臉；

有女人溫雅的心，卻不至於

虛假成習，像女人反覆生變；　　　　　　　　　4

流波少了虛假，眼神[15]更光采，

目光凝注就使得物象發亮[16]；

形色軒昂把形形色色掩蓋[17]，

搶盡男人眼，教女人心魂慌。　　　　　　　　8

受造之初你原本是女兒身，

後來造化她自己生情成痴[18]，

添加一物斷了你我的緣分，

這添加物對我毫無價值。　　　　　　　　　　12

　　既然她標定[19]你供女人暢快，

　　讓我擁有而她們享用你的愛[20]。

---

[13] 情獨鍾：原文passion是名詞，兼有戀情與情詩二義，因此說話者鍾情的對象可能是一般認為的說話者的心上人，也有可能是詩人在扉頁中虛擬的主角。郎君情婦：master mistress，整首詩意境所繫的矛盾雋語（paradox），此一巧喻直到第12行才豁然開朗，原來是具備女性容貌、心地與眼神的男性愛人。

[14] 造化手繪：沒有借助於化妝品，猶言天生麗質。與此相反的是，「上帝給了妳們一張臉，妳們自己偏又另造一張」（《哈姆雷特》3.1.142-3）。

[15] 眼神：An eye，此一單數用法是《舊約》古意，見《情慾幽林》選譯〈雅歌〉4:9注；如果是指眼睛應該用eyes，如本詩第8行的「眼」。隨後的比較級是跟女人相比。

[16] 發亮：Gilding，如漆金或鎏金，但不可能是鍍金，因為鍍金是1840-1年才開發出來的技術。

[17] 形色軒昂：如卡斯逖柳尼（參見呂、李206-7）所呈現的朝臣風範（Evans）。「形色」指一個人成於中而形於外者。掩蓋：使相形失色。

[18] 呼應皮格馬利翁（見《情慾幽林》選譯奧維德〈神雕情緣〉母題；參見佩脫拉克十四行詩第七十八首。

[19] 標定：插上記號，所插之物即12的「添加物」。

[20] 直譯「你的愛歸我所有，你的愛之為用則給她們當作寶」，所謂愛之為用（love's use）即肉體之樂。但是"use"除了作「用途」解，也可以有利益或孳息之意，與之相對的是本金或資本。按後一義，詩中說話者希望佔他稱美對象的精神之愛，那才是愛情的本金，至於肉體之歡，那只是愛情附帶的利益，雖然足使女人奉若至寶，他是不屑一顧的。因美生情絕人慾，有夠清純，卻毫無柏拉圖流派的「習氣」。

之七一

我去世的時候，你要節哀，

別超過你聽到鐘聲悽切敲起[21]

通告世界說我已經離開

這齷齪世界，和最齷齪的蟲同居；　　　　　4

你如果讀到這首詩，別回想

寫詩的手，因為愛到這地步，

我寧可在你甜蜜的思緒被遺忘，

如果思念我會使你愁苦。　　　　　　　　8

再說，如果你看到這詩作，

或許是在我混成泥土[22]的時候，

我可憐[23]的名字別念念不捨，

就讓你的情和我的命同朽；　　　　　　　12

　　以免精明[24]的世界追問你的哀悼，

　　在我走後因為我[25]而把你嘲笑。

之七三

在我身上你可能目睹歲末[26]

黃葉[27]落盡，或兩三片懸盪

在枝梗打顫襯托唱詩席殘破

荒涼，前不久還有好鳥歌唱。　　　　　　4

---

[21] 鐘：喪鐘。教友去世時，親友付費即可要求所屬教區的教堂以鐘聲報喪，鐘聲數即為其壽數。詩中的說話者規勸愛人，喪鐘敲完即可以結束守喪。悽切敲起：模擬原文surly sullen的頭韻。

[22] 屍骨已朽。

[23] 可憐（poor）：卑微；無足輕重；不幸，可能隱含日常口語表達「已故」之意（Evans）。

[24] 精明：wise，指認識之深。世人（「世界」）知道我有缺點，而不是「你」所以為的那麼完美；但也可能有反諷意味，指世人自以為「精明」，卻不知道自己有所不知（Evans）。

[25] 因為我（with me）：因為〔你〕愛我（Riverside）；利用〔不值得你如此付出愛的〕我，或整個獨立子句（mock you with me）釋作「嘲笑我意猶未盡，連你也一起嘲笑」（Evans）。

[26] 歲末：「那時節」，深秋或早冬。

[27] 《馬克白》5.3.22-3「這趟人生路／落到枯萎的地步，一片黃葉」，使用同一意象，指的卻是老年。

在我身上你看到白天薄暮

就像日落[28]後在西方沉寂，

黑夜[29]轉眼間把一切移除，

死亡的化身密封萬物於安息[30]。　　　　　　　　8

在我身上你看到那火發紅[31]

恰似躺在它青春的灰堆，

像靈床，它必定在那兒命終[32]，

被它賴以滋養的給消毀[33]。　　　　　　　　12

　　看透這點使你愛得更堅貞，

　　好好愛那你即將永別的人。

之一〇六

翻開悠渺荒古的歷史文獻，

我看到絕代風流的寫像，

以及美使古韻洋溢美感

稱頌殞香佳人與多情郎[34]；　　　　　　　　4

不論手腳、嘴唇、眼睛、額眉，

紋章[35]流芳有國色天姿在，

---

28 日落比喻生命的盡頭。

29 黑夜喻死亡：睡覺是永眠，死亡則是安息。

30 死亡的化身：黑夜；黑夜之於一天猶如死亡之於一生。密封：信函封印的意象，可以隱喻關進密閉空間（如棺材）或封閉於黑暗中，後一義參見拙譯《馬克白》3.2.46「封眼」的注釋。安息：以睡眠類比死亡，這是人類文化史上相當古老的母題；《馬克白》2.2.37說睡眠「結束每天的生命，洗盡辛勞」。

31 發紅：只有火光而無火焰。

32 火＝生命＝愛，即下一行的「它」（原文為"his"並不是擬人格，而是因為當時的英文還沒有"its"這個代名詞）。火必定很快（因為只餘紅光）在灰堆熄滅（＝死亡）；因此，在英文稱作the bed of ashes的灰堆可比喻為「靈床」或臨終的床（death-bed，未必是病床）。

33 它：火（見注31）。賴以滋養的：「火」燒得旺是因為說話者對於詩中正值青春（＝生命之火燒得旺）的美少年愛得強烈（＝愛之火燒得旺）。給消毀：被或互相消耗或毀滅。兩團烈火互相吞噬對方，這種以火攻火是森林火災時非常管用的滅火方式，《馴悍記》2.1.132-3也用到同一意象，雖然情境不同：「兩團火焰怒騰騰碰在一起，／把養活怒氣的東西給消毀。」

34 多情郎：風流騎士。

35 紋章：傳統貴族具有系譜意義的家族徽章，如盾牌或甲胄罩袍所見。

情慾花園

2
3
2

我看到古筆毫端想生輝，
正是當今你散發的風采。　　　　　　　　　8
因此他們的稱頌只是揮筆
預言這個時代，事先寫影，
因為他們只憑天機看你，
無法淋漓盡致把你歌頌：　　　　　　　　　12
　　而我們，雖然有幸目睹今天，
　　張口卻結舌，徒然眼驚嘆。

之一二九

精力消耗在荒漠可恥鄉[36]
是色慾蠢動；蠢動前[37]，色慾
帶血腥，誑言又妄語，灌迷湯，
蠻橫、粗魯、厚臉皮、窮凶惡極。　　　　　4
享樂回頭空，頓覺真可羞：
獵取[38]不講理，得手卻又轉眼間
厭惡不講理仿如吞餌鉤，
那是故意施放害人發瘋癲：　　　　　　　8
瘋癲猛追求，到手也同類；
已有、現有、未得手，都過分[39]；
求證時極樂，求證後極悲；
事前盼快活，事後夢無痕。　　　　　　　12
　　這一切舉世得曉，卻不曉得
　　迴避這引人下地獄的天國[40]。

---

[36] 精力：spirit，雙關語，也有「精液」之意。在……鄉：in a waste of shame，戲筆in a shameful waist（與妓女性交）（Evans）。可恥：悔恨交加。

[37] 蠢動：性交的動作，並不是蠢蠢欲動。蠢動前：直到動作完成之前；為了遂行淫慾的目的，1-4言其不擇手段。

[38] 獵取：捕獵的意象；色慾補捉獵物，只圖一時的痛快。言其「不講理」，意味著色慾表現人的獸性。

[39] 過分：不講理。

[40] 地獄：影射女性的生殖器，參見薄伽丘〈把魔鬼關進地獄〉。天國：heaven，與haven（避風港，女性生殖器）諧音。

我情人的眼睛根本不像太陽[41]；

珊瑚紅遠勝過她嘴唇的紅；

要[42]說雪白，她胸脯暗褐無光；

要說髮絲[43]，鐵絲[44]長在她頭頂。　　　　　　　　　4

我見過彩緞玫瑰，透紅襯白，

她的臉頰可見不到那種玫瑰；

有些香水聞起來舒服愉快

勝過我的情人吐出的氣味。　　　　　　　　　　　8

我愛聽她說話，可是我清楚

音樂更動聽，她的聲音不能比[45]；

我承認我沒見過女神走路[46]；

我的情人走起路來腳踩地。　　　　　　　　　　12

　　可是，天[47]作證，我想我的愛[48]絕倫

　　脫俗[49]不下於被胡亂比喻的女人。

---

[41] 太陽是「天眼」（18：5）；早自美索不達米亞與埃及，太陽就是以金光描述，金則引人聯想美，此所以天神一個個金光寶氣，特以愛情女神為然。情人的眼睛像太陽，如佩脫拉克90：3。

[42] 要：如果，猶言「要是讀了莎士比亞的情詩，你會發覺情人更可親」。

[43] 絲：wires，金屬線，源自古高地日耳曼語wiara（精金），參見注41。秀髮飄逸如黃橙橙的金絲，見佩脫拉克34：4、90：1和292：5；不過，西方以金髮為美，早自蘇美神話即是如此。

[44] 鐵絲：「黑絲」，對比「金絲」。西洋文化史上習以為常的「黑：白＝惡：善＝醜：美＝黑暗：光明」這個二元觀，始自印歐人（Indo-Europeans）於公元前約二千四百年南侵，在小亞細亞和美索不達米亞以父神信仰取代當地的女神信仰（Stone 66-8）。

[45] 情人開口即妙音，如佩脫拉克90：10-1。

[46] 情人走路好像飄浮在神話天地，如佩脫拉克90：9-10。

[47] Evans指出「天」也有可能是「天堂」（參見注40「天國」）。

[48] 愛：愛人。

[49] 絕倫／脫俗：as rare/ as，依照彭鏡禧的譯法（彭5）。

鄧恩（1572-1631）形上詩（英文）

　　十四行詩是歐洲文藝復興時代通俗的美學形式，傳達的是普遍的美感。可是，即使至美也經不起複製，而複製一旦成為時尚，神奇也會淪為腐朽，這不難從十四行詩變成「情詩」（"love lyric"）的同義詞看出端倪。到了十六世紀末，歐洲大陸有一批詩人開發出比較知性化的巧喻形式，為佩脫拉克所奠定的詩歌傳統注入新氣象。鄧恩（John Donne）受到啟發，極力經營高密度的戲劇情境與知識張力，因而開創英國的形上詩（metaphysical poetry，或稱玄學詩）。這一派詩人雖然也是寫抒情詩表達熾烈的情感和對於官能的崇尚，卻不是像佩脫拉克那樣從傳統世界尋找意象元素以建構自己的愛情經驗，而是著重於情感的分析和意識深處的探討，進而透過當代學識與生活語言的緊密結合，創造情、智合一的意境，傳達個人洞察所得的愛情哲理。為了達到這樣的目的，他們挖空心思，無非是為了構想足以獲致「棒喝」效果的主題意象，即所謂的形上巧喻，然後訴諸嚴謹的推理以確保巧喻有理而理中有意趣。

　　佩脫拉克寫了三百六十六首十四行詩鋪陳靈肉衝突的戲劇張力，鄧恩獨能在個別的詩篇中化張力為熱力大放送，一個主題意象就激起一場感性大進擊，接著引發一陣知性大衝擊。鄧恩尤其擅長在冷靜的推理中回顧敏銳的感受，熾烈的情思與雄辯的說理就在回顧中交融合一。他的情詩顯示複雜的人格特質，特具心理趣味。他採用戲劇獨白體（dramatic monologue），在戲劇性的情境中以獨白的體裁揭露現實生活中具有重大意義的一個經驗。獨白是內心的聲音，正適合私密的愛情經驗。然而，雖是獨白，讀者卻能「聽」出說話者的處境，進而「看」出其獨特的內心世界。詩本來就該朗讀，鄧恩的詩尤其如此。朗誦有助於探察鄧恩詩中有待析理之處，析理之後再朗誦更能明白鄧恩如何在節奏上推陳出新，和歐洲的詩傳統斷然決裂。他筆下的意象不是用來裝飾，而是為生命情態打開一個觀照的窗口；他的節奏不是為了悅耳，而是為了輝映窗口所見的情景。

　　此處選譯的三首構成一組三聯詩，始於求歡被拒，歷經雲雨洗禮之後，最後出神入聖臻於哲理，依時間先後的次序呈現完整的情慾經驗。

相對於《吉爾加美旭》所呈現的性愛禮（見《情慾幽林》選集第一篇〈性愛禮〉），鄧恩所呈現的情慾經驗可以說是性愛復禮，意境不可同日而語，雖然各有千秋。譯文忠實傳達這三首各自的押韻形態。

跳蚤

看這跳蚤，一看就知道
妳拒絕我的事有多渺小：
牠先吸了我，現在吸妳，
我們的血溶合在這跳蚤裡[1]；
妳知道這不能說是罪行，   5
也不可恥，也扯不上失貞，
　　可是牠沒求歡就享樂，
　　二合一的血吸飽撐著[2]，
　　而這，天哪，超過我們預期的結果。

噢住手，饒了跳蚤體內三條命[3]，   10
在那兒我們幾乎，其實不只是結婚。
這跳蚤是妳和我，也是新婚床，
又是舉行婚禮的教堂；
雖然父母作梗，妳也是，我們配對
已隱遁在這活生生的黑玉牆內[4]。   15
　　雖然妳想殺我是出於慣性[5]，
　　可別在三個罪名三條命
　　又憑添自殺和瀆聖[6]。

---

[1] 按文藝復興時期的醫學觀念，性交時雙方的精血溶合導致懷孕。

[2] 這隻跳蚤象徵精血的溶合；圓腹鼓脹影射懷孕。

[3] 精血即是生命，因此有「三條命」，包括詩中情侶以及（跳蚤體內精血交溶而孕的）胎兒。

[4] 藉宗教措詞表達愛情遺世獨立卻圓滿自足的境界。隱遁：呼應13行的教堂。黑玉牆內：詩中跳蚤的腹腔。

[5] 殺：伸手打跳蚤。慣性：習慣，習俗，禮教。

[6] 瀆聖：此處指損毀教堂，跳蚤腹腔是孕育新生命的聖地（見13、14）。

妳就這樣，狠心又衝動，
在無辜的血把指甲染紅[7]？　　　　　　　　　　　20
說這跳蚤犯了罪，在哪裡，
除了從妳身上吸走的那一滴？
可是妳得意揚揚，說什麼發覺
妳自己，和我一樣，如今毫髮無缺；
　　說的是；那麼該明白畏縮有多虛妄；　　　　　25
　　就如同，一旦妳依我，榮譽的損傷
　　不過像這跳蚤的死取妳性命一樣[8]。

早安

我真的訝異，相戀前，妳我
在幹嘛？那時還沒有斷乳，
像小孩，只吮吸鄉間歡樂？
或是打鼾在長睡七人的洞窟[9]？
沒錯；除了這，歡樂都是空[10]。　　　　　　　5
如果說我看見過美嬌容，
心想要，又得到，那只是妳在我夢中。

現在說聲早向我們甦醒的靈魂，
他們[11]相對看不必疑懼把心猜，

7　殺之不足，還要利用跳蚤的剩餘價值。本行影射一個法律意象：死刑犯才罪及於死，可見女
　　方視失貞為重罪。

8　精血即性命。跳蚤只不過吸她微不足道的一滴血而已，因此女方即使依從詩中男子的求歡，
　　也只是像她打死跳蚤，損失一滴血罷了。

9　相傳以弗所（Ephesus，上古希臘在愛琴海東岸今土耳其境內所建立的城市，也是《情慾幽
　　林》中〈以弗所一寡婦〉的背景）有七個年輕人，為了逃避羅馬的迫害而躲進洞窟，一覺睡
　　了187年，醒來驚覺這世間已在他們長睡期間基督教化。「斷乳」、「吮吸」和「打鼾」出
　　現在情詩中，棒喝效果不同凡響：情侶一夜纏眠而進境於成熟，靈魂悠悠甦醒。相對於2-3
　　描寫尚未擁有性經驗（尚未「相戀」）時的「純真」（innocence的另一個意思是「沒有性
　　經驗」），本行描寫那時候的無知（如同亞當和夏娃吃禁果以前無法擁有「知識」）。

10　這：戀愛。是：原文是be，而不是用於陳述事實的are，因此有「任憑（所有的歡樂）幻
　　生」之意。

11　他們：前一行的「靈魂」，擬人格。

文藝復興文學　237

因為愛抑制對其他美景所有的情分，　　　　　　　　　　　10
使得一個小房間無所不在。
讓航海家去把新世界發現[12]，
讓地圖去揭露天外有天，
讓我們共擁一世界，各歸各，一大千[13]。

我的臉在妳眼裡，妳的在我眼裡[14]，　　　　　　　　　　15
坦蕩蕩的心在臉上安歇[15]；
更好的兩半球哪裡找去[16]，
沒有夕陽斜，沒有北風凜烈？
凡是會死的都是交融有障礙[17]；
如果兩情合一，或是妳我的愛　　　　　　　　　　　　　20
同樣不鬆懈[18]，死亡不來。

封聖

看上帝的面，別囉唆，就讓我愛[19]，
　　中風或痛風任你們叫囂，
毀了的前途或白髮五根[20]任你們笑，

---

[12] 與下一行共同影射地理大發現的時代背景。

[13] 各有各的世界，卻又共同擁有一個愛的世界，如太極圖陰中有陽、陽中有陰。本行兩個逗號分隔愛情經驗的三種屬性：包容性、獨立性與排他性。

[14] 情侶的瞳孔彼此反映對方的容貌。以具體的描寫暗示親密的關係。眼睛是靈魂之窗，「窗內」的景象當然不只是肉體形像。

[15] 安歇：不只是「流露」在臉上。

[16] 隱喻詩中情侶的「圓滿」結合，參見《情慾幽林》選譯亞里斯多芬尼斯〈愛樂頌〉。

[17] 依經院哲學的說法，如果是由不平等或不同類的元素組成，則物性無常而必朽；反之，如果元素的本質相同，彼此「交融」而組合完美，則物性永固而不會物化。以下兩行將此一哲學信念應用於愛情：詩中情侶的愛不分軒輊又性質相類，故能和諧共處而形成完美的組合；參見17行。

[18] 相愛不鬆懈即摯愛不渝。最後兩行引出情慾不朽的哲學觀。

[19] 破題指出說話人的處境：這首詩是戀愛中人對不識真情為何物的閒雜人等下達封口令，因為他聽煩了他們七嘴八舌干擾他的愛。以下五個詩節，每一個詩節的首尾兩行都以「愛」收煞，影射愛的包容與澤被：「愛」本身是圓滿自足的超現實世界，卻又足以包容一切世俗的經驗（參見注13），此一愛情觀及其押韻模式（ABBACCCAA）貫串本詩全部五個詩節。

[20] 毀了的前途：可能影射鄧恩本人的婚姻；他二十九歲前程似錦的當兒，帶著高官富家十六歲

去修藝養性，憑財富把地位抬，

　立個志向，謀個職位，

　大人或貴人的臉色緊追隨，

國王本尊或他的大頭徽[21]

　細思量；你們想要的，伸手去摘[22]，

　這一來你們會讓我愛。

唉喲，唉喲，誰受害是由於我的愛[23]？　　　　　　　　10

　什麼商船因我嘆息而沉溺？

誰說我的眼淚淹沒他田地[24]？

　我消沉幾時延遲春到來？

　　幾時我熱情滿血管

　　增加鼠疫死亡的名單[25]？　　　　　　　　　　　15

士兵仗照打，律師也依然

　找得到訟棍耍無賴，

　雖然她和我相愛。

隨你們怎麼叫，我們這樣是由於愛[26]；

　叫她飛蛾，我也是，　　　　　　　　　　　　　　20

的女兒私奔，不但葬送仕途，被捕下獄，也失去了經濟奧援。長出五根白髮，猶言老之將至。

21　大頭徽：錢幣上國王的頭像，轉喻金錢。7-8「國王……思量」一如原文，是倒裝句，因承
　　續前面的命令句型而省略主詞，意思是「你們儘管好好思索為官求寵或經商生財之道」。

22　伸手去摘：任憑你們去鑽營。

23　語氣從前一節的慷慨激昂轉為誇張戲謔，以下連續五個設問句（呼應前一節一系列的祈使
　　句）是針對佩脫拉克體十四行詩的傳統而發。我的愛傷害不到任何人，我的嘆氣也不會釀成
　　暴風，我的哭泣也不會氾濫成災，即使我意氣消沉也不會冰天雪地，即使我熱情洋溢也不會
　　因增溫而使疫情更嚴重。整個詩節的主題是：我的愛不論在世人看來有多荒謬，根本影響
　　不到現實世界——所以，我的愛干卿底事？和他的愛情經驗成對比的是2-8行呈現的世俗經
　　驗，包括疾病、年老、學養、財富、名位與仕途。

24　因戀愛中人嘆息而掀暴風，或哭泣而惹豪雨，參見佩脫拉克十四行詩189和292: 10。

25　鼠疫：由鼠蚤傳播的發熱性（故有14行「熱」）傳染病。十四世紀導致歐洲四分之一人口死
　　亡的那一場鼠疫，俗稱「黑死病」，薄伽丘《十日談》的開場白以寫實筆法所記即是。傳染
　　期間，教堂逐週公告疫情。

26　語氣由嘲弄轉為對世俗界的挑釁中含有對心上人的柔情，正是莎劇《馴悍記》Petruchio以
　　搶婚諧擬英雄救美（3.2.220-237）的口吻。下一節（28-36）柔情依然，又多一份果決。

我們又是燭芯，犧牲自己而死[27]，

    我倆在自己發現鷹鴿共一宅[28]。

      鳳凰謎[29]因我倆更有意義：

    我們是鳳凰，二合一。

所以，一個中性體兩性合宜。   25

    我們死又生如一[30]，明白

    驗證奧秘，藉這種愛。

如果不能同生，我們可以共死追求愛；

    如果不適合墓碑和棺槨[31]，

我們的傳說[32]入詩也適合；   30

    如果不配歷史來記載，

      我們將以商籟築洞天[33]；

    偉人的骨灰配精製罈

---

[27] 飛蛾象徵無常與貪歡。由飛蛾撲火的意象引出鳳凰浴火重生的神話，進而得出本詩節的主題：情侶因愛的結合而新生、而不朽。死：既指飛蛾自焚（一如鳳凰）與燭芯燃燒自己而放出光明（有如鳳凰為了新生而自焚），又影涉性交。死：當時的俚語指性高潮，時人認為耗精會縮短生命；其性意涵猶如國人以「仙仙欲死」稱顛鸞倒鳳。

[28] 鷹與鴿分別象徵力量與溫順。在心理學，鷹是父親原則，故為雄性的象徵，鴿與生殖有關，因此代表陰性；煉金術則以鳥類代表活化過程的不同力量，鷹象徵精神力量的昇華，鴿表示隱含於物質中的精神力量。原文（直譯「我們在自己發現鷹與鴿」）並無「共一宅」之語，但是「自己」隱含有「我倆的身上（或經驗）」之意。宅：參見聖奧古斯丁《懺悔錄》1: 5「我的靈魂像一座房子」，古英文史詩《貝武夫》（Beowulf）稱人的身體為「骨屋」。

[29] 鳳凰謎：傳說鳳凰無雌雄之分（25「中性體」），且舉世無雙（一如本詩歌頌的愛情神話），每五百年投身烈火自焚，自火葬的灰燼誕生雛鳳。詩中的情侶以具體的行動證明陰陽交融而合為一體是可能的。23-7是個典型的形上巧喻：以別出心裁的想像為看似不相干的事物建立類比關聯，從而產生「不和諧的和諧」。佩脫拉克式巧喻的想像主要在於透過感官意象把個人的情懷引申到普世的經驗；形上巧喻的特色主要表現在哲理的思維，以壓縮凝練的意象傳達個人心靈層次的體悟，而此一體悟是建立在感官的經驗之上。

[30] 死……一：同死又同樣重生；死而重生，與前生無異。

[31] 本行以下是說話者擬想與心上人死於「情火」，又因愛而重生之後的情形。墓碑棺槨是一般人死後該享有的哀榮，載於史冊（31）是名人的殊榮。

[32] 傳說：legend，在十六與十七世紀專指聖徒的生平事跡，鄧恩借來抒寫「情聖」。

[33] 商籟：sonnets（十四行詩）的音譯，這是歐洲文藝復興獨盛的情詩體裁，因此以之泛稱情詩。商籟體雖然篇幅短，卻是精練的詩，對比以枯燥的散文寫成的史書。此一對比引出33-4，骨灰罈雖小，只要夠精緻（就像賴以築洞天的情詩），用來裝偉人的骨灰就不嫌寒酸，不見得非要營建陵寢。

也相稱，不輸給半畝墓園；
　藉這些讚美詩，全體將公裁[34]　　　　　　　　35
　我們諡聖，由於愛[35]。

於是向我們祈願：「你們令人敬配的愛[36]
　彼此造就對方的隱居所[37]；
對你們，愛是祥和，如今是瘋波；
　你們濃縮[38]全世界的靈魂，填塞　　　　　　40
　　列國、朝臣和眾城[39]
　　進入你們的眼中水晶[40]
（造就這些明鏡，這些奇景[41]，
　使大千世界為你們縮影）：向上[42]膜拜　　45
　求典範，求你倆的愛[43]！」

---

[34] 讚美詩：hymns，特指基督徒用於祈禱的歌曲，通常由會眾歌唱，不用《聖經》歌詞。廣義用法則泛稱宗教讚美詩，影射詩中人的「愛情教讚美詩」，即32行的「商籟」。全體：後代。

[35] 點明題意：封聖，正式名稱為「諡聖典儀」（canonization），是基督教會宣告已故的某教徒應受崇敬而舉行儀式，冊封為聖徒。因愛受封，當然是情聖。此一宗教意象陳明整首詩的創作背景：詩人擬想自己逝世後，世人為了他是否夠格策封為情聖而大辯特辯，他不耐其煩，有感而發。

[36] 語氣轉為凱旋，卻非歡呼之聲，而是莊嚴安祥。不論冊封情聖的法律程序如何，天下有情人自有公評。祈願：主詞是35的「全體」。

[37] 隱居所：hermitage，隱士（hermit）的居處，有拒斥世俗界的庇護之意。由於hermit特指出於宗教動機而離群索居的人，而本詩的「宗教」是愛情教，因此詩中情侶遺世獨處互尋庇護之舉有強烈的性意味。此一意味的諷刺版，參見薄伽丘〈把魔鬼關進地獄〉。

[38] 濃縮：一如本詩濃縮至精至純的愛情經驗，故能成為千秋萬世景仰的典範。

[39] 示例舉隅代表前一行的「全世界」，也是詩中人在第一節所棄絕的世俗界。

[40] 眼中水晶：眼球。

[41] 奇景：在眼中水晶見到的景象。大千世界以無比精純的形式盡貯於情聖的「眼中水晶」，情慾經驗的精華盡在其中。

[42] 上：上天。詩中情侶已成情聖，故得榮登天界。

[43] 「你倆的愛〔所樹立〕的典範」（典範＝你倆的愛）。

引用書目

本書目包括《情慾幽林》與《情慾花園》兩書所引用，外文書目所附中文為本書採用的譯本與
　　譯名。

甲、中文

于記偉。〈當代台灣電影的情色意識〉。林、林277-96。

《台灣民俗大觀》。凌志四、鄒至文總策劃。凌志四主編。共五冊。台北：同威圖書公司，
　　1985。

王國維。《人間詞話》。台北：台灣開明書店，1953。

王孝廉。《中國的神話與傳說》。台北：聯經，1977。

王瑞香。〈基進女性主義：女性解放的根本契機〉。《女性主義理論與流派》。顧燕翎主編。
　　台北：女書文化公司，1996。

王溢嘉。《情色的圖譜》。中和：野鵝出版社，1999。

朱立民。〈漢姆雷特之演出〉。《愛情・仇恨・政治──漢姆雷特專論及其它》。台北：三
　　民，1993。105-44頁。

呂健忠。〈簡論墓誌銘〉。《中外文學》9.8（1981年1月）：139-59。

──譯。〈反美學：翻出後現代美學，在台灣〉。《反美學：後現代文化論集》中文版譯序。
　　The Anti-Aesthetic. Ed. Hal Foster. 新店：立緒，1998。6-30。

──譯注。《伊底帕斯三部曲》。含《伊底帕斯王》、《伊底帕斯在科羅諾斯》和《安蒂岡
　　妮》三劇。The Theban Trilogy. Sophocles. 台北：書林，2009。

──。《馬克白：逐行注釋新譯本》。Macbeth. Shakespeare. 台北：書林，1999。

──。《奧瑞斯泰亞》。含《阿格門儂》、《奠酒人》和《和善女神》三劇。Oresteia.
　　Aeschylus. 台北新店：左岸，2006。

──。《變形記》。Metamorphoses. Ovid. 台北：書林，2008。

呂健忠、李奭學編譯。《新編西洋文學概論》。台北：書林，1998。

李永熾。〈井原西鶴的好色餘情〉。《當代》16（1987年8月）：16-24。

李汝珍。《鏡花緣》。

屈萬里。《詩經詮釋》。台北：聯經出版社，1983。

曲沐。〈讀《小說與豔情》感言〉。陳益源462-7。

玄珠。《中國神話研究》。《中國古代神話：甲編三種》。玄珠、袁珂、譚達先著。台北：里
　　仁書局，1985。1-98。

宋美樺。〈欲解還結：文學／情色／色情〉。《當代》16（1987年8月）：33-40。

宋兆麟。〈人祖神話與生育信仰〉。《神與神話》。王孝廉、吳繼文編。台北：聯經，1988。
　　211-46。

──。《中國生育、性、巫術》。台北：雲龍出版社，1999。

余光中。〈繡鎖難開的金鑰匙〉。《發現莎士比亞：台灣莎學論述選集》。方平主譯《新莎士
　　比亞集》附冊。彭鏡禧主編。台北：貓頭鷹出版社，2000。17-29。

吳金瑞編。《拉丁漢文辭典》。台中：光啟出版社，1965。

吳曾德。《漢代畫像石》。台北：丹青圖書公司，1986。

汪培基譯，陳敏慧校。《金枝：巫術與宗教之研究》（The Golden Bough by J. G. Frazer）。共2
　　冊。當代思潮系列叢書。台北：桂冠圖書，1991。

袁珂。《古神話選釋》。台北：長安出版社，1982。

焦桐。〈身體爭霸戰──視論情色詩的話語策略〉。林、林195-229。

邱宜文。《巫風與九歌》。台北；文津，1996。

《新舊約全書》（官話和合本）。1919。香港：浸信會出版部，1976。

徐嘉陽。〈情色內外──初探新人類作家的文學空間〉。林、林299-314。

林水福、林燿德合編。《蕾絲與鞭子的交歡──當代台灣情色文學論》。台北：時報文化出版
　　公司，1997。

皇甫修文。〈野有蔓草賞析〉。《中國文學總新賞・詩經》。共三冊。台北：地球出版社。
　　2:253-55。

《禮記》。《十三經注疏》第五冊。台北：藝文印書館。

鹿憶鹿。〈傣族的神話〉。《歷史月刊》110（1997年3月）：61-65。

屠岸譯。《十四行詩集》（The Sonnets by William Shakespeare）。《新莎士比亞全集》。方平
　　主譯。共12冊。台北：貓頭鷹出版社，2000。12:213-340。

潘�。《美索不達米亞藝術：人類最古的文明》。台北：藝術家出版社，2001。

彭鏡禧、夏燕生譯著。《好詩大家讀：英美短詩五十首賞析》。1989；台北：書林：1994。

裴溥言。〈詩經比較研究──舊約雅歌篇〉。《中外文學》11.3（1982年8月）：4-37；11.4
　　（1982年9月）：4-55。

蒲慕州。《法老的國度：古埃及文化史》。台北：麥田出版，2001。

——編譯。《尼羅河畔的文采：古埃及作品選》。台北：遠流出版公司，1993。

達蘭莎拉西藏歌舞藝術學院。《吉祥舞》。台灣巡迴公演。台北：大安森林公園，2001年4月29日。

聯合聖經公會。《聖經：現代中文譯本》。香港：聖經公會，1975。

《圖解服飾辭典》。圖解服飾辭典編委會編、繪。羅麥瑞總策劃。新莊：輔仁大學理工學院織品服裝學系，1985。

賴守正。〈情色文學與翻譯〉。《中外文學》29.5（2000年10月）：164-89。

劉慶孝編繪。《敦煌裝飾圖案》。台北：丹青圖書公司，1986。

劉雪珍。〈黑人女劇作家甘迺迪的「身體政治」：對異性恐懼之呈現〉。《中外文學》28.9（2000年2月）：55-85。

劉詠聰。《德・才・色・權──論中國古代女性》。台北：麥田出版社，1998。

陸士衡（陸機）。〈辨亡論下〉。《昭明文選》卷五。

《環華百科全書》。張之傑主編。

黃果炘譯。《坎特伯雷故事》（Cantebury Tales by Chaucer）。台北：貓頭鷹出版社，2001。

黃逸民。〈嘉年華會與雌雄同體的交會──以一個中古法國傳奇為例〉。《中外文學》18:1（1989年5月）：58-68。

鴻鴻改編、導演。《三次復仇與一場審判──民主的誕生》。Oresteia by Aeschylus。台北：密獵者劇團演出，1994年10月。

錢誦甘。《九歌析論》。台北：台灣商務印書館，1994。

趙東甡譯。《吉爾伽美什》（Gilgamesh）。瀋陽：遼寧人民出版社，1981。

張鑠文報導。〈林媽利：台灣人是越族〉。《中國時報》2001年4月29日第6版。

張捷夫。《中國喪葬史》。台北：文津出版社，1995。

張久宣譯。〈夫唱婦隨〉。《聖經故事》。張久宣編著。1982；台北：書林，1993。

張雋。《變石與貓眼石》。新莊：經史集出版社，1996。

張啟疆。〈說不出的情話──晚近台灣小說裡的「愛情私語」〉。林、林51-88。

張竹明、蔣平譯。《工作與時日；神譜》（Works and Days and Theogony by Hesiod）。台灣：商務，1999。

張任章譯。《西洋娼妓史話》（馬爾鑑原著）。台北：大林書局。（本書沒有標記英文原作者的姓名；也沒有中譯本出版年，應該是一九七〇年代問世的。）

鄭培凱。〈天地正義僅見於婦女：明清的情色意識與貞淫問題（上）〉。《當代》16（1987年8月）：45-58。

鄭秀瑕。〈宮廷愛情與仿效慾望──試以喬叟的三個故事為例〉。《中外文學》：16.7（1988年1月）：95-115。

鄭毓瑜。〈神女論述與性別演義──以屈原、宋玉賦為主的討論〉。《古典文學與性別研究》。性別／文學研究會主編。台北：里仁書局，1997。29-56。

陳東山。〈《金瓶梅》裡的性文化〉。《當代》16（1987年8月）：25-33。

陳黎、張芬齡譯。《世界情詩名作100首》。台北：九歌，2000。307-327。

陳次雲譯。《莎士比亞商籟體》（The Sonnets by William Shakespeare）。《中外文學》19:10-20:8。

陳義芝。〈從半裸到全開──台灣戰後世代女詩人的情慾表現〉。林、林232-73。

陳益源。《古典小說與情色文學》。台北：里仁書局，2001。

《詩經》。孔穎達疏。《十三經注疏》。全八冊。台北板橋：藝文印書館，1979。

《聖經》。見聯合聖經公會；《新舊約全書》。

蔡美麗。《維納斯之變顏：理性與感性論文集》。台北：允晨，1995。

曹雪芹。《紅樓夢》。

蘇其康。〈歐洲中古傳奇之愛情觀〉。《中外文學》14.6（1975年11月）：5-18。

孫康宜。〈莎孚的情詩與「女性主體性」〉。初稿〈重讀莎孚的情詩：從女性主義者的觀點說起〉刊於《中外文學》25.3（1996年8月）：179-89。《古典與現代的女性闡釋》。台北：聯合文學，1998。181-198。

歐陽予倩。《潘金蓮》。《新月月刊》1.14（1928）：1-38。

葉渡編。《慈悲的容顏》。台北：圖書藝術公司，1997。

葉維廉。《尋索：藝術與人生》。台北：東大圖書公司，1990。

顏海英。《守望和諧：探尋古埃及文明》。新店：世潮出版公司，2000。。

顏元叔主編。《西洋文學辭典》。台北：正中書局，1991。

楊福泉。《神奇的殉情》。神秘文化叢書。香港：三聯書店，1993。

楊麗玲。〈性／意識形態／權力／情／色的邪現曲式──以九〇年代前期台灣文學媒體小說徵獎得獎作品為例〉。林、林323-86。

楊春龍主編。《敦煌千佛洞壁畫輯覽》。台北：盤更出版社，1978。

應劭撰，王利器校注。《風俗通校注》。台北：明文書局，1982。

魏子雲。〈敘《小說與豔情》〉。陳益源457-62。

聞一多。〈高唐神女傳說之分析〉。《神話與詩》。台中：藍燈，1975。81-116。

乙、外文

Abramson, Paul R., and Pinkerton, Steven D.《美麗性世界》（*With Pleasure: Thoughts on the Nature of Human Sexuality*, 1995）。吳國卿譯。台北：經典傳訊，2000。

Ackerman, Diane.《愛之旅》（*A Natural History of Love*, 1994）。莊安祺譯。台北：時報文化，1996。

Adlington, William, tr. *The Golden Ass*. 1566. Ed. Harry C. Schnur. New York: Collier Books, 1962.

Alder, Mortimer J., ed. *Great Books of the Western World*. 60 vols. Chicago: Encyclopaedia Britannica, Inc., 1990.

Anacreon（阿內克瑞翁）. See Hamill 7.

Apollonius of Rhodes（阿波羅紐斯）. *The Voyage of Argo*（*The Argonautica*；《阿果號之旅》）. E. V. Rieu tr. 2en ed. 1959; Harmondsworth: Penguin, 1971.

Apuleius, Lucius（阿普列烏斯）. "Cupid and Psyche" from *The Golden Ass*（《金驢記》）. See Adlington; Hanson; Hendricks.

Aristophanes（亞里斯多芬尼茲）. Birds. Aristophanes. Tr. Benjamin Bickley Rogers. 3 vols. Loeb Classical Library. Cambridge, Mass.: Harvard UP, 1924. 2:127-292.

——.《利西翠妲》（*Lysistrata*）. 呂健忠譯。台北：書林，1989。

Arrowsmith, William, tr. "The Widow of Ephesus." *An Introduction to Literature*. 2nd ed. Ed. Sylvan Barnet, Morton Berman and William Burto. New York: Little, Brown and Company, 1963. 11-3.

Aucassin and Nicolette（《奧卡桑與尼可烈》）. See Burgess 1988; Moyer and Eldridge.

Augustine, Saint（聖奧古斯丁）. *The Confessions*（《懺悔錄》）. Tr. R. S. Pine-Coffin（Penguin, 1961）. Augustine. Alder 16: 1-159.

Asimov, Isaac. *Words from the Myth*. 1961; New York: New American Library, Inc., 1969.

Avery, Catherine B., *ed. The New Century Classical Handbook*. New York: Appleton-Century-Crofts, 1962.

Barker, Kenneth, ed. *The NIV Study Bible*. 1955; Grand Rapids, MI.: Zonder Van Publishing House, 1984.

Barnard, Mary. *Sappho: A New Translation*. Berkeley: U of California P, 1958.

Beauvoir, Aimone de.《第二性》（*Le Deuxième Sexs,* 1949）. 陶鐵柱譯。台北：貓頭鷹出版社，1999。

Bennett, Joan. "The Love Poetry of John Donne: A Reply to Mr. C. S. Lewis." *Seventeenth-Century Studies Presented to Sir Herbert Grietson*. 1938. Clements 160-177.

Bergin, Thomas Goddard, ed. *Petrarch: Selected Sonnets, Odes and Letters.* Arlington Heights, Ill.: Harlan Davidon, Inc., 1966.

Bible（《聖經》）. See United Bible Societies; *The Holy Bible.*

Bloch, Ariel, and Bloch, Chana. The Song of Songs: *A New Translationl.* New York: Random House, 1995.

Bloom, Harold, ed. *Modern Critical Views: Virgil.* New York: Chelsea House Publishers, 1986.

Boccaccio, Giovanni（薄伽丘）. *The Decameron*（《十日談》）. See McWilliam.

Bolen, Jean Shinoda. *Goddess in Every Woman: A New Ssychology of Women.* Toronto: Harper Perennial, 1984.

Boer, Charles, tr. *The Homeric Hymns.* 1970; Chicago: Swallow Press, 1972.

Bowra, C. M. Homer. London: Gerald Duckworth & Company Limited, 1972.

Broude, Norma, and Mary D. Garrard, eds.《女性主義與藝術歷史：擴充論述》（*The Expanding Discourse: Feminism and Art History*, 1992）。謝鴻鈞等譯。台北：遠流，1998。

Burgess, Glyn S., tr. *Aucassin and Nicolette.* 1988. Mack 1231-1263.

——. *The Lais of Marie de France: Text and Context.* Athens: U of Georgia P, 1987.

——, and Keith Busby, tr. *The Lais of Marie de France.* London: Penguin, 1986.

Bush, Douglas, ed. *The Complete Pelican Shakespeare: The Histories and the Non-Dramatic Poetry.* Harmondsworth: Penguin, 1969. 445-75.

Caesar, G. Julius（凱撒）.《高盧戰記》（*Bellum Gallicum*）。任柄湘譯。台北：台灣商務印書管，1998。

Campbell, David A., tr. "Sappho." Greek Lyric. 4 vols. The Loeb Classical Library. Cambridge, Mass.: Harvard UP, 1982. 1:52-205.

Campbell, Joseph. T*he Masks of Gods: Occidental Mytholoby.* New York: Penguin 1964.

Catullus, Gaius Valerius（柯特勒斯）. See Gregory; Lee; Martin; Whigham.

Chaucer, Geoffrey（喬叟）. *Troilus and Criseyde*（《卓伊樂與柯瑞襲》）. Tr. Nevill Coghill. Harmondsworth: Penguin, 1971.

Chilton, P.A. Introduction. Marguerite 7-33.

Ciardi, John. *The Divine Comedy.* New York: Norton, 1954.

Cirlot, J.E. *A Dictionary of Symbols.* Tr. Jack Sage. 2nd ed. 1971; New York: doret Press, 1991.

Clements, A.L., ed. *John Donne's Poetry: Authoritative Texts, Criticism.* Norton Critical Edition. New York: Norton, 1966.

Cohen, J.M. *A History of Western Literature.* 1936; rpt. 台北：文星，1965。

da Ponte, L.《費加洛的婚姻》（Le nozze de Figaro）。莫札特作曲。張承謨原譯，黃祖民重譯。
台北：世界文物供應社，1999。

Dante Alighieri（但丁）. Divine Comedy（《神曲》）. See Ciardi; Mandelbaum; Sayers。

De Vries, Ad. *Dictionary of Symbols and Imagery.* New York: North-Holland Publishing Company,
1974.

Donne, John（鄧恩）. See Clements.

Duncan, T.S. "The Weasel in Religion, Myth and Superstition." *Washington University Studies* 12
（1924）: 33-66.

Durling, Robert M., tr. and ed. *Petrarch's Lyric Poems: The Rime sparse and Oher Lyrics.* Cambridge,
Mass.: Harvard UP, 1976.

Eliade, Mircea. *The Myth of the Eternal Return, or, Cosmoa and History.* Tr. Willard R. Trask. 1949.
1954; Princeton: Princeton UP, 1974.

Ellis, Peter Berresford. *Dictionary of Celtic Mythology.* New York and London: Oxford UP, 1992.

Euripides. *Bacchae.*

Evans, G. Blakemore, ed. *The Riverside Shakespeare.* Boston: Houghton Mifflin Company. 1974.
1745-80.

——. The Sonnets. *The New Cambridge Shakespeare.* Cambridge: Cambridge UP, 1996; rpt. 1998.

Evans, Ifor.《英國文學史略》（*A Short History of English Literature,* 1976）。呂健忠譯。台北：
書林，1995。

Evelyn-White, Hugh G., ed. *Hesiod, The Homeric Hymns, and Homerica with an English Translation.*
The Loeb Clasical Library. 1914; Cambridge, Mass.: Harvard UP, 1982.

Fairclough, H. Rushton, tr. Virgil. Loeb Classical Library. 2 vols. Cambridge, Mass.: Harvard UP,
1916; 1935.

Falk, Marcia. *The Song of Songs: A New Translation.* San Francisco: Harper San-Francisco, 1993.

Ferrante, Joan M. *Woman as Image in Medieval Literature: From the Twelfth Century to Dante.* New
York: Columbia UP, 1975.

——. "Marie de France." *A New History of French Literature.* Ed. Denis Hollier. Cambridge, MA.:
Harvard UP, 1989. 50-6.

Fife, W. Hamilton, tr. *Aristotle The Poetics, "Longinus" On the Sublime, and Demetrius On Style.* The
Loeb Classical Library. Ed. E. Capps. London: William Heinemann Ltd., n.d.

Fisher, Helen E.《愛慾：婚姻、外遇與離婚的自然史》（*Anatomy of Love: The Natural History of
Monogany, Adultery, and Divorce*）。刁曉華譯。台北：時報文化，1994。

Fitzgerald, Robert, tr. *The Aeneid.* New York: Random House, 1983.

——, tr. *The Odyssey.* 1961. Lawall 1:209-514.

Fowles, John. "Eliduc." M. Mack 1218-30.

Fowlie, Wallace. *A Reading of Dante's Inferno.* Chicago: U of Chicago P, 1981.

Frazer, James（傅瑞哲）. *The New Golden Bough*（《金枝》）. Abridge ed. Tr. T. H. Gaster. New York: S. G. Phillips, 1959.

Freeman, Michelle. "Marie de France's Poetics of Silence: The Implications for a Feminine Translation." PMLA 99（1984）: 860-83.

French, Marilyn.《對抗女人的戰爭》（*The War against Women,* 1992）。鄭至麗譯。台北：時報文化，1995。

Friedman, Favius. *What's in a Name?: Meanings and Origins of First and Last Names.* Scholastic Magazines, 1975；台北：文鶴出版公司，1982。

Gaudibert, Pierre. *Ingres.* London: Thames and Hudson, 1971.

Gilgamesh Epic, The（《吉爾格美旭》）. See Heidel, pp.16-101; Mason; Sandars.

Gill, Christopherr, tr. *Daphnis and Chloe.* Reardon 285-349.

Gordon, Cyrus H., and Rendsburg, Gary A. *The Bible and the Ancient Near East.* New York: Norton, 1997.

Grant, Michael. *Myths of the Greeks and Romans.* New York: The New American Library, Inc., 1961.

Graves, Robert. *The Greek Myths.* 2 vols. 1955; Harmondsworth: Penguin, 1960. Boston and London: Shambhala, 1999.

Green, Miranda J. *Dictionary of Celtic Myth and Legend.* London: thames and Hudson, 1992.

Greene, Thomas. "The Decent from Heaven: Vigil." Bloom 55-71.

Gregory, Horace. *The Poems of Catullus.* New York: Grove, 1956.

Grimal, Pierre. *The Concise Dictionary of Classical Mythology.* Ed. Stephen Kershaw. Tr. A.R. Maxwell-Hyslop. Paris: P U de France, 1951; Oxford: Basil Blackwell Ltd., 1986.

Hadas, Moses. *A History of Greek Literature.* New York: Columbia UP, 1950.

Halley, Henry H. *Halley's Bible Handbook: An Abbreviated Bible Commentary.* 24th ed. Grand Rapids, Michigan: Zondervan Publishing House, 1965.

Hamill, Sam, ed. *The Erotic Spirit: An Anthology of Poems of Sensuality, Love, and Longing.* Boston & London: Shambhala, 1999.

Hamilton, Leonidas Le Cenci, tr. *The Epic of Ishtar and Izubar. Babylonian and Assyrian Literature. The World's Greatest Literature.* 61 vols. Ed. Timothy Dwight, et al. New York: P. F. Collier & Son., 1901. 1-156.

Hanson, J. Arthur, ed. and tr. *Apuleius: Metamorphose*s. Loeb Classical Library. 2 vols. Cambridge,

Mass.: Harvard 1989.

Harrison, Jane Ellen. *Prolegomena to the Study of Greek Religion.* 1903; London: Merlin Press, 1962.

Haste, Helen. *The Sexual Metaphor.* New York: Harvester Wheatsheaf, 1993.

Heidel, Alexander. *The Gilgamesh Epic and Old Testament Parallels.* 1946; Chicago: Chicago UP, 1949.

Heiserman, Arthur Ray. *The Novel Before the Novel: Essays and Discussions about the Beginnings of Prose Fiction in the West.* Chicago: Chicago UP, 1977.

Hendricks, Rhode A, tr. "Cupid and Psyche." *Classical Gods and Heroes: Myths as Told by The Ancient Authors.* New York: Frederick Paperback Publishing Co., Inc., 1972. 265-87.

Herodotus（希羅多德）. *The History of Herodotus*（《歷史》）. Alder 5: 1-348.

Heseltine, Michael, tr. *Satyricon.* Rev. E. H. Warmington. *Petronius and Seneca Apocolocyntosis.* Tr. Michael Heseltine and W. H. D. Rouse. Loeb Classical Library. 1913; Cambridge, Mass.: Harvard UP, 1969.

Hesiod（希西奧）. See Evelyn-White; Hendricks; Wender.

Hexter, Ralph. *A Guide to the Odyssey: A Commentary on the English Translations of Robert Fitzgerald.* New York: Vintage Books, 1992.

Holy Bible, The（《聖經》）. Authorized King James Version（欽訂版）. 1611. Cleveland, Ohio: The World Publishing Company, n.d.

Holzberg, Niklas. The Ancient Novel: An Introduction. 1986. Tr. Christine Jackson-Holzberg. London and New York: Routledge, 1995.

Homer（荷馬）. See Lattimore 1990; Murray; Fitzgerald 1961.

Homeric Hymns, The（《荷馬詩讚》）. See Evelyn-White 285-463; Boer.

Hooke, S. H. *Middle Eastern Mythology.* Harmondsworh: Pelican, 1963.

Humphries, Rolfe, tr. *Ovid's Metamorphoses.* Indiana UP, 1955.

Innes, Mary M., tr. *The Metamorphoses of Ovid.* London: Cox and Wyman, 1955.

Jackson, W. T. H. *Medieval Literature: A History and a Guide.* New York: Collier Books; London: Collier-Macmillan Ltd., 1966.

Jackson, Warren W. *Legend, Myth and History in the Old Testament.* 1965; Wellesley Hills, Mass: Independent School Press, 1970.

Jones, Peter V. *Homer's Odyssey: A Companion to the Translation of Richmond Lattimore.* Carbondale, IL: Southern Illinois UP, 1988.

Keats, John（濟慈）. *"Ode to Psyche"*（〈賽姬頌〉）.

Kramer, Samuel Noah, ed. *Mythologies of the Ancient World.* Garden City, New York: Doubleday &

Company, Inc., 1961.

Lattimore, Richmond, tr. *Greek Lyrics.* 2nd ed. Chicago: U of Chicago P, 1960.

——. *The Iliad and the Odyssey of Homer.* Great Books of Western World. 60 vols. Ed. Mortimer J. Alder. Chicago: Eneyclopaedia Britannica, 1990.

Lawall, Sarah, ed. *The Norton Anthology of World Masterpieces: The Western Tradition.* 2 vols. 7th ed. New York: Norton, 1999.

Lee, Guy. *The Poems of Catullus.* 1990; Oxford: Oxford UP, 1991.

Lemprimère, John. *Lemprimère's Classical Dictionary of Proper Names Mentioned in Ancient Authors Writ Large.* 3rd ed. 1799; London: Routledge & Kegan Paul, 1984.

Levi, Peter. *The Pelican History of Greek Literature.* Harmondsworth: Penguin, 1985.

Lewis, C. Day, tr. The Aeneid（1952）. Alder 12: 81-321.

Lewis, C. S. *The Allegory of Love: A Study in Medieval Tradition*（《愛情寓言》）. Oxford UP, 1936; 1977.

Liddell, H.G., and Scott, R. *Greek-English Lexion.* Oxford: Oxford UP, 1996.

Lipking, Lawrence. "Aristotle's Sister: A Poetics of Abandonment." *Critical Inquiry* 10（1983）: 61-81.

Longinus. *On the Sublime.* Fyfe 122-256.

Longus（龍戈斯）. *Daphnis and Chloe*（《達夫尼斯與柯婁漪》）. See Gill; Thornley; Turner.

Lovelock, Julian, ed. *Donne: Songs and Sonets.* Casebook Series. Ed. A. E. Dyson. London: Maclillan Education Ltd., 1973.

Lucretius（律克里修）. *De Rerum Natura*（《萬物原論》）. Tr. W.H.D. Rouse. Rev. Martin Ferguson Smith. Loeb Classical Library. 2nd ed. Cambridge, Mass.: Harvard UP, 1982.

Mack, Maynard, ed. *The Norton Anthology of World Masterpieces.* 6th ed. 2 vols. New York: Norton, 1992.

Mack, Sara. *Ovid.* New Haven and London: Yale UP, 1988.

Maclean, Hugn, and Prescott, Anne Lake, selected and ed. *Edmund Spenser's Poetry.* 3re ed. 1968; New York: W.W. Norton & Company, 1993.

Mandelbaum, Allen, tr. *The Metamorphoses of Ovid: A New Verse Translation.* Harcourt Brace, 1993.

——, tr. *Dante: The Divine Comedy.* Lawall 1: 1303-429.

Marchant, J. R. V., and Joseph F. Charles, rev. *Cassell's Latin-Engliah and English-Latin Dictionary.* New York: Funk & Wagnalls, 1955.

Marcuse, Herbert（赫爾伯·馬庫色）.〈社會主義與女性主義〉。蔡美麗譯。蔡281-97。

Marguerite de Navarre（納瓦拉的瑪格麗特）. *The Heptameron.* Tr. P.A. Chilton. London: Penguin,

1984.

Marie de France（法蘭西的瑪麗）. See Burgess and Busby.

Marks, John H.Gilgamesh: An Afterward." Mason 117-26.

Marlowe, Christopher（馬婁）. Doctor Faustus（《浮士德博士》）. The Complete Plays. Ed. J.B.
　　　Steane. Harmondsworth: Penguin, 1969.

Martin, Charles. *Catullus.* New Haven: Yale UP, 1992.

——, tr. "Catullus: Lyrics." Lawall 1:809-13.

Mason, Herbert, tr. *Gilgamesh: A Verse Narrative.* New York: The New American Library, Inc., 1972.

Massey, Irving. *The Gaping Pig: Literature and Metamorphosis.* Berkeley: U of California P, 1976.

McWilliam, G. H, tr. *Boccaccio: The Decameron.* Harmondsworth: Penguin, 1972.

Metford, John. *Dictionary of Christian Lore And Legend.* London: Thames and Hudson Ltd, 1983.

Miles, Rosalind.《女人的世界史》（*The Women's History of the World* 1988）。刁曉華譯。台北：
　　　麥田出版公司，1998。

Miller, Frank Justus, tr. *Ovid: Metamorphoses.* 2 vols. Loeb Classical Library. 1916. 3rd ed.
　　　Revised by G. P. Goold. Cambridge, Mass.: Harvard UP, 1977.

Milton, John（米爾頓）. *Paradise Lost*（《失樂園》）. Ed. Scott Elledge. Norton Critical Edition.
　　　New York: Norton, 1975.

Morris, Brian, ed. *The Taming of the Shrew*（《馴悍記》）. The Arden Shakespeare. London:
　　　Methuen, 1981.

Moyer, Edward Francis, and Carey Dewitt Eldridge, tr. 1937. *The Norton Anthology of World
　　　Masterpieces.* 4th ed. Ed. Maynard Mack. New York: Norton, 1979. 826-854.

Muir, Lynette R. *Literature and Society in Medieval France: The Mirror and Image 1100-1500.*
　　　London: Macmillan, 1985.

Murray, A. T., tr. Homer: The Odyssey. 2 vols. Loeb Classical Library. Cambridge, Mass.: Harvard
　　　UP, 1919.

——, tr. Homer: The Iliad. 2 vols. Loeb Classical Library. Cambridge, Mass.: Harvard UP, 1925.

Nee, Watchman. *The Song of Songs.* Tr. Elizabeth K. Mei and Daniel Smith. 1965; London: Christian
　　　Literature Crusade, 1967.

Neumann, Erich（諾伊曼）. The Origins and History of Consciousness. 1949. Tr. R. F. C. Hull.
　　　1954; Princeton: Princeton UP, 1970.

——.《丘比德與賽姬：女性心靈的發展》. *Amor and Psyche: the Psychic Development of the
　　　Feminine.* 1952. Tr. Ralph Manheim. 呂健忠譯。台北新店：左岸，2004。

——. *The Great Mother: An Analysis of the Archetype.* Tr. Ralph Manheim. 1955; Princeton:

Princeton UP, 1963.

Oliphant, Margaret（瑪格麗特・歐麗梵）。《發現古文明》（*The Atlas of the Ancient World, 1992*）。台北：貓頭鷹出版社，1998。

Olshen, Barry N., and Yael S. Feldman, eds. Approaches to Teaching the Hebrew Bible as Literature in Translation. New York: The Modern Language Association of America, 1989.

Ovid（奧維德）. *The Art of Love*. Ovid: The Erotic Poems. Tr. Peter Green. London: Penguin, 1982. 166-238.

——. *Metamorphoses*（《變形記》）. See Humphries; Innes; Mandelbaum; Miller.

——. Tristia. *Ovid: Tristia, Ex Ponto*. Tr. Arthur Leslie Wheeler. Rev. G. P. Goold. Loeb Classical Library. Cambridge, Mass.: Harvard Up, 1988.

Parry, Adam. "The Two Voices of Virgil's *Aeneid*." Bloom 41-53.

Pelizaeus Museum, Roemer-und-（佩里宙斯博物館，德國）。《古埃及的今生與來世》。時廣企業有限公司翻譯。台北：祥瀧公司，2000。

Perry, Ben Edwin. *The Ancient Romances: A Literary-Historical Account of Their Origins*. Berkeley: U of California P, 1967.

Petrarch（佩脫拉克）. 見Bergin; Durling.

Petronius（皮措尼亞斯）. *Satyricon*（《羊人書》）. 見Arrowsmith; Heseltine; Sullivan.

Plato（柏拉圖）. The Symposium（會飲篇）. Harmondswrorth: Penguin Books, 1951.

Pollack, Rachel. The Body of the Goddess: Sacred Wisdom in Myth, Landscape and Culture. Shaftesbury, Dorset: Element Books, 1997.

Pope, Marvin H. *Song of Songs, a New Translation with Introduction and Commentary*. The Anchor Bible. Garden City, New York: Doubleday & Company, Inc., 1977.

"Prince's Vision of the Underworld, A." Heidel 132-6.

Rätsch, Christian, and Claudia Müller-Ebeling.《春藥》（*Isoldens Liebestrank: Aphrodisiaka in Geschichte und Gegenwart, 1986*）。汪洋譯。台北：時報，1998.

Reardon, B. P., ed. *Collected Ancient Greek Novels*. Berkeley: U of California Press, 1989.

Rouse, W. H. D. *Gods, Heroes, and Men of Ancient Greece: Mythology's Great Tales of Valor and Romance*. New York: The New American Library Ltd., 1957.

Russell, Robert Jay.《權力、性和愛的進化：狐猴的遺產》（*The Lemur's Legacy: The Evolution of Power, Sex and Love, 1993*）。林憲正譯。當代趨勢譯叢。傅偉勳主編。台北：正中書局，1995。

Sáenz-Badillos, Angel. *A History of the Hebrew Language*. Cambridge: Cambridge University Press,

1993.

Sandars, N. K, tr. *The Epic of Gilgamesh: An English Version.* Penguin, 1972. Lawall 1: 18-47.

Sanford, John. *The Man Who Wrestled with God.* New York: Paulist, 1987.

Sankovitch, Tilde A. *French Women Writers and the Book.* New York: Syracuse UP, 1988.

Sappho（莎芙）. See Campbell; Lattimore 1960.

Sayers, Dorothy L. *Dante: The Divine Comedy.* 3 vols. Harmondsworth: Penguin, 1962.

Shakespeare, William（莎士比亞）. *The Sonnets.* See Bush; Evans 1998.

Shipley, Joseph T. *Dictionary of Word Origins.* 1945; Paterson, N.J.: Littlefield, Adams & Co., 1964.

Simpson, William Kelly, tr. "The Love Songs and The Song of the Harper." *The Literature of Ancient Egypt: An Anthology of Stories, Instruction, and Poetry.* Simpson ed. 1972; New Haven and London: Yale UP, 1973. 296-325.

Slavitt, David R. *The Metamorphoses of Ovid.* Baltimore and London: John Hopkins UP, 1994.

Smith, Mark S. *The Origins of Biblical Monotheism: Israel's Polytheistic, Background and the Ugaritic Texts*（聖經一神信仰的起源）. Oxford: Oxford University Press, 2001.

Speiser, E. A. *Genesis: Introduction, Translation, and Notes.* The Anchor Bible. Garden City, New York: Doubleday & Company, Inc., 1964.

Spenser, Edmund. See Maclean and Prescott.

Stanko, Elizabeth A.《惡意的侵入》（*Intimate Intrusion--Women's Experience of Male Violence*, 1985）。曾淑芬譯。台北：書泉，1999。

Starr, G. A. *Defoe and Spiritual Autobiography.* New York: Gordian Press, 1971.

Stein, Arnold. "The Good-morrow." *John Donne's Lyrics: the Eloquence of Action.* 1962. Lovelock: 156-168.

Stephens, Ferris J., tr. "Hymn to Ishtar." 17 Mar. 2002 <http://www.piney,com/HymIsht.html>

Stephenson, Carl. *Medieval Feudalism.* Ithaca, New York: Cornell UP, 1956.

Stone, Merlin. *When God Was a Woman.* San Diego: Harcourt Brace & Company, 1976.

"The Story of Deirdre." Tr. Jeffrey Gantz. M. Mack 1:1129-1136.

Sullivan, J. P., tr. *The Satyricon. Petronius The Satyricon And Seneca The Apocolocyntosis.* 1965; London: Penguin, 1977. 37-162.

Tannahill, Reay.《人類性愛史話》（*Sex in History*, 1981）。李意馬譯。中和：野鵝出版社，1986。

Tate, N.《普賽爾：狄朵與艾涅亞斯》（*Purcell: Dido and Aeneas*, 1689）。歌劇經典。吳祖強主編。台北：世界文物出版社，2000。20:189-218。

Thornley, George, tr. *Daphnis and Chloe. Daphnis and Chloe, Parthenius.* Loeb Classical Library.

1916; Cambridge, Mass.: Harvard UP, 1989. 1-247.

Trible, Phyllis. "Depatriarchaliziang in Biblical Interpretation." *Journal of the American Academy of Religion* 41（1973）: 30-48.

Turner, Paul, tr. *Daphnis and Chloe.* 1956; London: Penguin, 1989.

United Bible Societies（聯合聖經公會）. *Good News Bible: Today's English Version.* New York: American Bible Society, 1976.

Virgil（維吉爾）. *Aeneid.*（《埃涅阿德》）. See Fairclough; Fitzgerald 1983; Lewis, C. Day.

Wagner, R.（華格納）《唐懷瑟》（*Tannhäuser*）。歌劇經典。吳祖強主編。台北：世界文物出版社，2000。

Wender, Dorothea, tr. *Hesiod and Theognis.* Harmondsworth: Penguin, 1973.

Whigham, Peter, tr. *The Poems of Catullus.* Harmondsworth: Penguin, 1966.

Willcock, Malcolm M. *A Companion to the Iliad.* Chicago: U of Chicago P, 1976.

Yalom, Marilyn.《乳房的歷史》（A History of the Breast, 1997）.何穎怡譯。台北：先覺，2000。

——.《太太的歷史》。*A History of the Wife.* 台北：心靈工坊，2003。

Zirpolo, Liliam H.〈波提且利的《春》：給新娘的訓誡〉。Broude and Garrard 203-22.

語言文學類　PG0485

情慾花園
——西洋中古時代與文藝復興情慾文選

作　　者 / 呂健忠
責任編輯 / 蔡曉雯
圖文排版 / 蔡瑋中
封面設計 / 蕭玉蘋

發 行 人 / 宋政坤
法律顧問 / 毛國樑　律師
出版發行 / 秀威資訊科技股份有限公司
　　　　　114台北市內湖區瑞光路76巷65號1樓
　　　　　電話：+886-2-2796-3638　傳真：+886-2-2796-1377
　　　　　http://www.showwe.com.tw
劃撥帳號 / 19563868　戶名：秀威資訊科技股份有限公司
　　　　　讀者服務信箱：service@showwe.com.tw
展售門市 / 國家書店（松江門市）
　　　　　104台北市中山區松江路209號1樓
　　　　　電話：+886-2-2518-0207　傳真：+886-2-2518-0778
網路訂購 / 秀威網路書店：http://www.bodbooks.tw
　　　　　國家網路書店：http://www.govbooks.com.tw

2010年12月BOD一版
定價：310元
版權所有　翻印必究
本書如有缺頁、破損或裝訂錯誤，請寄回更換

國家圖書館出版品預行編目

情慾花園：西洋中古時代與文藝復興情慾文選 / 呂健忠譯
注. -- 一版. -- 臺北市：秀威資訊科技, 2010. 12
面； 公分. -- （語言文學類；PG0485）
BOD版
ISBN 978-986-221-681-1（平裝）

813   99023408

讀 者 回 函 卡

感謝您購買本書，為提升服務品質，請填妥以下資料，將讀者回函卡直接寄
回或傳真本公司，收到您的寶貴意見後，我們會收藏記錄及檢討，謝謝！
如您需要了解本公司最新出版書目、購書優惠或企劃活動，歡迎您上網查詢
或下載相關資料：http:// www.showwe.com.tw

您購買的書名：_____

出生日期：_____年_____月_____日

學歷：□高中 (含) 以下　　□大專　　□研究所 (含) 以上

職業：□製造業　□金融業　□資訊業　□軍警　□傳播業　□自由業
　　　□服務業　□公務員　□教職　　□學生　□家管　　□其它____

購書地點：□網路書店　□實體書店　□書展　□郵購　□贈閱　□其他

您從何得知本書的消息？

　□網路書店　□實體書店　□網路搜尋　□電子報　□書訊　□雜誌
　□傳播媒體　□親友推薦　□網站推薦　□部落格　□其他_____

您對本書的評價：(請填代號　1.非常滿意　2.滿意　3.尚可　4.再改進)

　封面設計____　版面編排____　內容____　文／譯筆____　價格____

讀完書後您覺得：

　□很有收穫　□有收穫　□收穫不多　□沒收穫

對我們的建議：_____

_____

_____

_____

11466
台北市內湖區瑞光路 76 巷 65 號 1 樓

秀威資訊科技股份有限公司　　　　收

BOD 數位出版事業部

⋯⋯⋯⋯⋯⋯⋯⋯⋯⋯⋯⋯⋯⋯⋯⋯⋯⋯⋯⋯⋯⋯⋯⋯⋯⋯

（請沿線對折寄回，謝謝！）

姓　　名：＿＿＿＿＿＿＿　年齡：＿＿＿＿　性別：□女　□男

郵遞區號：□□□□□

地　　址：＿＿＿＿＿＿＿＿＿＿＿＿＿＿＿＿＿＿＿＿＿＿＿

聯絡電話：(日) ＿＿＿＿＿＿＿＿＿　(夜) ＿＿＿＿＿＿＿＿＿

E-mail：＿＿＿＿＿＿＿＿＿＿＿＿＿＿＿＿＿＿＿＿＿＿＿